講談社文庫

ハロー・ワールド

藤井太洋

講談社

ハロー・ワールド

ハロー・ワールド

「泰洋《やすひろ》さん、そのTシャツ、俺も持ってるよ」

僕を名前の方で呼ぶ郭瀬敦《くるわぜあつし》が、有機野菜カレーの皿から顔を上げて言った。広い額からまっすぐ伸びる鼻筋にちょんと載せた楕円のメタルフレーム眼鏡《めがね》がよく似合う。いかにも知的といった風体で、中身もそれにふさわしい。グーグルに勤務する彼は、世界的なサービスの真ん中で活躍する掛け値なしに優秀なエンジニアだ。

「スローガンがいいよね」

郭瀬が言いながら指さした胸元を、隣に座っていた汪静英《ワンジンイン》が覗《のぞ》き込《こ》む。

「泰洋さん、私にも見せて」

オフィスでは僕を名字の「文椎《ふづい》」で呼ぶ汪だが、郭瀬と三人のときは下の名前で呼んでくれる。かすかな訛《なま》りのある丁寧な言い方でそう呼びかけられると胸がざわついてしまう。彼女に結婚を約束した同郷の男性がいることを知っていなければ、勘違いしてしまいかねない。

ふかっとした黒い生地《きじ》をつまんで印刷されたスローガンを平たくすると、汪は緑の文字を読み上げた。

「Keeper of the Code——程序的门将《チエンシュデメンジャン》か。日本語だとなんていうの？」

「直訳だと『コードの守護者』。プログラムは僕が守る、って感じかな」

汪は首を傾《かし》げて自分の二の腕に指をあて、薄い緑のアイラインを引いた目で僕を見た。手入れのいい淡いピンク色の爪《つめ》に店の電球が映っている。

「袖のHello, world!（ハロー・ワールド）は？　よく見るんだけど何か意味あるの？」

「うまくいきますように、っていうおまじない」

僕のそっけない答え方に郭瀬が吹き出した。

「泰洋さん、面白いけど、ひどいよ。汪さん、ハロー・ワールドってのは一番初めにプログラムで書かせる文字列なんだ。これを表示するところからソフトウェア開発は始まる。C《シー》言語の初めての教科書で使われたサンプルで——」

「だから、おまじないだろ」

僕は郭瀬の言葉を遮《さえぎ》った。彼を放っておけばＣ言語からＣ＋＋《シープラプラ》にＪａｖａ《ジャヴァ》、果てはＬＩＳＰ《リスプ》のようにマイナーな開発言語でハロー・ワールドを書くコードと、その違いまで説明しかねない。

僕は気になっていたことを聞いた。

「そのＴシャツ持ってるってことは、郭瀬さん、ＷＷＤＣ《ダブリューダブリューディーシー》に行ったの？」

「うん。会社のお金でだけどね」

「いいなあ。僕のはお土産《みやげ》なんだよ」

汪も羨望の眼差しで郭瀬を見る。

アップルが主催するＷＷＤＣ（Ｗｏｒｌｄｗｉｄｅ Ｄｅｖｅｌｏｐｅｒｓ Ｃｏｎｆｅｒｅｎｃｅ）は基調講演でｉＰｈｏｎｅの新機種などが発表されるため、日本からも大勢の記者が押しかけてアップル社の今年を占うイベントだが、その実態は開発者向けのセミナーだ。ＭａｃやｉＰｈｏｎｅ用のソフトを開発しているエンジニアたちのために五日間かけて行われる技術セッションは公式なものだけでも百を超える。参加費は千五百九十九ドル（二十万円弱）で、日本から参加するには航空券とホテル代まで合わせると五十万円を超える。サンフランシスコのホテルは高い。

世界中から集まる五千名以上のエンジニアたちは公式のセミナーに飽き足らず、サンフランシスコのそこかしこで非公式のイベントを開き、寝る間も惜しんでキーボードを叩きながら語らう。技術オタク《ギーク》の祭典だ。

郭瀬は「ああ、楽しかったよ」とだけ言って、もう一度僕の胸に目をやった。

「守る、よりも『コードの守護者』のほうが好きだな。俺も会社で言ってみたい」

「郭瀬さんが？」

ソフトウェアの開発者なら誰もが羨《うらや》む彼からそんな言葉が出るとは思わなかった。

「なんだよ。会社の仕事なんてどこだってそうだろ。今やってるライブラリなんて、書いてるそばからスタンフォード出の秀才集団と人工知能に直されてくんだぜ。まあ、俺も連中の学者臭いコードを解体して回ってるんだけどさ——ごめん、残す」

郭瀬はカレーをかき回していたスプーンをトレイに置いた。僕も三分の一ほど残っているライスの横にスプーンを横たえる。西新宿《にししんじゅく》でランチを検索すると必ず上位に出てくるカレー屋だが、量が多すぎた。丸のままのジャガイモが煮崩れもせず、芯《しん》まで軟らかく茹《ゆ》でられているのには感心したけれど、スポンジか何かを食べているようにしか感じられない。全部食べるのは無理だ。

半分盛りを食べきっていた汪がふっと笑う。

「二人とも、危ないと思ってた」

僕は店の奥に声をかけた。

「ごめんなさい、コーヒーをお願いします」

すぐにやってきた店員は半ば残されているカレーに苦笑いを浮かべ、皿を下げていった。

「おいしかったんだけどな。来週のミーティングは、隣のビュッフェにしよう」

汪と郭瀬は頷《うなず》いて、空いたテーブルにマシンを並べる。汪はiPadで、郭瀬はMacBook Proの十五インチモデル。僕も郭瀬と同じ型のMacBookを取り出して蓋《ふた》を開く。

汪、グーグルの郭瀬と、建築設計用ソフトを作っているソフト会社〈トップキャド〉の汪、そしてITベンチャーの〈エッジ〉に勤める僕ら三人がアップルの製品を使っているのは偶然ではない。僕が作って販売しているiPhone用の広告《アド》ブロックアプリ〈ブランケン〉の開発会議のために集まっているからだ。iPhoneのアプリはMacでないと作れない。

この三人が初めて顔を合わせたのは、半年前に五反田《ごたんだ》のIT企業で行われた初心者向けのiPhone用アプリ開発講座で、郭瀬は講師だった。

僕と汪は生徒。

画面に〝ハロー・ワールド〟を表示するところから始まった講義は丁寧だったが、ほとんどの参加者がデザイナーだったためか、慣れない開発環境〈Xcode《エックスコード》〉に手こずっていた。そんな参加者を横目に見ながら、僕は配付資料を見ながらWeb広告を消す機能拡張アプリを作っていった。

様々なアプリがあるなかで、日本ではあまり人気のない広告ブロッカーを選んだのは世界を相手にできそうな気がしたから、そしてアプリ専用のプログラミング言語

〈Ｓｗｉｆｔ《スウィフト》〉をきちんと覚えなくても、僕の得意なＷｅｂ用開発言語の〈Ｊａｖａ《ジャヴァ》Ｓｃｒｉｐｔ《スクリプト》〉で作れそうだったからだ。

　三十名ほどの受講者がようやく〈Ｘｃｏｄｅ〉をインストールして手を動かし始めた頃、僕が完成したアプリを自分のｉＰｈｏｎｅに入れて試していると、郭瀬が僕のところへやってきた。

「手が早いね。だけど、ちゃんとは動いてないよ。もしそのアプリを育てるつもりがあるなら、手伝わせてくれないかな。グーグルの仲間は優秀すぎて、そういう失敗を見せてくれる人がいないんですよ」

　率直すぎる言い方に、周りの受講者がざわめく。それに気を留めずに「どう？」と続けた郭瀬に、僕は吹き出していた。その通り、僕はエンジニアとしては並以下だ。

「失敗が見たいんですか。なら、喜んで」

　名刺を差し出した僕と受け取った郭瀬に、どこか見覚えのある女性が声をかけてきた。

「よければ私も加えてくれませんか？　作るのは無理そうなんですが、マーケティングをやってみたいんです」

　どこかで？　と言いかけた僕に、汪は「うちに出向してきてますよね、文椎さん。〈トップキャド〉で商品企画をやっている汪静英です」と言った。

僕たちはその場でチームを組んだ。リーダーと開発は僕。アドバイザーに郭瀬を迎え、販売管理は汪に任せる。

開発するのは、生まれたばかりの広告ブロックアプリ。名前は〈ブランケン〉に決めた。できたばかりのアプリは、広告のあった場所に不細工な空白《ブランク》を表示していたからだ。

そうやって始まったチームは毎週木曜日のお昼時、西新宿にある〈トップキャド〉の近くで打ち合わせを行っている。

僕は汪に声をかけた。

「売り上げをお願い」

数字は知っているが、販売管理は汪の担当だ。

勤務先のベンチャー企業〈エッジ〉では現場に介入するリーダーが重宝されるが、僕は会社と違う方法で物が作りたかった。任せたなら口も手も出さないというのもその一つだ。

汪がｉＰａｄを操ってにっこりと笑った。

「今週は七百九十二本のダウンロード。なんと十三万六千九百円。まだまだ増えそうよ」

「おおっ？」

郭瀬が目の色を変える。先週までは十数本売れて二千五百円ほどだったのだから無理もない。僕も今朝、販売報告を受け取ったときは、ベッドから動けなくなってしまったぐらいなのだ。

郭瀬は身を乗り出してきた。

「なにかやった？　広告出すとか、記事にしてもらうとか」

僕はゆっくり首を振る。

「なにもしてないんだよ」

首を傾げる郭瀬に、汪が言った。

「インドネシアでいきなり売れたの」

郭瀬は僕と汪の顔を順番に見て「インドネシア……」と呟《つぶや》いた。

「あんな――失礼。あの国で売ってたっけ？」

「インドネシア語版はあるよ。汪さんが手配してくれたんだ」

汪がタブレットを撫《な》でながら補足した。

「インターネット発注だと、一言語あたり数千円でやってくれる人が見つかるの。〈ブランケン〉は九十ヵ国で売ってて、四十八言語対応よ。二十二言語が人の手による翻訳」

「安いもんだなあ」と納得した郭瀬に「機能がほとんどないからね」と返す。

「翻訳といっても、ストアの商品説明ばっかりなんだけどね——なにか？」

汪の視線を追って顔を上げると、コーヒーカップをトレイに載せた店員が困った顔でノートパソコンの並ぶテーブルを見下ろしていた。

「コーヒー、置いていいですか？」

＊

打ち合わせを終えた僕は、コンビニに立ち寄ってからカレー屋の斜め向かいのビルに向かい、出向先の〈トップキャド〉の開発部が占有する十六階へ昇った。IDカードで離着席の時間まで管理されている汪はもう十七階の自分のデスクに戻っているはずだ。

ゲスト用の白いIDカードを通用扉の脇にかざしてデスクのひしめく部屋へ入ると、キーボードとマウスのたてるパチパチ、カチカチという音に包まれた。ほんのわずかな音の隙間《すきま》は、PCとコピー機の冷却ファンの高周波ノイズで埋め尽くされる。

〈トップキャド〉はこのフロアで、二つのマンション設計用のソフトウェア——CAD《キャド》を作っている。部屋の奥にはCADの心臓部を作る五名の中核開発チームが背の高いパーテーションで仕切られた島を作り、その手前では十名のアプリケーション開発チームがPCを二台ずつ置いた広いデスクで、画面を見つめていた。

どんな会社でもソフトウェアを開発しているプログラマーは、ほとんどの時間、画面を睨《にら》んで過ごしている。キーボードに触れるのはわずかな時間だけで、人差し指だけで打鍵《だけん》するプログラマーもいるほどだ。

アプリケーション開発チームの手前には、図面や数値を入力するチームと、ソフトウェアの動作確認を行う品質保証チームが幅一メートルに満たない狭いデスクに向かいひしめいている。オフィスに満ちるキーボードとマウスの音はこの窮屈《きゆうくつ》なデスクの塊《かたまり》が源だ。ここで働くのはほとんどが派遣のエンジニアたちだ。

僕はこの序列から離れた席――入り口脇の複合機とシュレッダーの裏に用意してもらった幅六十センチのPCラックの前に座った。

もしも〈トップキャド〉の社員がこんな席をあてがわれたら、リストラ要員になったかと感じるのだろうが、僕は気にならなかった。部屋全体を見渡せる位置は悪くないし、離着席するときに周囲に気を遣わなくていいのは好都合だ。

このオフィスに出向するようになって九ヵ月がたつ。

はじめの頃は上場企業の堅苦しいルールに閉口し、五時半になると帰ってしまう開発部に驚いたものだが、ベンチャー企業とは異なる安定した働きぶりが好ましいと思うようにもなってきた。

これだけいればリズムもできる。

本社から緊急のメールが来ていないことを確認した僕は〈ブランケン〉が売れた理由を考えるためにグーグルアースを立ち上げた。

コンピューターグラフィックスで描かれた地球の映像が東京《とうきょう》に向かってズームしてくる中、検索フィールドに「インドネシア」と入力すると地球がぐるりと回り、オーストラリア大陸の北にある島の連なりが大写しになって、黄色い輪郭で囲まれる。

僕は昼の打ち合わせを思い返した。

郭瀬は、〈ブランケン〉が他の広告ブロッカーよりも性能で勝っているからではないと断言した。

その通りだ。そもそも、広告ブロッカーを切実に求める理由が僕にはない。

アメリカの都市部に住んでいれば、広告がもたもたダウンロードされるのを憎んだだろう。データ通信が定額料金でない東南アジアに住んでいれば、広告を見るために金を払うのが嫌になるはずだ。プライバシーの大切さを叩き込まれたドイツ人ならば、広告に含まれる識別コード〈Ｃｏｏｋｉｅ《クッキー》〉を気持ち悪く思うかもしれないし、Ｗｅｂに広告がなかった頃のインターネットを知っているか、もしくはそんな教授に学ぶ情報系の学生ならば、自由なＷｅｂが広告に汚染されていくのを嘆いただろう。

現に、いつも広告ブロッカー部門で一位の座に着く〈グレイシャー〉はインターネットの自由を信じる原理主義者のプロジェクトだ。数十名の開発者が万を超えるユーザーへ広告排除を呼びかけて、充実したブラックリストを作っている。二位につけている〈セーフウェブ〉はスタンフォードの学生ベンチャーが開発元だ。人工知能でポルノや銃器などの有害な広告、ユーザー体験を悪化させる重い広告や、誤タップを誘発する悪質な広告だけを検出して排除する技術力もあり、Ｗｅｂ広告そのものに対する考察も深い。〈セーフウェブ〉の認定する〝健全なＷｅｂ広告〟のホワイトリストに入るのは、Ｗｅｂ広告業界の勲章《くんしょう》になりつつある。

どちらの競争相手も全世界で数千万本を売り、数十億円を稼《かせ》いでいる。

僕には〈グレイシャー〉の熱さや、〈セーフウェブ〉の目指す理想のようなものはない。だいたい勤務先の〈エッジ〉では、ｉＰｈｏｎｅ向けのモバイル広告担当だったこともあるほどだ。

僕は専門を持たない何でも屋だ。

〈エッジ〉に入社したときの業務は海外の開発会社との折衝《せっしょう》だったが、翌年は新製品の立ち上げを担当した。その次の年は買収した会社との業務統合を行い、顧客管理データベースの設計やサーバーの確保と、業務が重複した社員の再教育と再就職の斡《あっ》旋《せん》、それにほんの少しのプログラミングも行った。ソフト開発の部門にいる人間にしては口も回るので、カメラや電機と名のつく量販店にデモンストレーターとして立つことも少なくない。

実績は、どれもそこそこ。毎年のように業務が変わるので、手がけたプロジェクトが終わるのを見ることはほとんどない――というよりも、社内のそこかしこに僕のやりきれなかった仕事の跡が残っている。

ともかく専門を持たない僕の技術は、他の広告ブロッカー開発者に遠く及ばない。〈グレイシャー〉や〈セーフウェブ〉はＷｅｂページのデータ、ＨＴＭＬ《エイチティーエムエル》を読み込んでいる最中に広告を排除しはじめる。アプリ専用のプログラミング言語、Ｓｗｉｆｔを十分に活用しているからだ。

僕の〈ブランケン〉はＷｅｂ用のＪａｖａＳｃｒｉｐｔを使い、ＨＴＭＬのダウンロードが終わってから動作する。ｉＰｈｏｎｅの動作が遅くなっているときは、一瞬だけだが、広告が見えてしまうこともある。何でも屋らしくはあるが褒《ほ》められた方法ではない。郭瀬は会うたびに「Ｓｗｉｆｔは難しくないぜ」と勧めてくる。二十以上のプログラミング言語を苦もなく使いこなす彼にとってはそうなのだろうが、十人並みの僕には荷が重い。

それでも僕は自分の手でアプリを作りきりたかった。広告ブロッカーに参入の余地がなくなるまではその他大勢の一人として開発と販売を続けて、きちんと終了させてみたかった。本気でアプリ開発に取り組んでいる人々から見れば遊び以下のプロジェクトだ。

　そんな〈ブランケン〉だが、多くの国で十位前後の販売実績を出している。

　それが今週、なぜかインドネシアだけで売れた。〈グレイシャー〉や〈セーフウェブ〉を抑えて堂々の一位だ。

　東南アジアの島国でなにが起こっているのか。

　何でも知りたがる郭瀬は目を輝かせ、汪は手を入れていない市場で動きが出たことを悔しがった。もちろん僕もその理由が知りたかった。

　汪と郭瀬、そして僕はインドネシアに関する情報を集めたが、カレー屋では基本的な情報を確認しただけに止《とど》まった。

　正式な国名はインドネシア共和国で、人口は約二億五千五百万人。東南アジア諸国連合ＡＳＥＡＮ《アセアン》の盟主であり、東南アジアには珍しくイスラム教徒が多数を占める。公用語はインドネシア語だが、およそ一万三千の島に住む三百ほどの民族は、五百を超える言語を使う。オランダからの独立を勝ち取ったスカルノと、後に続いたスハルトの独裁者時代が終わり民主国家となったが、スマトラ島やニューギニア島には独立を目指す反政府勢力も蠢《うごめ》いているという。だが、どうにもイメージできない。

〈ブランケン〉がインドネシア語で何か特別な意味を持つかどうかも調べてみたが、辞書には載っていないようだった。ブログやツイッターで検索しても〈ブランケン〉

は出てこない。売れているなら少しは反応があってもよさそうなものだが、アプリストアで売れているだけのようだ。

英語の情報を追いかけていた郭瀬が「検閲やってるのかよ」と吐き捨てるように言い、汪が顔を伏せたのが印象的だった。汪の祖国、中国は金盾《ジンドゥン》というシステムで国民のネット利用を監視して内外の通信を分断している。特に突っ込みはしなかったが、何らかの思いはあるのだろう。

情報を更に追った郭瀬は、インドネシアのインターネット検閲がポルノ排除だと調べをつけて、〈ブランケン〉の売上とは関係がないと結論づけた。

汪はインドネシア語のレビューをグーグル翻訳で日本語にしてくれた。二十ほどついているレビューは全て五つ星で、《こんな広告ブロッカーを待っていた by opm_fan》《最高の品質 by papua_geek》《開発者に感謝だ！　もうこれがなければ暮らしていけない by star_and_stripes》などと賛辞が並んでいた。《使えない》や《金返せ》《グレイシャーの方がマシ》のような一つ星の罵詈《ばり》雑言《ぞうごん》が並ぶ日本とはまるで違う。だが、短いレビューでは、売れた理由の解明には繋《つな》がらなかった。

そうこうしているうちに十三時近くなってきたので昼休みの時間が決まっている汪はオフィスに戻り、郭瀬も六本木《ろっぽんぎ》のオフィスへ戻っていった。

どんな人がなんのつもりで〈ブランケン〉を買ったのか、グーグルアースに描かれた島の列はなにも教えてくれない。

じっと見ていると赤茶けたオーストラリアのすぐ北に浮かぶ島に目がいった。島を東西に分ける一直線の国境が、ひどく人為的に思えたせいだ。島の名前を確かめようとしたところで、背中から声をかけられた。

「文椎さん、インドネシアに何か？」

振り返ると、ＣＡＤ開発チームを統括する部長の津島《つしま》が二本の指を立てていた。

「一本付き合わない？」

「いいですよ」

十六階の片隅に設けられた喫煙所で、津島は白い煙を吐き出した。僕は吸わないが煙草《たばこ》の匂いがどうしても嫌というわけではないし、津島とゆっくり話せるのはここだけなので、付き合うことにしている。

「調子はどう？」

「みなさんの進捗《しんちょく》が予定通りなので助かってます」

「いやいや、仕事は心配してないよ。文椎さんのｉＰｈｏｎｅアプリ、そろそろ独立できるぐらい儲《もう》かってるんじゃないの？」

津島には僕が個人的にｉＰｈｏｎｅのアプリを作っていることを伝えてある。出向とは関係のない部署の汪と一緒に食事に出ることが多いので、妬《ねた》むスタッフがいたらしい。確かに美人でスタイルが良く、仕事もできる汪は、中国人スタッフの多い〈トップキャド〉の中でもよく目立つ。

「無理ですって、無理。三人がかりで半年かけて、百万円にもならないですよ。会社にはなりません」

〈ブランケン〉について聞かれたら僕は正直に答えることにしている。隠しても、誇張しても卑下《ひげ》しても、嘘《うそ》は新たな嘘を呼ぶ。

津島は、がはは、という笑い声を煙と一緒に吐き出して煙草をもみ消した。

「なんだよ。儲からないんだな。いやね、汪さんが来月で辞めるっていうからさ。てっきり文椎さんが引っ張っていくもんだと思ってたんだ」

「ええっ？」

知らなかったんだ、と目を丸くした津島は胸ポケットから煙草のパッケージを出して、もう一本だそうかどうか迷うように弄《もてあそ》んだ。

「帰化申請に合わせてね。結婚するんだと」

「帰化って、日本に？」

津島は他にどこがあるよ、と言わんばかりの顔で僕を見た。

「うちの中国人の女性スタッフはみんな帰化を狙ってるんだよ。五年か六年勤めた後、結婚するときに日本人になるんだ。仕事は辞めないけどね」

中国人同士なら結婚してから帰化すると楽で、日本人相手なら帰化してから結婚する方が面倒がない——だったかな、と津島は続ける。

へえ、と聞く僕の顔をちらりと見た津島は、煙草を咥《くわ》えた。

「なんだ、違ったのかあ。俺はてっきり文椎さんについてくと思ってたんだけどな」

「違いますってば——おっと、失礼」

ジーンズの前ポケットにねじ込んでいたiPhoneが震えた。

取り出すと、画面の上端に郭瀬からのメッセージが浮かんでいた。

〈Slack《スラック》〉のチャットだ。バージョン管理やファイル共有、ビデオ会議などの他のサービスと連携させることができる開発者向けのメッセージシステムだ。LINE《ライン》のように、リアルタイムでメッセージを交わすことができる。

《業務連絡。〈ブランケン〉だけが消せる広告を見つけた。〈グレイシャー〉も〈セーフウェブ〉もなぜか消せていない》

僕の手元をちらりと見た津島は、苦笑いして煙草に火をつけた。

「アプリのお仲間か。ここで返信していきなよ」

「それでは失礼して」

画面のロックを解除する間に、郭瀬は次のメッセージを送ってきていた。
《今晩会おう。A／B《エービー》テストができるようにしておく》
《新宿でいい？　何やるの？》
《二パーセントほどの〈ブランケン〉ユーザーに、消していた広告を見せて、彼らが使うのをやめるかどうか確認する》
《そんな機能、つけてないぞ》
《つけといた。marketing_framework.dylibだよ。汪さんが欲しがっていたから、前回のバージョンで組み込んだ》
《あれか。A／Bテストが入っていたなんて知らなかった》
インターネット時代のマーケティングにA／Bテストは必須だ。使い勝手が変わってしまうような新機能を一部のユーザーにだけ公開して反応を見たり、説明文やボタンの色を変えてみたりするテストだ。汪は確かに欲しがるだろう。
《テスト実施するぞ》
ＯＫ、と書いて送る。
大事なことを忘れていた。〈ブランケン〉だけが消せる広告とは――。
《どんな広告なの？》
《政府広報だ》

メッセージの下に、酒瓶《さかびん》と壊れた自動車がポップな線画で描かれた画像が現れた。〝BAHAYA Berkendara Mabuk〟というインドネシア語が読めなくても意図はわかる。飲酒運転を戒めるためのものだ。画像はスマートフォンで二行ほどの小さなもので、閲覧の邪魔にはならない。この画像を消すために有料アプリの〈ブランケン〉を買う、というのは不自然だ。何かの間違いではないだろうか。

眉をひそめた僕へ、津島が声をかけてきた。

「どしたの」

「今日は定時で上がりますね」

もちろん構わないよ、と言った津島は僕の手元を見て感心するように言った。

「しかし凄《すご》いねえ。メッセージの早打ち」

「こいつでプログラムも書きますよ。何でも屋ですからね」

津島は肩をすくめて天井に煙を吹き上げた。

「文椎さん器用だけどな、自分で何でも屋なんて言わない方がいいよ」

＊

打ち合わせはいつも使っているカラオケボックスに決めた。もちろん歌うわけではない。大きなモニタが使える個室があるからだ。軽食も頼めるし、打ち合わせが終わったらビールで締めることもできる。

郭瀬はモニタの裏にケーブルを伸ばしてＭａｃＢｏｏｋを繋ぎ、汪は薄暗い部屋の照明を明るく調節して、テーブルを広く使えるようにチラシとメニューを片付けていた。

僕が丸めて持ってきたホワイトボード素材のシートを壁に貼りつけて赤と黒のマーカーをテーブルに転がすと、すぐに汪がインドネシアのアプリ市場の基本データを書き込んでいく。

「僕は飲み物を頼むよ。汪さんは？」

「ジンジャーエール。ウィルキンソンの辛《から》い方」

郭瀬は僕がかざしたメニューを睨んでから、汪がソファの脇に取りのけたチラシに目を留めた。

「レッドブル。二つお願い」

汪が目を回しながら肩をすくめ、呆《あき》れてみせる。

「郭瀬さんまで？　会社のごみ箱も青と銀色の缶で溢《あふ》れてるわよ」

「そこはカリフォルニアも変わらないな」

「他は違うの？」

「結構、違う」

気取りなく笑った郭瀬がＭａｃＢｏｏｋの蓋を開くと、大きなテレビにはカラオケボックスに似合わないグラフと数表が映し出される。僕は郭瀬の正面に座り、隣に座った汪はモニタを仰ぎ見る格好になった。

「それが政府広報のＡ／Ｂテスト？」

「そう。今日の午後、ユーザー数がまた増えた。二千名を超えたので、無作為に四十名だけ、例の飲酒運転禁止の広告を素通しにしてみた。下のグラフが離脱率――〈ブランケン〉を使うのをやめたユーザー数の推移だ」

郭瀬は勢いよく立ち上がるグラフを指さした。

「テストをはじめて一時間で二十七名、実に六十七パーセントのユーザーが〈ブランケン〉をオフにした。その後も〈ブランケン〉から離脱するユーザーはじりじり増えている。今も政府広報を出しっ放しにしているのは二名だけだ」

「関連あり、か」

「そうなる」郭瀬は力強く頷いた。

「ちょっと待ってよ」

汪が郭瀬のＭａｃＢｏｏｋからケーブルを抜いて自分のｉＰａｄに繋ぐと、相変わらず〈ブランケン〉がトップに立つアプリストアが映し出された。

「〈グレイシャー〉の値段を見て。三千ルピア、二十五円よ。〈ブランケン〉は一万二千ルピア。ジャカルタの屋台ランチより高いの。〈グレイシャー〉のほうがたくさん広告を消せるのに、こんな小さな広告を消すために私たちのアプリを買う？　考えられない」

汪は僕と郭瀬の顔を交互に見た。

「ほんとにこの広告を消すために、〈ブランケン〉を買ってるの？」

「間違いない」

郭瀬はケーブルを自分のＭａｃＢｏｏｋに戻してグラフを映し出した。

「Ａ／Ｂテストの結果は、関連があることを示してる」

そう続けた声が心なしか硬く感じられて、僕は郭瀬の顔を見た。

「なにか気になるの？」

「今レポートを見ていて気づいた」

郭瀬はグラフを消して、黒地に白の文字がびっしりと並ぶ画面を映し出した。時刻とＩＰアドレス、そしてブラウザーの名称と広告画像のものだと思われるＵＲＬが続く。アクセスログだ。

郭瀬が長い指を伸ばして行の先頭あたりを指さした。

「ユーザーのＩＰアドレスが偏《かたよ》ってる」

「偏りって——」目を凝らした僕だが、ドットで区切られた三桁の数字の羅列にはなんの傾向も見いだせない。郭瀬へ視線を戻すと、大型モニタに照らされた郭瀬の薄い頬には初めて、彼の実年齢を感じさせる深い皺《しわ》が刻まれていた。

郭瀬は唇だけを動かして呟いた。

「〈ブランケン〉人気は、インドネシア全土じゃないんだな」

飲み物が運ばれてくるとすぐに、郭瀬は〈ブランケン〉を使っている人の位置をIPアドレスから割り出して、グーグルアースにピンを置きはじめた。携帯電話のデータ通信料金が高いせいで、無料のフリースポットごしに使う人が多いからこそ有効な方法だ。

普段はカラオケの映像を流すモニタには、オーストラリアのすぐ北にある、直線の国境で東西が分けられた島が無数の赤いピンで彩られていた。

モニタの前に立った汪が島を囲うように指を這《は》わす。

「これはニューギニア島よ。国境の東側は英連邦のパプアニューギニア」

「別の国なのか。国境のそばの、ユーザーが集まってる街は？」

「ジャヤプラ。パプア州の州都よ」

汪の頭には、物価だけでなく基本的な地理も頭に入っているらしい。郭瀬が街を大写しにさせると、ユーザーを示す赤いピンは港の近くに密集していた。カフェかレストランの無線LANなのだろう。航空写真で見る限り道路は赤茶けていて、舗装《ほそう》されていないように見えた。

「幹線道路が少ないね」

郭瀬は嚙《か》みつくように返した。

「だから？」

「ニューギニア島で、飲酒運転の広告なんて必要あるのかな」

「ああ、広告が地域で違うことはあるかもな。じゃあ試そう」

郭瀬はソファの上で尻をずらしてMacBookの正面に座った。Tシャツの袖をつまんで肌から浮かせ、右手で左手首を摑《つか》んでまっすぐ前に伸ばす。神経質に画面の角度を整えた。

初めて見る、郭瀬の入っていく儀式だ。

自らの能力を最大限引き出すために、いつもと同じ環境を作り出しているのだろう。雑多な仕事をいろんな場所でやる僕には縁がない。僕は電車でもiPhoneでプログラムを書く。

パチパチという軽いキーの音が立て続けに鳴り、引き結んだ唇から言葉が漏れた。

「無料スポットには……やっぱりTor《トーア》があるな。ということはVPN（仮想プライベートネットワーク）が……あった。いいぞ――」

いつの間にか、郭瀬は獲物に飛びかかるネコ科の動物のように背中を丸めていた。肘は曲がり、高い鼻を液晶ディスプレイに触れそうなほど顔を近づけて、ずらした眼鏡の上から肉眼でコードを追う。講師然とした姿はどこにもない。これが郭瀬の本来の姿なのだろう。

画面には信じがたい勢いで文字が現れ、消えていく。

郭瀬がやっていることの一つ一つはわかる。ニューギニア島のレストランか屋台の無料無線スポットに侵入して、そのコンピューターを踏み台に、現地から見た状態を作ろうとしているのだ。

いつの間にか、郭瀬は言葉を紡ぐのをやめ、ふっ、ふっと息を短く刻んでいた。

汪はどうしてよいのか分からぬのだろう。郭瀬の手元をじっと見つめていた。

郭瀬が右手を高くさしあげ、小指でリターンキーを勢いよく叩いた。

「繋がった――ニューギニアから見たＷｅｂだ。さあ、どうだ」

現地の無線スポットごしにｉＰｈｏｎｅで見た状態を再現したブラウザーにはブログが表示され、記事のてっぺんに、酒瓶と壊れた自動車の画像が読み込まれた。

「同じ広告が出てる。他の可能性を探そう」

郭瀬が肩を落とす。

「いや、大当たりだ」

僕は画面が震えたのを見逃さなかった。

「今、その広告は書き換えられた。エラー出てるはず。インスペクタを——」

僕が言い終わる前に、ブラウザーの下部に新しい枠が現れて、赤い文字が並んだ。

盛大にエラーを吐いている証拠だ。

「やった！」と僕は立ち上がって手を叩いた。

汪も顔をほころばせて腰を浮かせる。

「これだけエラーが出てればiPhoneのブラウザーに不具合が出てもおかしくない。この広告は支障が出るから消せる〈ブランケン〉が人気なんだ。〈グレイシャー〉が消せないのは、後から読み込む広告だから——郭瀬さん、どうしたの」

郭瀬はソファに深く座り、画面を睨みつけていた。

「泰洋さん、エラーの内容、読んだか？　この広告、俺のMacBookのカメラにアクセスして、動画を転送しようとしてる」

「カメラに——そんなこと、できるの？」

郭瀬は首を振った。

「エラーが出てる。動いちゃいない。世界中のハッカーがセキュリティホールを探してるiPhoneが、広告なんかにカメラを乗っ取らせるわけがない」

汪が恐る恐る口を開いた。

「もし、そのスクリプトが動くようなブラウザーだったら？　中国には……」

眉をひそめた郭瀬とともに、途切れた汪の言葉を待った。

汪は両手で長い髪をかき上げて、耳にかけてから口を開いた。

「中国では時々そんな話があるの。本当かどうか分からないけど、アップデートすると偽物のブラウザーにすり替わってるとか。その……政府が盗撮するために」

「偽物のブラウザー？　いくらなんでも無理だよ。ねえ、郭瀬さん」

郭瀬は僕を見て首を振り、汪に小さく「ありがとう」と言った。

「可能だね。中国の国民監視システム〈金盾〉みたいなものがあればインターネットの経路を汚染して、偽のアップデーターを食わせることも可能だ。泰洋さん、確かめたい？」

「なにをですか」

「俺たちは、インドネシア政府かパプア州政府が盗撮や盗聴を行っているかどうか知ることができる。もしやっていれば止《や》めるよう、メディアを通して圧力をかけられる」

汪が息を呑《の》み、口を押さえる。

一度も行ったことのない、誰一人として知り合いのいない国に圧力をかける？

いつの間にか、僕は握った自分の拳《こぶし》を見つめていた。

顔を上げると、郭瀬が僕を見つめていた。

口を開いてみるが言葉にならない。それを見てとったか、郭瀬はポケットからiPhoneを取り出し、背面のカメラを指さした。

「なにも政治運動をしようというんじゃない。泰洋さんには技術でやれることがある。もしも広告から盗撮ができるなら、iPhoneにセキュリティホールがあるということになる。アップルに報告すればいい」

郭瀬の口調は普段通りに戻りつつあった。

「これだけの問題なら、セキュリティアップデートがすぐに行われるだろう。政府の盗撮を公開するかどうか決めるのはその時でいい。泰洋さんが詳細を公開すれば西海岸のWebニュースに載る。すぐに全米ネットワークに流れて、BBC、EBUと伝《でん》播《ぱ》する。そうなれば、インドネシア政府かパプアの州政府か分からないが、広告を出した組織には世界的な圧力をかけられる。規模は小さいが、泰洋さんは第二のエドワード・スノウデンになれる」

自分のフィールドに持ち込めた安心感からか、一国の施策に圧力をかける道筋を整然と述べる郭瀬の言葉に、ぶれは感じられなかった。検閲、盗聴に盗撮、経路の汚染、そんなインターネットの自由を脅かす行動に立ち向かい、闘う。その覚悟が郭瀬の強さなのだ。

　視線を横に向ける。汪は顔を伏せていた。

　インターネット検閲と盗聴、そして経路汚染が合法とされる中国で生まれ、その全てがない日本へ来た汪はなにを考えているのだろう。日本人になるという彼女に、自由を求める気持ちは確実にあるはずだ。それでも――いや、その気持ちと、郭瀬の持つ覚悟が同じわけがない。

　僕は拳を解いて、指先で汪の見つめているテーブルの天板をこつりと叩いた。

「まずは盗撮や盗聴が本当に可能か、現実に行われているのかどうかを確かめたい」

　汪が顔をあげる。

「そうね、まだ決まったわけじゃないし」

　確かめるように口にした汪に、郭瀬は「十中八九、やってるよ」と言ってから僕に顔を向けた。

「泰洋さん、確かめるために必要なURLをまとめて送る。いつでも連絡してくれていいよ。明日、また会おう」

　郭瀬は帰り支度《じたく》を始めた。僕のサポートをしながら、家で盗撮が事実かどうか確かめるつもりなのだろう。

　汪が元に戻したカラオケボックスの照明が、郭瀬の細面に深い陰影を刻んだ。

闘うことを疑わない顔だ。

僕もこれから郭瀬と同じことをする。だけど——。

そのあと、どうすればいい。

＊

混雑している新宿駅の京王《けいおう》線の一番ホームで、僕は郭瀬からもらったメッセージを読み直した。

カメラにアクセスしようとしたスクリプトの全文と、新たなA／Bテストを実施し、結果を抽出するための方法。いつの間に用意してあったのかアプリを作るための言語、Ｓｗｉｆｔを学ぶためのファイル〝ハロー・ワールド〟の入手先まで揃っていた。思わず声が漏れる。

「気が早いよ……」

ｉＰｈｏｎｅで盗撮した映像を横取りして別のサーバーに転送するのは、僕の使えるＪａｖａＳｃｒｉｐｔには荷が重い。盗撮の証拠を押さえるために〈ブランケン〉を書き直せ、といいたいのだろう。

彼なら造作もないはずだ。十分で〈ブランケン〉を書き換え、ストアに登録して三日後にはアップデートをニューギニア島のユーザーに届け、証拠を集めることができる——待てよ。それだけなら、いまやれるじゃないか。

家に帰りつくまで、あと一時間ある。

京王線の発着情報を電光掲示板で確認した僕は、深呼吸してiPhoneにモバイルバッテリーとイヤフォンを繋いだ。次の各駅停車が出るのは十五分後だ。

郭瀬が用意してくれたA／Bテストの設定画面を呼び出した。専門的なトレーニングを受けずに様々な業務を行っていた僕は小さな画面でも気にならないし、iPhoneのキーボードでも開発ができる。

僕は広告を素通しして表示する場合にスクリプトが一つ動作するように設定した。エラーを吐いた政府広報の広告プログラムで使われている命令を上書き《オーバーライド》して、僕のサーバーにも転送するようにしておくのだ。

サーバーはアマゾンで借りた。インドネシアから近いシンガポールのデータセンターだ。これに三分。サーバーを起動し、画像サーバーのスクリプトが動作しておくようにする——ここまで十分。転送する動画が増えたときのために、自動的にサーバーを追加できるようにしておく。上限は二百台。これは、増えている〈ブランケン〉の売り上げを使えばいい。

電車がホームに入ってくるところで、僕は新しいA／Bテストを実施した。イヤフォンを耳にねじ込み、借りたばかりの画像サーバーにアクセスする。

もみくちゃにされながら車内に転がり込んだ僕の目の前で、次々と映像が登録されていくのが見えた。僕は鼻先で右上の映像をタップして、顔のすぐ右脇にｉＰｈｏｎｅを構える。

画面が暗くなり、イヤフォンに聞き取れない言葉が飛び込んできた。

オレンジ色の壁が見えた――天井だ。裸電球が画面の端に映り込んでいる。

褐色の腕がカメラの前で止まり、手首に赤と水色の布が巻かれているのが分かった。

すぐに腕はカメラの範囲から外《はず》れ、真っ白になった画面が徐々に暗くなっていく。

イヤフォンからは二人か三人かが怒鳴るように話す声が続いていた。

テーブルに伏せたｉＰｈｏｎｅのカメラで撮っている映像だ。

盗撮は行われていたのだ。

インドネシア政府か、パプア州政府かはわからないが、政府広報に隠されたスクリプトが見知らぬニューギニア島に住む人のｉＰｈｏｎｅを操作している。

どうすればいい？　彼らに、盗撮されている事実を知らせるべきだろうか。

今なら僕にもやれる。Ａ／Ｂテストに手を入れて、通知を出せばいい。

ぎらりと輝く金属が画面の前を通過し、イヤフォンからどすんという音が響いた。

慌《あわ》ててiPhoneを握り直すと、僕は舌打ちする音に囲まれた。

「ごめんなさい」と声をかけて、右脚をまっすぐに突っぱり体重をかける。

画面に目を戻すと、iPhoneが持ち上げられていた。

狭い——十畳ほどの簡素な部屋で、二名の初老の男が互いを指さしながら話し合っている。

僕の目は、彼らが肩から下げている物に釘付けになった。自動小銃だ。

右の方の男が刃渡《はわた》り五十センチほどもある湾曲《わんきょく》したナイフを腰から抜いて、もう一方の喉元に突きつける。すぐに怒号が響き、二人はカメラの方を見て、不承不承《ふしょうぶしょう》、腰を下ろした。

「ぶ——」武装している、と喉まで出かかった言葉を呑み込む。

ぐるりとiPhoneの方向が変わり、僕はひっと声を上げてしまった。

二十名、いや四十名ほどだろうか。半裸の男たちがこちらを凝視していた。みな腰に布を巻き、首輪と腕輪で身を飾っている。彼らが肩に担いでいるのは、弓だ。腰には矢筒が見えた。時代劇の小道具とは違う、不揃いな矢羽根が生々しい。

何名かは赤地に白い星が染め抜かれた布で顔の下半分を覆《おお》っていた。まるで、映画で見るテロリストのように。

映画かドキュメンタリーの撮影現場だ。そうに決まっている。別の映像を見よう。

僕が指を戻るボタンに置こうとしたとき、イヤフォンから爆発音が連続して響いた。男たちが慌てて立ち上がり、弓に矢をつがえようとするが糸が切れたように崩れ落ちていく。断末魔の声が響く。

赤いしぶきが壁に飛び散った。

僕は画面を消し、イヤフォンをもぎ取った。

「なんだよ、お前」と低い声が画面の向こうから飛んできた。

不機嫌な貌《かお》の男性がiPhoneの脇から睨んでいた。

「……ええと」

周りを見回すと、混雑する車両の中で、僕の周囲からは人がいなくなっていた。みな、不気味なものを見るかのように身体を引いている。

「うっせえな」「おどかすんじゃないよ」という声が上がるなか、スーツ姿の男性が人の輪から出てきて、僕の顔を覗き込んできた。

「大丈夫ですか？　顔、真っ白ですよ。凄い声をあげられたから」

「声――？」

「ええ。驚きました」

「ごめんなさい。大丈夫です」

僕はiPhoneをジーンズのポケットにねじ込んだ。

空いた空間を僕はドアの脇へ歩き、ポールに手首を通してしがみつく。そうでなければ立っていられない。膝《ひざ》が別の生き物のように震えだす。僕は初めて、人が死ぬところを見た。
明大前《めいだいまえ》で空いた座席に腰を下ろすと、郭瀬からメッセージが届いた。盗撮した映像を溜め込んだサーバーのＵＲＬを送っておいたのだ。
《見た》
《ありがとう。今どこ？》
《ヒルズ。オフィスだよ。まさか泰洋さんが先にやっちゃうとは思っていなかった。よくできてるね》
長いメッセージがすぐに飛んでくる。ＭａｃＢｏｏｋで入力しているのだろう。
こっちはまだ電車――と書きかけて指が止まる。何を言いたいのか整理ができていない。どうすればいいかを問えば、郭瀬はアップルに連絡して、動かぬ盗撮の証拠を政府に突きつけよう、と答えるはずだ。
僕はまだ整理ができていない。
死んだ男たちは何者だったのか。誰が殺したのか。通報しなくていいのか。通報したら、ジャヤプラの警察署はｉＰｈｏｎｅの盗撮した映像を盗んだ僕をどうするだろう。
なにより、僕はどうしたいのか。
考えている間に郭瀬はメッセージを次々と送ってきた。
《泰洋さんが証拠固めをしてくれたので、俺は別口を調べはじめた。社内にはインターネット検閲の専門家もいるからね》
《盗撮をやっているのはインドネシア政府じゃない。パプア州政府だ。OPMという独立運動をやっている団体の一部が、暴力闘争に移行しているらしい。それで州政府は検閲システムを一揃い買ったということだ。独断の可能性が高いということだった》
《検閲と偽のアプリをダウンロードさせるシステムを州政府に売ったのは中国だ。汪さんに言っていいかな》
僕は画面に指を這わせた。
《もうこのチャットに呼んである》
帰化し、日本人になることは自分で言う方がいいだろう。
《わかった》
これからどうすればいい——と書いてしまい、消す。
《あの映像は、そちらの専門家に見せてないの？》

《ない》と、またすぐに返事がきた。

《見せれば会社は動く。こんなあからさまな盗撮が見つかることは珍しいからな。州政府を追い込むまで止めないだろう。〈ブランケン〉は泰洋さんのプロジェクトだ。自分でけりをつけるつもりはあるんだろう？》

意外なメッセージを、僕は二度読み直した。

《ある、と思いたい。まだ考えがまとまらないよ》

即座に《それはそうだろう》と返ってきた。

《じっくり考えてもいいと思う。今日明日に決めなければいけないことじゃない》

人が死んでいるんだぞ――と書きかけて、消す。顔の見えないチャットでは、郭瀬がじっくり考えて発言したのか、あの男たちの死に感じるところがないのかどうかは分からない。

僕は言葉を探し、結局、当たり障りのないメッセージを送った。

《急がなくていいのかな》

郭瀬のアイコンの横に、タイピング中を示すアイコンが何度も出て、消えた。彼も迷っているのだ。

急いでも急がなくても、僕が何かをすることで変わることは多くない。あの男たちは〈ブランケン〉と関係なく襲われたはずだ。

気づくと、郭瀬のメッセージが書かれていた。

《今日はもう休んで、明日でも、週末にでもゆっくり考えた方がいい。俺は判断材料になりそうなものをできるだけ集めておく》

ポンという音が鳴り、チャットに入場した汪のアイコンが弾んだ。

《遅れてごめんなさい。映像は見ました。郭瀬さんと泰洋さんのログも、読みました。私も、〈ブランケン〉を盗撮避《よ》けのために使っているのは自由パプア運動「OPM」のメンバーやシンパだと思います。ストアのレビューで好意的なものはすべて、名前にパプア・ラブやOPMなどと付いてることも確認しました》

《いいぞ。筋が通っている》と即座に郭瀬が返す。

《映像の中で殺されたのはOPMのメンバーです。赤地に白抜きの星のバンダナを巻いている人がいました。あれはOPMの旗の一部です。先住部族を巻き込んだ独立運動なので、弓矢や山刀《さんとう》を使う部族も多いとのことです》

汪のメッセージが頭に染み透《とお》り、ぞくりとした寒気が背中を走る。

男たちは、僕のA／Bテストの最中に殺されたのだ。

州政府は、僕が盗撮させた映像をたよりに踏み込んだのだろうか。

汪のメッセージが新たに追加された。

《襲撃のニュースが英語で出てます》

《どこに？》即座に郭瀬のメッセージが飛んだ。

《俺はＢＢＣとＣＮＮの緊急速報をずっと見てる。インドネシアなんて出てこない。どこだ》

汪が送ってきた記事はアルジャジーラだった。

開くと、英語の見出しに目が吸い寄せられた。

〝【緊急】ニューギニア島ジャヤプラにて武装警察官が三名死亡〟

武装警察官？　銃撃を浴びせられていたのはＯＰＭのはずだ。

僕はｉＰｈｏｎｅを横向きにして記事を読みはじめた。

＊

「お客さん、お客さん。終点ですよ」

肩を揺すられて顔を上げる。だれもいない車両を、明らかに街のものではない外気が満たしていた。身体がぶるっと震える。

「この車両はこのまま車庫に向かいますので、ホームで次の電車をお待ちください。折り返しの列車は十五分後の発車になります」

「ありがとうございます」

礼を言って車両から出ると、冷たい風に嬲《なぶ》られた。

駅の周囲は真っ暗だ。いったいここは——。

「高尾《たかお》山口《さんぐち》か」

寒いはずだ。吹きさらしのホームに十五分も立っていると風邪をひいてしまいかねない。僕は改札階へ降りた。

英語の記事を読みながら、車中で眠り込んでいたらしい。

僕はｉＰｈｏｎｅに目を落とし、記事を読み直した。

読みはじめたときはなぜか頭に入ってこなかったが、何度か読み直してその理由がわかった。

襲撃事件に関連していたグループは、パプア州政府の武装警察官と独立派の自由パプア運動「ＯＰＭ」だけではなかったのだ。

まずジャヤプラ市の港湾倉庫に集まっていたＯＰＭの決起集会に、四十名からなる武装警察官が踏み込んだ。僕がｉＰｈｏｎｅで見た光景だ。そして、その現場へ第三の勢力、インドネシアのイスラム国《ＩＮＩＳ》組織が自爆テロを仕掛けたのだ。

見出しの死亡した武装警察官三名というのは、この自爆テロの被害によるものだった。

ＯＰＭ側の死傷者数はどこを探しても書かれていなかった。ニュースソースのパプア州警察は、独立運動側の被害を報じる気がないのだろう。
チャットには郭瀬と汪からメッセージが入っていた。
《泰洋さん、気に病んでいるかもしれないけれど、俺たちがやったＡ／ＢテストのせいでＯＰＭのメンバーが殺されたわけではない。パプア州政府は先週からＯＰＭ掃討《そうとう》作戦を計画していたらしい。インドネシア語のニュースを翻訳したらそう書いてあった》
《泰洋さん、お返事がありませんが大丈夫ですか？　イスラム国の襲撃も〈ブランケン〉とは関係がなさそうです。警察官にシンパがいて誘導したとのこと。何か分かったらまた連絡します》
《二人とも、ありがとう》
二十分遅れの返事を書いたあとで、僕は二人が気遣ってくれていることに気づいた。
確かに〈ブランケン〉は今日の襲撃と直接の関係はない、らしい。
だが今まで一度も誰かを傷つけなかったとはいえない。〈ブランケン〉が、自動小銃や弓矢で武装するＯＰＭの活動を監視していた盗撮を妨害していたのは事実だ。
ポルノを検閲するインドネシア。そこで公権力による盗撮や盗聴は合法なのだろうか。日本では特別な事由がない限り許されないが、アメリカでは国家安全保障局《NSA》が通信を盗聴していいことになっている。汪の生まれ育った中国も合法のはずだ。

ストアから〈ブランケン〉を取り下げれば、これ以上、責任のもてないことに首をつっこまずに済む。だけど、僕の中に、二度と取り返せないやりかけの仕事が残ってしまう。

ポンと音が鳴り、ｉＰｈｏｎｅに通知が入った。汪からのメッセージだ。

《お返事に安心しました。何かお手伝いできることがあれば、遠慮なく言ってください》

《ありがとう。少し一人で考えるよ》

僕は終電の時間を確かめて改札を出た。右に折れて街灯を頼りに川沿いを歩き、ケーブルカー乗り場前の広場へ向かう。石碑の脇を通り過ぎ、石段を登ったところにあるベンチに腰を下ろした。

吹きさらしのホームでは寒いと感じた夜風だが、林を抜けてくる風は心地よい。顔を上げると黒く繁る葉の隙間に明るい東京の夜空が見えた。

ここで〈ブランケン〉の中身をもう一度見ておこう。

僕はＭａｃＢｏｏｋを鞄《かばん》から取り出して膝の上に置いた。外気と同じ温度に冷えていたアルミニウム製のノートパソコンはすぐに体温で温まっていく。

蓋を開いてUSBケーブルをiPhoneに繋ぐと、通信回線を得たMacBookにメッセージの通知が並んだ。一番上にある、郭瀬のメッセージに目が留まる。移植済みだよ

〝Swiftプロジェクト：広告ブロッカー用のハロー・ワールドを送る。移植済みだよ〟

ふ、と息が漏れた。郭瀬は既に〈ブランケン〉を別の言語で書き直していたのだ。

僕は郭瀬が送ってくれたファイルを開発環境のXcodeで開き、構築《ビルド》してみた。テスト用のWebサイトがUSBケーブルで繋がったiPhoneで開いた。

広告があるべき場所には、空白の代わりに〝Hello, world!〟が表示されていた。

僕はじっとその文字列を眺めた。

新たなプログラミング言語を試すとき、データベースを作るとき、アプリを作るとき、サーバーで動くプログラムを書くとき、一歩目を踏み出すときに必ず書く言葉。

ハロー・ワールド。

「わかった、これだ」

僕はSwiftで書き直された〈ブランケン〉のコードを読みはじめた。

＊

終電で高尾山口から戻った僕は自宅で作業を続け、明け方にはＳｗｉｆｔ版の〈ブランケン〉を作り上げた。

テスト用の環境にアップロードしてメッセージを送ると、すぐに郭瀬から返事がきた。

《このバージョンは規約違反だ。広告を消した場所に別の内容を表示させてはならない。知ってるだろう》

《もちろん知ってる。でも、すり替えられていないブラウザーでは動かない。パプア州政府の配っているバージョンだけに、この通知は表示される。審査を行うカリフォルニアのアップル本社では再現しないんだ。ストアには並べられる》

郭瀬は何度か入力中のアイコンを明滅させてから、ビデオ会議のリクエストを送ってきた。受諾すると、昨日と同じ恰好のままの郭瀬がすぐに口を開いた。レッドブルの缶が五本立っているのが見えた。背後には朝の光が差し込み始めた高い天井のオフィスが見える。僕と同じように徹夜しているのだ。

「泰洋さん、意図的に規約を破ると、アップルから追放《バン》される。二度とアプリを作れなくなるぞ。アップルに連絡してセキュリティホールの報告をしよう。報告書は用意したから、泰洋さんがサインしてくれればすぐに提出するよ。そのあと、メディアへたれ込もう。中国が売ってる国家用のインターネット汚染ツールも一緒に叩ける」

僕はゆっくりと、一晩考え続けてきたことを口にした。

「盗撮は許せない」

「俺もさ。だから一緒に――」

「違う。僕が許さないんだ」

「なんだって？」郭瀬がカメラに顔を近づけ、声を低くする。

「一緒は嫌、そういうことか？」

「そうじゃない。押しつけたくないんだよ。許さないのと潰《つぶ》すのは違う」

中指で眼鏡を顔に押しつけた郭瀬は、画面を睨んで聞く姿勢になった。

「郭瀬さんの方法は確実だよ。でもパプアの人たちはどう思う？　暴いたのは日本人のアプリ作家で、圧力をかけてくるのは欧米のメディアとネット世論だ。そして途中で興味は中国に移る。それじゃあだめだ」

僕は弓矢で武装した男たちの姿を思い浮かべた。

「僕は、パプアの人が声を上げるきっかけを作りたい。そのために、盗撮中の映像を広告エリアに表示することにしたんだ。Ｓｗｉｆｔの移植、途中までやってくれてありがとう」

最終版の〈ブランケン〉はブラウザーが映像をどこかのサーバーにアップロードし始めると、検出した広告のエリアに映像を表示し、録画中の音をスピーカーから鳴らす。これは郭瀬の言うように規約に反した設計だ。誰かがアップルに「広告のところに映像が出ている」とクレームを入れれば、数日で〈ブランケン〉はアプリストアから消えてしまうだろう。

だが、iPhoneに残る〈ブランケン〉はパプア州政府が盗撮を行っていることをその後も雄弁に物語る。

郭瀬がゆっくり頷いて、人さし指をカメラに向けた。

「意義はわかるが、いいのか？　泰洋さんのアカウントは確実にバンされるぞ」

ポンと音が鳴り、ビデオ会議の画面が二分割されて汪が現れた。

「遅れてごめんなさい。さすがにスッピンでは出られなくて。泰洋さん、私のアカウントを使わない？」

「まずいでしょ。だって――」

中国人の汪が中国政府の関与した盗撮ツールを告発すれば当局に目をつけられてしまう。

郭瀬も「それはまずい」と止めたが、汪は赤い背表紙のパスポートを顔の脇に持ち上げた。金で箔押《はくお》しされているのは菊の花――日本のパスポートだ。

「帰化申請が通ったのよ。来週には中国大使館に退籍申請を出す予定なの。泰洋さん。私の中国人としてのアカウントはいつ消えても構わないのよ。〈ブランケン〉を私に譲渡してちょうだい」

郭瀬はカメラを指さしてきた。

「これだ。最高の手だよ。ニューギニアの人たちに盗撮の存在を知らせて、泰洋さんのアカウントも無傷のままだ」

僕は笑顔が自然であることを祈りながら、笑った。

「ありがとう。でも自分でやるよ」

汪と郭瀬が声を揃える。

「どうして」「なんでだよ」

「僕がちゃんと終わらせたいんだ。最終版をストアにアップロードするよ」

〈ブランケン〉の最終版は三日でストアから排除された。クレームを入れたのはパプア州政府の関係者だったらしい。

だが、僕のアカウントは停止されなかった。

アップルからは連絡があった。

政府ぐるみでの欺瞞《ぎまん》工作でＷｅｂブラウザーごと入れ替えられてしまったとはいえ、Ｗｅｂ広告からカメラとマイクが操作できてしまったのは大きなミスだ。セキュリティホールはすぐに塞ぐとのことだった。事実、〈ブランケン〉が排除された日に配布されたセキュリティアップデートには、カメラとマイクの独立という短い一文が書いてあった。

メールしてくれた担当者は、これでまた一つ安全になった、ありがとう、と僕に礼を述べ、メディアに経緯を公開するといい、第二のスノウデンになれるよ、とフランクな言い回しで付け加えてきた。

〈トップキャド〉のオフィスでそのメッセージを読んだ僕は、郭瀬と同じ事を勧める一文を読んで爆笑してしまい、何があったかと慌てて飛んできた津島へ「友人の頭の中がアメリカ人だったんだ」と、説明にならない説明をしてしまった。

とにかく僕は経緯を公開するつもりはなかった。

リサーチを続けてくれた汪によれば、パプア州政府の盗撮、盗聴は独立派の議員が追及しているという。それでいい。外から声をあげる必要はない。

僕は、遠い海の向こうにいる人たちの人生を変えてしまった。

〈ブランケン〉が盗撮を行う政府広報を止めている間、警察の機能は低下していたはずだ。盗撮されないと信じていたユーザーの行動を、A／Bテストで筒抜けにしてしまってもいる。何名かは検挙されたかもしれない。

責任を感じることはない、と郭瀬は言ってくれる。〈トップキャド〉を辞めてから会うことが少なくなった汪も。

そういえば、久しぶりに会った汪は髪の毛を短くしていた。政府の追及を避けるためかと思ったが、中国人らしくする必要がなくなったから、ということらしい。

「また、アプリを作るときは声をかけてくださいね」

別れ際に汪は言った。

「もちろん」

僕はｉＰｈｏｎｅをかざしてみせる。

真っ白な画面に表示されているのは〝Hello, world!〟だ。

行き先は特異点

道路脇に落ちているものはいつも気を引く。

レンタカーで走る異国ともなればなおさらだ。

クローバーの茂る土手に、僕の目は見覚えのあるなにかを捉えた。

そのとき、シートベルトが強く引かれた。

ピッ、ピッという電子音が鳴り、ダッシュボードには自動車が壁に接近したときに表示されるアイコンが点滅した。駐車用の近接センサーだ。ナビは後方視界に切り替わり、白い乗用車のバンパーを映し出している。

アクセルに置いた右足が加速か減速かを迷ったところで、軽い衝撃を感じた。僕はブレーキを床まで踏んだ。急ブレーキでも車をスリップさせないシステム――ＡＢＳ《アンチロック・ブレーキ・システム》の黄色いアイコンが点滅する。

フォードは草が踏みしめられた轍《わだち》を逸《そ》れて、一メートルほど進んだところで停車した。

ダッシュボードの、時速十五マイル（約二十四キロメートル）を示していた速度計が赤い枠で囲われた表示に切り替わっていた。

《Driver Alert：Reset Now（ドライバーへ警告：リセットしてください）》

警告文の下には、白抜きの太い文字でＯＫと書かれた赤いボタンが表示されていた。僕はボタンを指で押してみた。

反応はなかった。このダッシュボードはタッチパネルじゃない。

「どうしろと？」

呟きながらハンドルに手を戻すと、親指の下に「ＯＫ」のボタンがあった。ボタンを押すとき、手首のアップルウォッチが輝いた。二〇一九年の四月六日、時刻は十七時三分。日没は十九時二十五分。

僕は稜線上に雲のたなびく青空を見上げた。

振り返ると、すぐ近くに白い乗用車が見えた。運転席では、青いキャップを被《かぶ》った運転手が、ハンドルに重ねて置いた手に頭をのせていた。

追突されたのだ。

事故の前後の情景が頭の中で組み立てられていく。

僕は今日の正午に、サンフランシスコの子会社〈Ｄｒａｇｏｎｆｌｅｗ《ドラゴンフリュー》〉のオフィスを出発して東へ向かった。まだ雪をいただいているロッキー山脈を左手に見ながら走り、プロモーション担当者のクィン・アダムソンの自宅へ到着したのは、午後四時を少し回った頃だった。

イチゴ農園の監視小屋に到着した僕は、クィンから展示用のドローンと彼が発注したパンフレット、スチロール製の看板やロゴ入りのクロスなどの展示アイテム一式を受け取り、第二の目的地であるラスベガスへ向かった。

ナビに従って運転していた僕は、どこかで道を間違えてしまったらしい。いつの間にか湖と渓流が売り物らしいキャンプ場の中に入り込んでいた。

湖から出た川に沿って伸びる土手の、クローバーに残る車輪の跡が、ナビの示すルートだった。ラスベガスへの到着予想時刻は、五時間四十五分後と表示されていた。

現地で合流する予定の年下のボス、幾田《いくた》廉士《れんじ》は、ちょうどサンフランシスコ国際空港へ向かってオフィスを出る頃だ。僕は明日朝までにラスベガスのホテルに着いていればよかった。

時間には余裕があるので、僕は土手の道を行くことにした。サンフランシスコ国際空港で借りたフォードがＳＵＶだったせいもある。舗装されていない道を走ることに興味があったことは否めない。

フォード・エスケープの太いタイヤと高い座席で走る土手の道を僕は楽しんだ。右には湖から流れ出た川が空を映し、左手にはオレンジの果樹園が広がっていた。

ゆっくりと進んでいた僕は、同じ道をやってくる白い乗用車に気がついた。近づいてきた乗用車は車五台分ほどの車間距離をあけて、僕のフォードに速度を合わせてついてきた。

ちらりと道路脇を見た僕が、顔を戻したときには遅かった。そして追突されたのだ。

「まいったな」と声が漏れる。接近に気づいたとき、加速すればよかったのか、それともクラクションを鳴らすべきだったのか。

とにかく、僕は異国で交通事故に遭った。

二台の車は接触したまま道を逸れて止まっている。

大した事故ではない。

エアバッグも開いていないし、車に衝撃が加えられたときに鳴るはずの警報も聞こえていない。もちろんスピードも出ていない。最後に見たときの速度は確か、時速十五マイルだったはずだ。

追突してきた方はどうだろう。僕はもう一度首を伸ばして後ろを振り返った。

青いキャップは助手席側へ移動していた。グローブボックスの中を漁《あさ》っているようだ。

ハンドブレーキの横からｉＰｈｏｎｅをとりあげた僕は、警察の番号を記憶から引っ張り出して911とタップしたが、そのあとのやりとりを想像して通話ボタンを押すのをやめた。米国に住んだことのない僕の英語はそれほど上手《うま》くない。事故を起こしたことぐらいなら伝えられるが、キャンプ場の真ん中に誘導するほどの土地勘はないし、こんな田舎で国際免許のナンバーを答えて通用するのかどうかも分からない。

通報は、青いキャップの彼に頼むとしよう。

ドアを開けて高い座席からクローバーの絨毯《じゅうたん》に足を下ろした僕は、運転手へ手を振ろうとして固まった。

「ハロー……」

言いかけた言葉も最後まで出なかった。

白い乗用車はレクサスのハッチバックだった。屋根には、五十センチほどの高さの白い骨組みの枠が作り付けられていた。枠の中では、筋の入った黒い円筒がぐるぐると回っている。僕の考えているものと同じならば、円筒の筋から赤外線のレーザーが三百六十度照射されていて、自動車の外界を精密な3Dモデルに作り上げていく光測距装置のはずだ。確か、名前は〈LiDAR《ライダー》〉という。

ここからは見えないが、バンパーの中央には車間距離を測るためのミリ波レーダーの穴があいているはずだ。

乗用車のドアが開いて小柄な女性が降りたった。青いキャップからは、栗色の髪の毛がこぼれ落ちるように肩に掛かっている。瞳は黒く、肌の色は僕よりも濃い。女性は手に持っていた白いジャンパーを羽織《はお》ってから、こちらへ手を振った。

「ハイ！　ハードラック（運が悪かった）」

僕は両手を広げて、敵意がないことを示しながら「フォーユー（君の運が）？」と言ってみた。

答えはどちらでも構わない。アメリカに住んだことのない僕の英語力では、もう少し長く話してもらわないと、彼女がこの事故をどちらの責任だと考えているのかわからないからだ。

女性は両の手のひらを上に向けて肩をすくめた。

「どっちもよ。本当にごめんなさい。巻き込んじゃって」

僕は歩いていって右手を差し出した。

「僕はヤスヒロ、ヤスヒロ・フヅイ。日本から来た」

僕の手を取った女性はジュディ、と名乗った。

握った指の細さに僕は戸惑った。肩も細い。車から出てきた時に小柄に見えたのは、二週間の出張で、堂々としたアメリカ人風の体型に慣れていたせいなのだろう。ジュディの身長は僕よりも五センチほど低いだけだった。

「よろしく」

ジュディがにかっ、と笑う。効果音が聞こえそうな笑顔の、大きく開いた唇の中で矯正ワイヤーが輝いていた。笑顔は自然だが、ハイスクールで矯正を済ませていないということは、アメリカ生まれでないのだろう。

僕は離した手で屋根の〈LiDAR〉を指差した。

「とても驚いたよ。まさか、こんなところで出会うなんて」

「私も、こんなところに来るなんて思わなかった。まだ路上試験の最中なのよ、この車」

ジュディは首を振って、ドアのロゴを示した。

〈グーグル・セルフドライビングカー〉

追突してきたのは、実験中の自動運転車だったのだ。

＊

「――ここはグラビスボロよ。通り？　さっき言ったでしょう。アボカドレイクキャンプ場の中だってば。警察でしょ、グラビスボロがわかんないの？」

頬に押し当てていたグーグル社の大ぶりなスマートフォン〈Pixel《ピクセル》〉から顔を離したジュディは、さっきと同じ笑顔を僕に向けた。

「まいったわ。場所が通じない」

僕はiPhoneの地図アプリで現在地を表示させてみた。ここからも見えるオレンジ農園の上に「Gravesboro」という文字が書かれている。

「スペル読み上げたら？」

「それもそうね」と言ったジュディは「G、R、A――」と読み上げていく。どうやら読み方を間違えていたらしい。ジュディは「グレイヴスボロだって」と僕に囁《ささや》いて電話に戻った。

「イエス……ノー。ノー」

目撃者はいるのか？　ノー、救急車は必要か？　ノー、そんなところだろう。繰り返されるイエスノーを聞いていると、突然ジュディが、僕の方へ顔を突き出した。

「ライセンス持ってる？」

もちろん、と答えて、座席に置いておいた国際免許証を差し出す。およそ免許証とは思えない二つ折りの書類に渋い顔をしたジュディだが、警察へは「相手のライセンスも確かめた」とだけ答えて僕にウィンクした。ありがたい。

ジュディは電話に戻った。

「私はジュ・ジン。ジュ、ジン――」眉《まゆ》をひそめたジュディが吠《ほ》えた。「それが名前！　ジュがファーストネームでジンがファミリーネーム。スペルはZHU《ズィーエイチユー》、JI《ジェイアイ》

N《エヌ》。ライセンスナンバーは、64503——どれぐらいで着く？　わかった」

電話を切ったジュディは「いつ来るかわからないって」と僕に告げて、クローバーの絨毯に腰を下ろした。

「ジュディさん、中国人？」

「中国人、なのかなあ。ミャオってわかる？　少数民族」

「聞いたことはあるよ」僕は頷いた。

苗族《ミャオ》だ。英語でなんというのかわからなかったので、植物の子供とか、畑に植える、種じゃないやつ、などと言うとジュディは「それそれ」と嬉しそうに笑った。

「そうか。日本人は漢字がわかるのよね」

「名前は、漢字だとどう書くの？」

「金《ゴールド》にビーズ」

宙に指を舞わせて「金《ジン》」「珠《ジュ》」という二つの漢字を書いた。

「いい名前じゃない」

僕は国際免許証の姓名欄を指差した。

「僕の名前はこうだよ。ジュディはイングリッシュネーム？」

「アメリカに来るのを助けてくれた香港《ホンコン》の人がつけたの。便利だからここでも使ってる。ヤスヒロさんが不便でなければ、ジンジュって呼んでもいいよ」

「ありがとう」

「ヤスヒロさんは、もう関係者への連絡を済ませた？」

「じつはまだ何もしてない」

僕は拙《つたな》い英語を補うために、両手を広げて目を回してみせた。日本ではとてもやれない仕草だ。それから白いドアに書かれているグーグルのロゴを指差した。

「これからジンジュさんの会社にどうすればいいか聞こうとしてたところ」

「わたし、短期の契約社員《コントラクト》なんだけど。でもググるよね」

日本と同じように、Ｇｏｏｇｌｅは動詞として使える。僕はおうむ返しに言った。

「そう、ググる」

僕はｉＰｈｏｎｅのブラウザーで「After a car accident what should I do（交通事故に遭ったときにやるべきこと）」と入力した。

「見せて見せて」と覗き込んだジンジュは「うわ、広告ばっかり」と言いながら画面をスクロールしていく。まるごと二画面ほどスクロールしたところで、僕はよさそうなブログへのリンクを見つけた。

《交通事故に遭ったときにやるべき十のチェックリスト》

ドメイン名はfindlaw（弁護士探し）ドットコム。弁護士を雇いなさいという結論になるのだろうが、それを差し引いて読めばいい。嘘は書かれていないだろう。これにしようか、と言った僕にジンジュも頷いた。

ページを開くと、オレンジ色とグレーを基調にした、おとなしめのエントリーが立ち上がった。

「いいじゃない」とジンジュ。「英語の苦手な人に読ませることも考えてるね。言い回しがやさしいよ」

「確かに」

僕は英語を読み書きできない人がこの国で暮らしていることを、先日、手痛い失敗とともに知ったのだった。

勤務先の〈エッジ〉は、昨年の十一月に、サンフランシスコのドローンメーカー〈ドラゴンフリュー〉を買収した。

二〇一四年に創業して、初期のドローンブームを支えた企業だ。コウモリの翼を持ったトンボのロゴは、ホビードローンの代名詞でもあった。ITガジェットの輸入販売に手を拡げていた〈エッジ〉は、日本国内での独占販売権を手に入れ、家電量販店にずらりと並べていたのだ。だが〈ドラゴンフリュー〉の人気は続かなかった。AI（人工知能）制御の新機種が出せないまま、昨年の十月末には不渡りを出す直前にまで追い込まれていた。

ソフトウェアで制御する部分の多いIT機器は、メーカーが倒産してしまえばただのゴミ。〈エッジ〉が輸入して家電量販店と流通問屋に納めた二万台のドローンが返品されれば、年末に四億円を支払わなければならない。

　綱渡りの経営をしていた〈エッジ〉にとって、その額はとうてい呑めるものではなかった。

　そこで僕のボスの幾田は、〈ドラゴンフリュー〉が当座必要としていた二百万ドルを日本の銀行系ベンチャーキャピタル《VC》からかき集め、創業者の持っていた株を買いとり、買収して延命した。一世を風靡《ふうび》したトンボのロゴは、過去の実績だけを重視する銀行員あがりの日本人投資家には魅力的に映ったらしい。もちろん幾田の信用あってのことではあるが。

〈ドラゴンフリュー〉のCEO（最高経営責任者）になった幾田は、七十名いた社員の半数を辞めさせて、何種類もあったドローン製品のラインを、人気のあった空撮用だけに絞り、新製品に集中させた。

　そうしてようやく生まれた製品〈メガネウラ〉を、明日ラスベガスで開かれる〈アイテック〉に出品することになったのだ。僕はそのスタッフとして、幾田についてアメリカへやってきた。

　僕が失敗したのは、新製品に同梱《どうこん》する予定の印刷マニュアルに関する打ち合わせの席上だった。

三十二ページの丁寧な導入ガイドを入れることを主張した開発陣と、動画マニュアルを掲載したウェブサイトのURLを印刷したカードだけでいいというプロダクトマネージャーが対立したのだ。丁寧に作りたい開発と、コストを抑えたい販売側がぶつかることは珍しくない。

意見を求められた僕は「リテラシーの低いユーザーのために、印刷マニュアルは必要だよ」と言った。ユーザーの手元にある印刷マニュアルは、たとえ出来が悪くても顧客サポート部門の負担を減らしてくれることを僕はよく知っていた。

全員が怪訝《けげん》な顔で僕を見た。プロダクトマネージャーのスティーブ・アイスマンはスキンヘッドを撫でて、氷河を思わせる青い瞳で僕を睨んだ。

「文字を読めないユーザーのために文字のマニュアルを作れっていうのか？」

何を間違えたのかわからず固まった僕に「かっかすんなって。インターネット・リテラシーのことだよ。そうだろ、ヤス」と助け船を出してくれたのが、プロモーション担当者のクィン・アダムソンだった。「リテラシー」単独では、読み書きの力という意味になる。クィンはランチの時に、スペイン語や中国語しか通じないコミュニティに暮らす人々、そして英語が読めないことを隠しながらアメリカに暮らす人々のことを教えてくれた。

「何を隠そう、おれもリテラシーのなさに苦しんでいる。技術屋の話す言葉は半分もわからん。ドローンやコンピューターの分野なら、ヤスの方がリテラシーがある」と笑ったクィンに、僕はいろいろなことを尋《たず》ねるようになった。

だが、交通事故なんて状況では、ドローンやコンピューターではどうにかなった僕の英語リテラシーも役には立たない。ジンジュが一緒に読んでくれることがありがたかった。

それほど長くないブログを最後までスクロールしてみると、弁護士を雇いなさいという助言は最後に短く書いてあるだけだった。

「良さそうだね。内容はそれほど日本と変わらないみたいだけど、このチェックリストで確認していくよ」

向かいに座っていたジンジュは回り込んできて隣に座り、一つ目の項目を読み上げた。

「その一、現場《シーン》を動くな」

「当然だね。その二、運転手と乗員の状態を確かめろ。これも大丈夫。その三、警察を呼べ。これも終わった。ありがとう」

「いつ来るか分からないけどね」

「警察署、近くにないの？」

「このあたり、グレイヴスボロはアンインコーポレイテッド・エリアなの」

「法人《コーポレイション》がなんだって？」

ジンジュは「ああ」と言って空を仰いだ。

「自治体がない、って言えばいいかな。オレンジ農場とキャンプ場と、あといくつかのお店があるだけ。消防署も警察署もないのよ。だから、さっき電話したのはフレズノ郡《カウンテイ》の警察本部なのよ。車で一時間ぐらいかかる」

僕は自然と目を丸くしていた。知らないことばかりだ。

ジンジュが次の項目を読み上げた。

「その四、運転手同士の情報を交換せよ。さっきの紙、写真に撮っていい？」

「もちろん」

僕がパスポートと国際免許証をクローバーの上に広げると、その隣にジンジュはドライバーライセンスカードを置いた。僕はジンジュの生年月日に驚いた。一九八六年生まれなら三十三歳だ。二十代後半だとばかり思っていた。細いせいだろう。

ジンジュも僕の顔を見つめていた。

「三十八歳？」

僕は髪の毛を摘《つま》んで「ハードワーク」と言った。幸か不幸か、半ば以上白くなった髪の毛のおかげで若く見られることはない。

「悪くないよ、じゃあ次いこう。その五、目撃者を確保せよ——いないよねえ」

ジンジュは辺りを見回した。僕も同じようにしてみたが、道路の右手は灌木《かんぼく》が立ち並んでいて向こうは見えないし、左手のオレンジ農場に人影はない。ジンジュはグーグルカーへ顎《あご》をしゃくった。

「テストカーだから、いくつもドライブレコーダーが搭載されてるわ。法執行機関に求められたら提供することになっているから、それでいいのかも」

「僕の乗ってきたフォードも、事故の前後の映像は保存してるみたい」

「じゃあ次。その六、保険会社に連絡せよ。面白いね、複数の保険会社に連絡するのは避けるように、だって。わたしは会社。ヤスヒロさんは？」

「一社だけ選ぶんならＲＥＮＴ《レント》だね」僕はリアウインドウの隅に貼ってあるレンタカー会社のシールを指差した。「このフォードは彼らの持ち物だし。借りるときに保険までパッケージされてるはずだから」

「それがいいわね。ぶつかったとき、ステッカーみて安心したわ。無保険車との事故は大変なのよ。その七、健康状態の追跡。私はこれで」

ジンジュは左手をぶらぶら振って、左手首にはめた銀色のブレスレットを揺らした。グーグルの〈Ｐｉｘｅｌ〉リングだ。僕も笑って右手首のアップルウォッチを指差してみせる。どちらも、脈拍を追跡することができる。

「その八、写真を撮れ」

「まかせて」

僕は立ち上がって、フォードの後部座席から黒い汎用のコンテナをとりあげる。コンテナのトンボのロゴを見たジンジュが声をあげた。

「〈ドラゴンフリュー〉だ！　懐かしい。大学で遊んだことあるよ。まだ売ってたんだ」

「新製品だよ」僕はコンテナを開きながら言った。「こいつを紹介するためにアメリカに来たんだ。練習しておけって言われていたから、ちょうどいいや」

コンテナを開いた僕は胸をなでおろした。

グレーの緩衝材をくりぬいて収めてあった新作のドローン〈メガネウラ〉と、操作用のｉＰａｄは追突の影響を受けなかったようだ。僕はドローン本体を取り出して、クローバーの上にそっと置いた。

ドローンには珍しい大きな翼は、胴体の左右に折りたたまれていた。翼の中央には大きなローターが一つ埋め込まれている。ヘリコプターというよりも、飛行機をベースにしたデザインは、自社製品だという身びいきを差し引いても美しい。

ジンジュは畳《たた》まれた翼のローターを指差した。

「ローターはその二枚？」

「いや、尻尾に補助ローターがついてるから三枚だよ。でも、ほとんどの出力はこの二枚に集めてる」

　ｉＰａｄの画面ロックを解除してトンボのロゴのアプリを起動すると、深緑色のボディに赤いラインが輝いた。二枚の翼がゆっくりと開いて〈メガネウラ〉が本来の姿を現した。

　翼を展開し、尾を伸ばした〈メガネウラ〉は、名前の由来でもある古代の巨大トンボを思わせた。実はサイズもカリフォルニア大学古生物学博物館に展示されている化石とあわせてある。翼を開いた時の幅が七十五センチ、機首から尾の先端までの長さが六十五センチだ。

　尾の先端では球形の枠の中で、補助ローターが回っていた。

「飛行機みたい。なんだっけ、輸送機の――」

「Ｖ－22オスプレイだね。あれをモデルにしてるんだ」

　下向きの風で宙に浮くヘリコプター式のドローンはエネルギー効率が悪い。撮影地点まで移動するときは飛行機のように翼の揚力を使う方が経済的だし、速度も出るのだ。〈メガネウラ〉はヘリコプターと飛行機のいいとこ取りをすることを目指している。

　機首についたカメラはｉＰａｄの画面に、僕のニューバランスのスニーカーを大写しにしていた。

「飛ばすよ。まず、現場の上空から」

僕は画面の右脇に描かれたスロットルを指で上に押し上げた。

二枚のローターが唸《うな》る。大出力のローターは機体をふらつかせながら宙へ浮かせた。画面は僕の膝、腰、胸、そして顔を順に映していく。ふらふらと飛ぶ〈メガネウラ〉だが、頭部に埋め込んだアクションカメラ〈GoPro《ゴープロ》〉が撮影する映像はクレーン撮影をしたかのように安定していた。機体のふらつきを吸収する吊枠《ジンバル》新設計のおかげだ。

「じゃあ、現場を撮るよ」

僕はカメラを真下に向けて画面に映った自動車を長押しして目標を設定し、滞空高度を百フィート（約三十メートル）に設定した。

〈メガネウラ〉は上を向いていた翼を水平に回転させ、飛行機モードで旋回しながら高度を上げていく。時速はすぐに六十キロに達した。

小さくなっていく僕とジンジュ、そして接触した二台の自動車を中央に据えたまま撮影地点に到着した〈メガネウラ〉は、ヘリコプターモードに戻って静止した。

ジンジュは口を開《あ》けていた。

「あんなに速く飛べるんだ」

「それが〈メガネウラ〉の特徴なんだ。じゃあ、撮影するよ——あれ」

いつの間にか、画面の中央にあったはずの自動車は画面の左下にずれていた。見上げると、真上に飛ばしたはずの〈メガネウラ〉は、五十メートルほど道を戻ったあたりで滞空《ホバリング》していた。

画面には、群生するクローバーの緑色が広がっていた。ところどころに色の濃い部分がある。地質が違うか、そうでなければ起伏のせいだろう。緑の絨毯を横切る道は、追突したままの二台の自動車の脇を通り、画面の端まで延びていた。

自動車の横には、空を見上げる僕とジンジュの姿があった。

僕はフォードが追突されたあたりをタップしたが、〈メガネウラ〉は少し画面を揺らしただけで再び元の位置に戻ってしまう。

「おかしいな」と言って覗き込んだ画面に、ジンジュの細い指が伸びる。

「これ、何？」

磨かれた爪の先には、ベージュ色の小さな四角い枠があった。撮影用の目印かと思ったが、こんなインターフェイスを作らせた記憶はない。この枠は地面に置いてあるものだ。

「ちょっと見てみようか」と言って高度を下げさせる。

今度は滑らかに動いた〈メガネウラ〉のカメラは、ベージュの枠に近づいていく。

「箱だ」僕は突然思い出した。

「ぶつかるちょっと前に、道端に落ちていたのを見かけたんだよ」

「へえ、私は気づかなかった」

素材はボール紙のようだ。四隅が黒いプラスチックのパーツで押さえられていて、左下に白い枠がある。伝票のようだ。だが、何かがおかしい。高度が一メートルになった時、僕は胸騒ぎの原因に気づいた。

近づいてくる配送ボックスは、カメラに対してまっすぐに置かれていたのだ。コンパスは真北を指していた。これは正常な動作だ。〈メガネウラ〉は特に指定しなければ、必ず真北を向いて滞空する。

この配送ボックスは落し物ではない。誰かがこの土手にやってきて、真北に向けて置いたのだ。

〈メガネウラ〉が、ゆっくりと箱の真横に着陸すると、カメラは箱の横腹を大写しにして停止した。

「なんでこんなとこに？」ジンジュが言う。

僕に分かるわけもなかった。

箱に印刷されていたのは、〈Ａｍａｚｏｎ〉のロゴだった。

＊

「ドローン配送だね」

　腰をかがめた僕は、箱の隅を押さえる黒いプラスチックの部品に空いた穴を指差した。

「ここにドローンの爪を引っ掛けて運ぶんだ。ロサンゼルスとサンフランシスコの倉庫で、試験的にやってるんじゃなかったかな」

「へえ。もう始まってたんだ。宛先《あてさき》はサンガー市、四番通りのニック・アダムス。金持ち」

「知ってるの？」

「ここから車で三十分ぐらい行ったところよ。ダウンタウンの西側にある住宅地。芝生の庭があって、子供は二人。小学生と幼稚園、どちらもフレズノの私立に通わせてる。犬は二匹。民主党員――」

　ジンジュは救いを求めるように両手を差し伸べてきた。

「ねえ、どこかでとめてよ。適当に喋《しゃべ》ってたのに」

「ごめん。金持ちなんて言うから、知り合いか、でなければ有名人なのかと思った」

「簡単よ」とジンジュは伝票の中央にある配送方法を指差した。

「無料配送って書いてある。プライム会員でしょ」

出かかった言葉を呑み込んで「ほんとだ」と日本語で言った。怪訝な顔で首を傾げたジンジュへ笑ってみせる。

「ごめん、英語が出なかった。確かに。気付かなかった」

危うく「アメリカだと、プライムの会費は、年九十九ドルじゃなかった？」と言うところだった。彼女は無料配送や音楽、電子書籍の優遇措置のために、年一万円ほどの会費を支払う人を「金持ち」と言うような暮らしをしているのだ。

「でも、ドローン配送ってのもあてにならないわね。こんなところに置いていくなんて。どうしようか」

「放っておけばいいよ。アダムス氏が連絡するさ。届いてないぞ、って」

「どうなるの？」

「別のを梱包して送り直すんじゃないかな。取りにも来ないよ、きっと」

「捨てちゃうんだ。ばかねえ」

まったくだ、と言った僕だが、実は買収した〈ドラゴンフリュー〉のスタッフたちに同じことをさせている。

ボスの幾田は、保証期間内にユーザーのドローンが故障したら、修理はせず、理由も状況も聞かず、すぐに新品の製品を送るように命じたのだ。質問もせずに代替品を送りつける新生〈ドラゴンフリュー〉のやり方に古くからのユーザーは反発した。ツイッターやブログには「ドラゴンのユーザーをやめる」という言葉が躍り、ユーザーとのコミュニケーションを封じられたスタッフたちは幾田へ方針の撤回《てっかい》を求めるメールを何通も送ってきた。

だが、先月行ったアンケートの顧客満足度は、買収前よりも向上していた。時間給で換算した費用も半分ほどに下がったため、解雇を予定していたスタッフを三名、引き止めることもできた。ブログやツイッターに書かれた捨《す》て台詞《ぜりふ》は、ユーザーのものでないこともわかった。

その結果をメールで送ってきたプロモーション担当者のクィンは、〈Ｓｌａｃｋ《スラック》〉のプライベートなチャットで僕に書いてきた。

《君とボスは正しかった。だけど、ユーザーにメールを送れない顧客サポートの連中は、仕事を奪われたって愚痴をオフィス中でまき散らしてるし、悪口も相変わらずウエブに載ったままだ。なんとかならんかな》

僕は《難しいよ》と返すことしかできなかった。

その対応を聞いた幾田が「泰洋さんはやさしいですね。よくなった数字を見える形にすることこそが、クィンの仕事です。いずれ彼にも分かります」と言ったことを思い出した。

それができれば苦労はない。

僕は真北に向けて置かれたドローン配送ボックスに目を落とした。

人のほとんど通らないクローバーの土手で、いずれ配送ボックスは破れ、ビニールに包まれた中身を晒《さら》す。雲の少ないカリフォルニアの日射《ひざ》しが、紫外線でビニールを硬く黄ばませ、むき出しになった製品はクローバーの絨毯に呑み込まれて、数年も経てばこの場所に箱が置かれていた痕跡もわからなくなる。

だが、一体どれだけの時間が必要になるだろう。

「環境には優しくないね。ゴミの問題になるかもしれないな」

「ならないわよ」ジンジュが目を丸くした。「アマゾンが取りに来ないって分かってるなら、誰かが持っていっちゃうもん。ドローン配送が増えたら、誤配を探して回る人も出てくるって、絶対」

ジンジュは両手を高く上げて、空を見上げた。

「神なるドローン様、今度はわたしにルンバを降らせてください——神様《マイ・ゴッド》」

口を開いて固まったジンジュの視線を追った僕も、同じ顔をしていたに違いない。

渓流の手前に並ぶポプラの梢《こずえ》の上に、黒い腹をこちらに向けた大型のドローンが浮かんでいた。かつて〈ドラゴンフリュー〉とシェアを争い、今は業界最大手となった

〈ドローヴ〉が開発した大型ドローン〈アルバトロス〉だ。ここから見えないドローンの背は、製品名であるアルバトロス——アホウドリを思わせるパールホワイトに輝いているはずだ。

GPS測位で配送先まで飛ぶ〈アルバトロス〉は、人間のオペレーターの手を借りることなく建築や道路の状況から安全な場所を自分で判断して、荷物を置くことができる。

ドローンはその腹に、アマゾンのロゴが入った配送ボックスを抱えていた。

直径四十五センチの大型ローターがたてる音がようやく耳に届いてきた。

〈アルバトロス〉は僕たちの上空でホバリングした。

「まさか……」

僕とジンジュは後じさった。

その空間に〈アルバトロス〉はゆっくりと着陸した。パチリという音とともに固定していた爪を外した〈アルバトロス〉は勢いよく飛び立って、やってきた方向へ戻っていった。

残された箱は、先に置かれていた配送ボックスと同じように、ぴったり真北を向いていた。

＊

頬にべったりとつけたスマートフォンから、幾田の声が流れてきた。声のうしろには、慌ただしく人が行き来する気配と、空港のアナウンスがいくつも重なって流れていた。

『やりましたねえ、泰洋さん』

五歳年下の幾田は、部下の僕に敬語を使い、名前で呼ぶ。

「申し訳ありません。ナビ通りに運転したつもりだったんですが、キャンプ場に迷い込んでしまいました」

『いやいやいや、グーグルカーにオカマを掘られるなんて、やろうと思ってできる経験じゃありません。しっかり見てきてください。事故は社で対処しますから、安心して相手のドライバーと仲良くしてください。私も、いま仲良くなれそうな相手を探してるところです』

その言葉の通り、幾田は賠償よりも、口止め料よりも、示談を担当する役員と友人になることを望むだろう。部下になって三年の間に、幾田がトラブルに陥った相手企業とよい関係を作っていくのは何度も見てきた。学生時代を日本で過ごし、日本の企業で社会人をはじめた彼は、そうやってシリコンバレーに入り込もうとしている。

「ありがとうございます。クィンと一緒なら良かったのですけど」

『彼はあてになりませんよ』と幾田は笑う。週に三日しか出社しない彼がプロモーション担当を任されているのは、シリコンバレー界隈《かいわい》で長く働いていて人脈があるからという理由だけだ。

そもそも新製品のドローンをラスベガスに運ぶのはクィンの仕事だった。彼が別のイベントに出ることを決めたせいで、僕にお鉢が回ってきたのだ。

ドローンのことを思い出した僕は〈メガネウラ〉の動作に、若干《じゃっかん》怪しいところがあることを告げた。

「ホバリングの位置がちょっとずれるんですよ。ソフト側の問題だと思います」

『警察はもう来てるんですか』

僕は「連絡はしたんですが」と言って、少し離れたところで切り株に腰をおろすジンジュへ顔を向けた。気配を察したジンジュはいじっていたスマートフォンから顔を上げ、肩をすくめる。

「いつ来るか分かりません。現場が非法人地域なので、フレズノにある本署が対応するのだそうです」

『なるほど。じゃあ取り調べは夜までかかるかもしれませんね。フレズノに泊まってきても構いませんよ。私の到着も遅れます』

「何かあったんですか？」

『飛行機が飛ばないんですよ。ＳＦＯ（サンフランシスコ国際空港）発の便は、十七時から全便欠航です。空港は大混乱ですよ。衛星の障害だとアナウンスしてる航空会社がありますね』

「衛星？」

僕の中でなにかが引っかかった。アマゾンのドローンが二台も立て続けに誤配送した原因と関係があるかもしれない。〈アルバトロス〉の航法システムは、米国が管理する三十二基の人工衛星群、全地球測位システム――ＧＰＳに依存している。

「ひょっとしてＧＰＳですか？」

『旅客機はインマルサットじゃありませんでしたっけ。ＧＰＳに依存しないはずですけどね。とにかく、私は一度〈ドラゴンフリュー〉に戻って、明日の便でベガスに行きます。到着は昼過ぎです』

それから幾田は、〈エッジ〉の米国での活動を助けてくれている、ロス在住の弁護士、貫出航《ぬきでわたる》に事故の件を伝え、依頼もしておくと言った。

およそビジネスマンとは言いがたい無精髭《ぶしょうひげ》と後ろで結んだ髪、サイズの合わないデニムの上下が作務衣《さむえ》にしか見えないせいでローニンと呼ばれている日本人弁護士だが、仕事ぶりは誠実だ。僕は胸をなで下ろした。

それからいくつか事務的な確認をした幾田は、ふと思い出したように言った。

『泰洋さん、どうしてGPSなんて思いついたんですか？』

僕は事故現場の近くに誤配送された二つのドローン配送ボックスの件を幾田へ伝えた。

「〈メガネウラ〉の不調も関係があるかもしれません。会社に戻るなら、アイスマンにそう伝えておいてください」

『わかりました。〈アルバトロス〉も見たんですか。ほんとうに泰洋さんは引きが強いなあ。ロト買うといいですよ。相手の女性ドライバーにもよろしく言っておいてください。夕食を一緒にとるなら経費にしていいですよ』

「事故の相手方と一緒に飯を食ったらまずいでしょ。ではラスベガスで」

ｉＰｈｏｎｅを頬から離して電話を切った僕は、身体をぶるっと震わせた。いつの間にか気温が下がっていたのだ。暖まっていたｉＰｈｏｎｅで、知らず知らずのうちに暖をとっていたらしい。

切り株から腰を上げたジンジュが、こちらへ歩いてきた。

「終わった？」

「うん。弁護士もつくことになった」

「一安心ね。ところで、Uber《ウーバー》のアプリ、入れてる？」

僕はもちろん、と答えて、まだ生暖かいiPhoneのホーム画面でウーバーのアイコンを探す。

民業タクシーサービスを提供するウーバーは、オリンピックを控えた東京で民泊《みんぱく》サービスを展開するAirbnb《エアビーアンドビー》と同時期に余剰の民間資本を活用するシェアリングエコノミーを切り開いてきた。

アプリのできがよく、起動すると近くを流しているドライバーを呼び出すことができ、目的地も地図で指定できる。正規のタクシーより安く、西海岸の都市部なら五分以内に車がやってくるので、僕と幾田はこの出張で何度も使っていた。

「車を呼ぶの？」

「そういうわけじゃないけど、立ち上がった？」

「うん」

キャンプ場の中なのだから当然だが、起動した画面の地図には道路が描かれていなかった。現在地を示す黒い枠の右に表示された配車予想時間は――。

「一分以内？」

一瞬遅れて、地図が赤い自動車のアイコンで埋め尽くされる。周囲を見渡そうと顔を上げた僕に、ジンジュがスマートフォンをつきつける。

た。

「私のだけじゃなかったんだ」

ジンジュの掌《てのひら》で輝くウーバーの地図にも赤い自動車のアイコンがひしめいていた。

僕は改めて周囲を見渡した。

クローバーに覆われた土手にある人工物は、僕の乗ってきたフォードと、グーグルの自動運転車、そしてドローンが誤配していった二つの配送ボックスだけだ。

僕たちが走ってきた轍の向こうからは水の流れる音が聞こえていた。

そのせせらぎに、微《かす》かなエンジン音が混ざる。

音のする方へ顔を向けた僕の背に鳥肌が立つ。

屋根になにかを載せた白いレクサスが、緩やかなカーブを曲がってきたところだった。ジンジュが「うそ」と漏らして口を押さえる。

姿を見せた乗用車のドアには〈グーグル・セルフドライビングカー〉のロゴが描かれていた。

レクサスは僕とジンジュの手前で停車した。運転手はハンドルを握っていた。

運転席の窓が開いて、ジンジュが被っていたのと同じ青いキャップを被った、まっ黒な肌の男性が首を突きだして言った。

「ジンジュじゃないか。あんなところに車止めて、何やってんだ？　娘さん、迎えに行かなくていいのかい」

男性は肩を揺すりながら振り返って、ジンジュのグーグルカーを指差した。

「コニーは母に頼んだ。ファヒームこそどうしたの。あなた、今日は高速道路のテストじゃなかった？」

「それがよお」男性は丸っこい拳でハンドルを叩いた。「このポンコツ、あとちょっとで高速道路走行のノルマ達成ってところで、勝手に高速降りやがったんだ。帰りのナビを任せたらこんなキャンプ場に連れてきやがる。やってらんねえよ」

ファヒームと呼ばれた男性は、僕にちらりと視線を送ってから、ジンジュへ笑いかけた。

「デート？」

「ばか。よく見てよ。やっちゃったのよ」

ジンジュの指す方を見直したファヒームは、目を丸くして僕へ顔を向けた。

「ハードラック。いや、強運かな？　グーグルにカマ掘られるなんて普通は体験できない」

僕は笑顔を作って右手を差し出した。

「ボスにも同じことを言われたよ。ヤスヒロだ」

「ファヒーム」

力強く握られた、暖かな手を離した僕は急速に下がった気温にふるえ、自分の腕を抱いた。

その様子を見たジンジュはファヒームへ言った。

「ねえ、ファヒーム。あなたのスタッフジャンパー貸してくれない？」

ファヒームは助手席から丸めたナイロンのジャンパーを僕に手渡した。

「ヤスヒロ、さんでいいのかな？　いい弁護士雇って、口止め料をがっつりむしり取れよ。会社はニュースにしたくないからな。あんたのほうが強い」

会社の不利益を誘導する言葉に、僕の英語力ではヒアリングできなかったかと思ったが、ジンジュまでも「そうだそうだ、ぶんどっちゃえ」と言い添えたことで気づいた。

二人とも正社員ではなく、契約ドライバーなのだ。

「弁護士はついた。がんばるよ」

残念ながらそんな交渉にはならない。

僕はふたサイズほど大きなジャンパーを羽織って、前をかき合わせた。

「ありがとう」

「似合わんなあ」と顔をしかめたファヒームはジンジュへ顔を向けた。「ジャンパーは俺のロッカーに引っかけておいてくれ。で、本部はどうしろって？」

「現場は警察に、フレズノ署では弁護士に従え、だそうよ」

言われなくてもそうするって、とジンジュは鼻から息を吐き出した。

「確かにな。これから警察じゃあ、今夜のパーティーには間に合わないか」

「たぶんね」

「ついてないな。稼ぎどきだってのに」

首を傾げた僕に、ジンジュが言った。

「ファヒームと私、夜はウーバーの運転手なのよ。今夜はロサンゼルスのホテルで、三千名ぐらい参加する不動産業界のパーティーがあるのよね」

ジンジュは肩を落とした。

そういえば、ウーバーの運転手には、別の自動車を運転しているプロのドライバーがかなり多いことを思い出した。グーグルカーのテストドライバーも例外ではないということだ。

ジンジュはファヒームへ、画面がロックされたままの〈Ｐｉｘｅｌ〉を掲げた。

「ウーバーが今日、ちゃんと動いてるといいわね。アプリ、見た？」

「いいや」と言ったファヒームは自分のスマートフォンを操作して声をあげた。

「なんだこりゃ。カリフォルニア中のウーバーがここに集まってるじゃないか。ちょっと待てよ——」

ファヒームは真剣な顔でしばらくスマートフォンを操作して、画面をこちらへ向けた。

「ウーバーだけじゃない。テストカーもだ――おっと、ヤスヒロさん、この画面を見たってことは黙っててくれよ。テストカーの管理アプリは社外秘なんだ」

グーグルマップの上に、白い自動車のアイコンが群がっていた。

「全部？」と僕が聞くと、画面を見直したファヒームが言った。

「カリフォルニア州内走ってる奴がほとんどかな。面白いな、ウーバーと違って全部の車がこっち向いてる」

「ウーバーのアプリ、車の向きなんてアテにならないじゃない」

「そりゃそうだが――」

アマゾンのドローン誤配送に、新製品〈メガネウラ〉の不調、ウーバーとテストカーのアプリの異常。そして、僕やジンジュ、ファヒームが、何もないキャンプ場の中に来てしまったことが偶然とは思えない。ひょっとしたら、追突もだ。

これはGPSの障害だ。

僕は、話を続ける二人に声をかけた。

「ちょっと、車に戻ってるよ。確かめたいことがあるんだ」

＊

助手席でＭａｃＢｏｏｋを取り出した僕は、ｉＰｈｏｎｅのテザリングでインターネットに接続してから、〈ドラゴンフリュー〉の開発者向けチャットを立ち上げた。メンバーのほとんどが在席していることを確かめた僕は、雑談用のチャンネルで呼びかけた。

《ＧＰＳは正常に動いてる？》

間髪を入れず《Ｎｏ》という吹き出しが現れた。

スキンヘッドのアイコンは開発責任者のスティーブ・アイスマンのものだ。本名はステファン・アイヒマンだが、ナチの幹部と同じファミリーネームを嫌っている彼は、アメリカでアイスマンと呼ばせている。

冒険を好まないドイツ人エンジニアの彼と幾田、そして僕の三人は、サンフランシスコでの残業仲間だ。

アイスマンは続けてメッセージを送ってきた。

《全世界的に混乱しているが、弊社製品への影響はない》

《〈メガネウラ〉は誤動作してるよ》

《そいつはまだ発売前じゃないか。ＧＰＳ航法を搭載してるのはその新製品だけだ。〈メガネウラ〉が東南に飛びたがるのは確かめた》
《違う。特定の座標に向かって飛ぶんだ。いまちょうど、その座標のあたりにいるんだよ》
《現在地を教えてくれ。緯度経度で》
《グレイヴスボロ》とタイプしかけていた僕は、緯度経度というアイスマンのメッセージを読んで地図アプリケーションを立ち上げた。
最後に検索したラスベガスのホテルが表示されていたのを見て思い出した。ノートＰＣにＧＰＳは搭載されていない。
カリフォルニア全図を表示するために「California」と入力すると、地図が縮小して右に流れていき、北と東側の州境が直線で切り取られたカリフォルニア州が表示された。
中央には「カリフォルニア州」とラベルのついた赤いピンが立っていた。その少し右には、警察署のある最寄りの都市、フレズノがピンから少し左側にあった。アマゾンがアダムス氏へ荷物を送るはずだったサンガーの町がある。
僕たちがいるのは、ちょうどこのピンのあたりだ。
地図を拡大していくと、アボカド湖から西南へのびる川が見えてきた。グレイヴスボロと書かれたラベルの周辺には規則正しく緑の点が描かれている。土手の南に広がるオレンジ農園だ。

川に沿って広がる明るい緑色の帯はクローバーの敷き詰められたこの場所だ。

カリフォルニア州のピンは、土手の真ん中に立っていた。

ピンを中心に拡大していくと、細い二本の轍が現れた。ついさっき〈メガネウラ〉で撮影した場所だ。

「何だ、これ」

僕は呟いた。

カリフォルニア州を示すピンは、アマゾンのドローンが配送ボックスを置いた場所を示していたのだ。僕はピンをクリックして座標をコピーした。

《北緯36度46分33・99秒、西経119度25分4・56秒》

《ありがとう。調べてみる》

だめだ。座標の数字ではその場所が特別なことが伝わらない。僕はもう一行書き足した。

《ドローンを引き寄せるその座標は、カリフォルニア州の中心だ。僕は今、そこにいる》

スキンヘッドのアイコンが現れ「入力中……」と出てから、また消え、再び「入力中……」に戻った。アイスマンが迷っているのだ。五回ほどそれを繰り返したあとで現れたメッセージはシンプルで短いものだった。

《面白いな。そんな風に現れたのか》

《何か知ってるの？》

《不調の原因は、GPSの生データを読んだことのあるエンジニアなら必ず知ってる。週のロールオーバーだ》

アイスマンはいくつかのURLを送り、概要を説明してくれた。

GPS衛星は日時を、週と、毎週日曜日にリセットされる秒の二つに分けて発信している。毎週、秒のカウンターは六〇四七九九からゼロに戻る。

今回問題を引き起こしているのは、週のデータだ。六十万もの数字を扱う秒と異なり、週の方は十ビット――一〇二四までしか割り当てていない。毎週一つずつ増えていく週のカウンターは、運用が始まった一九八〇年の一月六日から一〇二四週後の一九九九年八月二十二日に、初めてリセットされてゼロに戻った。

このとき、初期のカーナビのいくつかで問題が発生したという。

次にリセットされるのが、さらに一〇二四週後の今日、二〇一九年四月七日だ。リセットは標準時の日付が変わる十八秒前に行われるので、ここカリフォルニアでは七時間、前にずれて午後四時五十九分四十二秒。まさに事故の起こった時刻だ。

《分かってたのに、混乱してるの？　回避コードぐらい簡単に書けるでしょう》
《もちろん》
アイスマンはURLをさらに一つ送ってきた。
インターネットでプログラムを共有するためのサービス〈GitHub《ギットハブ》〉のものだ。グーグルやアマゾン、マイクロソフトにアップルなどの巨大IT企業が、自社で作成したプログラムやデータを〈ギットハブ〉を通して公開することも多いため、〈ドラゴンフリュー〉の開発者は全員アカウントを持っている。
URLをクリックすると、C言語で書かれた三十行ほどのコードが表示された。グーグルの地理的位置情報《ジオロケーション》チームが公開したプログラムの一部だ。メニューの下には、コウモリの翼を持ったトンボのアイコンが並んでいた。〈ドラゴンフリュー〉のだれかも、コードをダウンロードしているようだ。
シンプルで無駄のないプログラムは、ＰＣよりもずっと小さな機器で動かすことを考えているようだった。
《ＧＰＳの信号を緯度経度に変換するライブラリの一部だよ。プログラムの投稿日は二〇〇四年だが、作成日は一九八五年。グーグルは買収した企業のコードを、ほぼそのまま投稿したんだろう。一度も修正する必要がなかったたし、これからも修正する必要はない》

《誤動作してるじゃないか》

《このコードは使われていないんだ》

アイスマンは、僕の質問を予期していたかのような速さでそう返してきた。

《地球における位置を示す緯度経度と、人為的な区切りである住所を結びつけるプログラムが結合されたとき、週カウンターのリセットを吸収するためのコードを呼ぶ行が、削除されていた。二〇〇六年の修正だ。以来十三年間、この問題は放置されていた》

アイスマンは〈ギットハブ〉の、別のURLを送ってきた。

地理的位置情報チームが投稿した巨大なプロジェクトを開くと、チャットに新しいメッセージが現れた。

《よく燃えてる》というメッセージに、アイスマンは珍しく顔文字をつけていた。

確かに、炎上していた。

問題が発覚した十七時ちょうどから二十分しか経っていないというのに、五百二十二件もの修正が提案されていた。

僕はいくつかの修正コードを見て苦笑した。一行足しているだけなのだ。問題のありかさえ分かっていれば、僕にも修正できる内容だった。

《どうする？》

僕はとりあえず聞いてみた。アイスマンなら、手元で直すと答えるだろう。やってくれ、と答えれば〈メガネウラ〉のデバッグは終わる。

《ヤスヒロさんが決めてくれ。私はコミットを投稿したい》

《手元で直したいのかと思ってた。もう五百も修正が提案されてるじゃないか。僕らが投稿する必要なんてある？》

《一九九九年に週のカウントがゼロに戻ったとき、カーナビは動作を停止するか、妙なルートを示しただけだった。だけど今回は違う。私たちを取り巻く機械のネットワークは止まらない。ドローンを吸いこむ特異点《シンギュラリティ・ポイント》が生まれるなんて思ってもいなかった。そのレポートを、だれかが書かなければならない》

僕は息を呑んだ。

膨大なコードのどこかで座標に特定の値が与えられたシステムは、異なる結果を引き起こしている。サンフランシスコ国際空港は、一九九九年にクラッシュしたカーナビのようにただ処理を止めた。だが、ウーバーの配車システムは地図に描くべき車両の位置を間違えたまま、動き続けている。

アイスマンたちが作った〈メガネウラ〉と、アマゾンの配送用ドローン〈アルバトロス〉も動作を止めることなく、カリフォルニア州の中心へ吸いこまれていく。

僕は振り返って、バンパーが接触したままの白いレクサスを見た。この自動車が示した反応は複雑だ。

ジンジュの乗るグーグルカーがこの場所を目指した時刻は、週カウンターがリセットされる十七時よりも前のはずだ。カウンターを先読みするプログラムが、実際のリセット時刻よりも早く、カリフォルニア州の中心という座標をシステムの中に浮かび上がらせたのだろう。

グーグルカーは、その特異点へ向かうため、道順を選んで、交通法規を守り、周囲を走る自動車に溶け込んで走ってきたのだ。

走るという本能を自動車の形で与えられたグーグルカーは、勘や予感に従う人間のように特異点を目指した。そして最後の最後で――おそらく目的地を通過しそうになったことで誤作動をおこし、僕のフォードに追突した。

次に週カウンターがゼロになる一〇二四週後――十九年後、いまよりもずっと機械は「生きて」いるだろう。

より複雑な機械が、感情に突き動かされる人間のように振る舞うとき、アイスマンが僕に説明してくれたように問題を理解できるだろうか。

アイスマンがメッセージを送ってきた。

《ヤスヒロさん、コミットするコードは用意してある。レポートを書いてくれないか》

《わかった》

＊

黒い煙が青黒さを増していく空へ立ちのぼる。

「いいのかな」

「焚《た》き火自体はね。ここ、キャンプ場だし」

僕が呟くと、隣で焚き火に手をかざしていたジンジュが肩をすくめた。炎の輝きはまだその顔を照らしてはいない。

日没まであと十五分ほどを残したところだ。地平線はオレンジ色に輝いていた。

焚き火の向こうから、ボール紙の束が投げ込まれた。

「おいおい、おれのせいにするつもりか？」

ファヒームが立ち上がる。手には、解体したアマゾンの箱が握られていた。その背後には、まだ解体されていない箱が積み上げられていた。僕がレポートを書いている間にも、アマゾンのドローンは配送ボックスをこの場所に運び続けていたのだ。

グーグルカーはやって来なかった。どうやらオンラインで修正したプログラムを適用したらしく、管理プログラムも正常に戻っていた。

「焚き火はいいけどさ、誤配の箱を燃やすのはやめなよ」

「誰も迷惑しないんだろ」

ファヒームは手の中の箱を焚き火へくべて言った。

「乾いた枝を持ってくりゃあ、やらないよ」

「無理言わないで、今が何月だと思ってるの？　四月よ。だいたい、あなたはここに残る必要なんてないじゃない」

「そんなわけにいくかよ」

ファヒームは白い歯を見せて笑った。

「十九年に一回きりのイベントだぜ。カリフォルニア中のＧＰＳマシーンがここに集まってくるんだ」

「いや、そういうわけじゃなくて――」

説明しようとした僕を、ジンジュが肘でつついた。

「無駄よ」

「あ、おまえ今、俺を馬鹿にしたな」

「だって理解してないじゃない！　ＡＩの反乱なのよ、ねえヤスヒロさん」

それも違う――が、ジンジュのせいではない。僕が説明を間違えたのだ。

アイスマンが言った特異点は、ＧＰＳと住所を紐付《ひもづ》けるときに生まれてしまった場所だ。カリフォルニア州ならば、ファヒームが焚き火をしているクローバーの生《お》い茂る土手の上。アメリカには五十の特異点が生まれている。

だがジンジュは、僕の言った「特異点」を、AIが人間の知能を凌駕《りょうが》する地点だと勘違いしてしまった。

僕の英語が拙《まず》かったせいもあるだろうし、たまたまジンジュが見たことのあるハリウッド映画のせいもあるだろう。ジンジュとは、もう少し落ち着いた場所で話したかった。

「AIの反乱は言い過ぎだけど、機械が理解できなくなった場所ではあるね」

僕も言いすぎになってしまった。正確には、理解できなくなった場所の一つだ。調子に乗っているとつい「の一つ《ワンオブ》」、を入れ忘れてしまう。

「またまた深刻ぶっちゃって。スイッチを切りゃいいんだよ——お、また来たぞ。中身が燃える奴がいいな」

ファヒームの向いた方を見上げると、夕陽に照らされたアマゾンの配送用ドローン〈アルバトロス〉が近づいてくるところだった。大型ローターの音が届くと、手前の梢が揺れて、無数のムクドリが飛び立った。

空が暗くなるほどのムクドリが起こした風が僕の顔をなぶった。

煙のように湧き上がったムクドリの群れは、渦《うず》をなし、一つの固まりになって再び梢へと戻ってくる。この見事な群れは、簡単なプログラムで作られている。

近くで仲間が飛んだら一緒に飛びあがれ。そして気流の乱れていないところを飛び続けろというものだ。ムクドリという肉体が、この簡単なプログラムで空に渦を描かせる。

機械にそれができない理由はない。

僕はゆっくりと降下してくる〈アルバトロス〉に細めた目を向けた。

ぼやけたドローンが焚き火を避けて地面に降下する姿は、まるで生き物のようだ。

ジンジュが声をかけてきた。

「残念だったね」

「なにが？」

「レポート、リジェクトされたんだよね」

僕は額を叩いた。目を伏せた顔がジンジュを心配させていたらしい。

「気にしてないよ、ごめん。あのドローンを見てたんだ。よくできてるなあって——」

おっと、電話だ」

バイブレーションを感じた尻のポケットから、木琴の着信音が流れ出した。

「ボスからだ、失礼——もしもし」

頬にあてたｉＰｈｏｎｅから、幾田の声が聞こえてきた。

『泰洋さん、やりましたねえ』

「なにかありましたか？」

『アイスマンと一緒にやって頂いたんですって？　素晴らしい』

顔を離して画面を見ると、幾田がテキストメッセージでURLを一つ送ってきていた。

画面を開くと、〈ウォール・ストリート・ジャーナル〉の記事が目に飛び込んできた。

〝GPSの週カウンターリセット、カリフォルニアの中心を特異点に！〟

自動的に外部スピーカーへと切り替わったiPhoneから幾田の声が流れだす。

『この記者、〈ギットハブ〉で網を張ってたんだそうですよ。何が起こってるかわからなかったみたいでね。そうしたら、泰洋さんとアイスマンのコミットを見かけたというわけです。その経緯も書いてありますよ』

「あ……」

幾田は開発コミュニティへの参画に苦言を言うような人物ではないが、一般ニュースに取りあげられてしまったのはまずかった。

「申し訳ありません。アイスマンは、僕に焚きつけられたような感じでして――」

『どうしたんですか、泰洋さん。感謝しようと思ってたのに。広報に取材依頼のメールがどんどんきてますよ。基本はアイスマンに回しますが、潰れたと思っている人の多い〈ドラゴンフリュー〉には、いい宣伝になりました』

「ありがとうございます。アイスマンと会うなら、よろしく言っておいてください」

『それでは』

記事を読もうと顔を伏せた僕の袖《そで》が引かれた。

顔を上げると、夕陽に顔を染めたジンジュが後ろを指差していた。

「すごい、見なきゃ」

地平線に沈む陽の輝きに、思わず目を閉じてしまう。

まぶたの裏に緑色の斑点《はんてん》が散った。金色から青に変わる空にはなにかがあった。それをジンジュは見せようとしたのだ。

ゆっくりと目を開いた僕はため息をついた。

こちらに頂点を向けた三角形が、紫色に変わるあたりを飛んでいた。

〈アルバトロス〉の群れだった。一台の〈アルバトロス〉を先頭に、五十センチほどの間隔をあけて群れを作ったドローンたちがこちらに向かってきていた。

色づいた太陽の光が、ドローンと腹に抱えた配送ボックスの縁を赤く輝かせている。

先頭を飛んでいた〈アルバトロス〉が、目標を見つけたリーダーのようにゆっくりと旋回して、僕たちの頭上へと近づいてくる。付き従うドローンが三角形の群れを保とうとして渦を巻く。

鳥と同じような群れを作るためのコードは〈アルバトロス〉を動かす、何万行かあるはずのコードのどこにも書かれていない。それでも、自然へ解き放たれた機械たちは生き物のように振る舞ってみせる。

目標地点を見つけたリーダーが僕とジンジュの頭上を越えて、焚き火の横に降り立った。その脇へ、次のドローンが配送ボックスを下ろす。次々と降りてくるドローンたちは、僕たちを避けて、焚き火の周りに箱を積み上げていく。

ローターの風が焚き火とクローバーを揺らす。

満面の笑みを浮かべたファヒームが叫んだ。

「本物の鳥が入ってるだろ、おまえら！」

なんとはなしに差しのべた手を躱《かわ》したドローンが、ジンジュの向こう側へ回り込む。

驚いて短い声を上げたジンジュがバランスを崩して、僕の腕を摑んだ。

「大丈夫」

僕は彼女の肩を引き寄せた。

「彼らもせいいっぱい、この世界でやっていこうとしてるんだ」

僕たちと同じように。

五色革命

ホーンの音で目が覚めた。

寝汗でからみついたシーツから肘をほどいた僕は、枕元のｉＰｈｏｎｅに手を伸ばしてこちらに向けた。人が手にとったことを検知したｉＰｈｏｎｅが自動的に液晶ディスプレイを輝かせる。

二〇一九年五月十五日の午前六時。時刻の下には、今日の予定が並んでいる。七時半に鳴るはずの目覚ましと十五時に予定している現地スタッフとの打ち合わせ、そして二十時にホテルに来るよう予約しておいた、スワンナプーム国際空港行きの民業タクシー〈Ｕｂｅｒ〉のチケットだった。

今日で五日間のバンコク出張は終わる。

最終日の朝、僕は予定よりも早く目覚めてしまった。

窓から響く、ぶうんという音に僕は顔をしかめた。調子のよくなかったエアコンが完全に壊れてしまったらしい。

ため息をつこうと開いた口が粘《ねば》ついた。別れを惜しんで宴をひらいてくれたスタッフが頼んだメコンウィスキーのカクテルを、日付が変わるまで飲み続けていたからだ。

水はどこに置いただろう、と部屋を見回した僕は、壁に走るまばゆい輝きに気がついた。真東から昇った朝陽が遮光《しゃこう》カーテンの隙間を通り抜けてきたらしい。雨期に入ったバンコクには珍しく、今日は晴れるということだ。

ベッドの左側にあるライティングデスクでは、寝る前に映画音楽をかけていたＭａｃＢｏｏｋが黒い画面をこちらに向けていた。椅子《いす》には、今日穿《は》く予定のジーンズとポロシャツがかかっている。床には革靴《かわぐつ》と、ジムで走るために持ってきたスニーカーが揃えてあった。

クローゼットの脇には、荷造りを終えたスーツケースと、バンコクに持ち込んだ最も高価な機材——発売したばかりのドローン〈メガネウラ〉の製品ロゴが入った黒い樹脂のケースが並べて立ててあった。チェックアウトの用意は終わっている。もう一眠りしても大丈夫だ。

ベッドサイドテーブルに置いてあった水で、粘つく口を潤《うるお》してから、僕は自分に言い聞かせるように声を出してみた。

「観光も悪くないか」

バンコクに来るのは三度目だというのに、一人で街を歩いたことはなかった。幸か不幸か、街には大勢の武装警察官と兵隊が立っている。四日後、十九日に行われる予定のデモに対処するためだという。街の治安はわるくない。外国人が行かないような場所を歩くのには好都合だ。

七時まで寝ようと決めてシーツにもぐりこもうとしたとき、窓の外でホーンが鳴り響いて、僕は予定よりも早く目覚めた理由を思い出した。

納得はしたものの、僕は眉をひそめていた。泊まっていた五日間、十二階にあるこの部屋でバンコク名物のクラクションが気になったことはなかったからだ。

じっと窓の方を見ていると、窓から聞こえていた唸るような音が高まった。壊れたエアコンの音ではなかった。

人の声だ。

ベッドから出た僕は、習慣になっている動きで充電中のアップルウォッチを取り上げて手首に巻きながら窓のほうに歩いた。

唸り声が高まり、爆竹《ばくちく》を鳴らすような音も聞こえてきた。

そっとカーテンを開いた僕は、信じられないものを見た。

赤い川だ。

ホテル前のスクンビット通りには、視界の届く限り赤いペナントを翻《ひるがえ》すタクシーがずらりと並んでいた。屋根とボンネットには赤いTシャツを着た人が座っている。その人数は、一万人や二万人ではきかない。

眼下には赤いペンキが塗りたくられたトレーラーヘッドが停車していた。そのトレーラーから三度目のホーンが響き、赤いシャツを着た人々が拳を空に突き上げる。

窓を震わせた音は彼らの歓声だった。いや、ブーイングだ。

道路をびっしりと埋め尽くすタクシーのクラクションがブーイングに参加した。耳をつんざくハウリングがビルの谷間にこだまして、ギターをかき鳴らす音が響き、トレーラーに連結された移動ステージが眩《まばゆ》い作業灯に照らされる。ステージの中央に立った男が、トレーラーを取り囲む人々になにかを叫んでいた。

手首でアップルウォッチがピンという音を鳴らした。

通知は、ＢＢＣの《Breaking News（緊急速報）》だった。

《Red shirt Protesters shut Bangkok again!（赤シャツの反政府組織、バンコクを再び封鎖！）》

見出しだけの、意味を取り違えようもないニュースを、僕は何度も読みなおしてから窓枠に手をついた。

「デモは、十九日じゃなかったのか？」

再び鳴ったホーンが僕に答えた。

予定よりも四日早く、赤シャツがバンコクを封鎖したのだ。

それも、予想を超える規模で。

＊

シャワーを浴びた僕は時刻を確かめた。

午前七時。時差は二時間なので、日本は九時になる。

両親には安心するよう電子メールを送っておいた。猫の世話を頼んでいるペットシッターには、一週間ほど追加で家に来てもらうようにお願いした。

情報収集の準備も済ませた――とはいっても、アルジャジーラの英語版アプリをダウンロードして、ｉＰｈｏｎｅのホーム画面で、ＢＢＣとロイターの横に並べただけだ。

アルジャジーラを選んだ理由は、記者の肌の色だ。

タイで白人はファランと呼ばれる。豊かな文明の使者に向ける憧《あこが》れの言葉でもあるが、締まりのないサイフからドル紙幣をこぼすカモの意味でも使われる。麻薬や少女が売買される裏通りで囁かれるとき、ファランという言葉は蔑《さげす》みの言葉に変わる。

そんなバンコクなら、褐色の肌を持つアルジャジーラの記者たちは独自の取材ができるはず、と思ったのだ。黄色を基調にしたアルジャジーラのニュースアプリは、早くも路上からの写真と映像を交えたレポートを発信し始めていて、僕の期待に応えてくれた。その記事に「僕は無事です」と添えてツイッターでＲＴ《リツイート》しておいた。

次は会社だ。

僕はｉＰｈｏｎｅでビデオ会議アプリを立ち上げた。ＭａｃＢｏｏｋは、ネットワークが宿泊客を捌《さば》ききれなくなったせいか、既に通信ができなくなっていた。

連絡を取る相手は年下のボス、幾田廉士だ。彼のアイコンには「在席」を示す緑のドットがついていた。通話アイコンをタップすると、ファーンという接続音とともに、明るい『どもー』という声が響いた。

幾田はいつものように下の名前で呼びかけてきた。

『待ってましたよ。泰洋さんも災難ですねえ。デモに巻き込まれるなんて。日本だとまともな情報がなくてわからないんですが、クーデターになりそうですか？』

「それはなさそうです。軍はデモの排除に動いているということでしたから」

『それなら安心だ。タイは軍事政権ですからね。飛行機は？　今日の便で戻る予定でしたよね』

「そうなんですが――、空港に行ける感じじゃありません」

僕はｉＰｈｏｎｅをデスクから取りあげて、カメラで窓の外を映した。

『あちゃー。僕の時と同じですね』

「幾田さん、経験者なんですか」

『そうですよ。ちょっと待ってくださいね』

幾田はカメラから目を逸らしてキーボードを鳴らした。

タイはクーデター天国だ。二十一世紀に入ってからの十九年で未遂も含めて二度のクーデターがあり、政治的な弾圧もあり、政権交代も行われている。毎年のようにデモも行われている。〈エッジ〉のバンコク支社を作った幾田が、その中の一つに遭遇していたとしても不思議はない。

手を止めた幾田がカメラに顔を向けた。

『そうそう、二〇一〇年だ。九年も経つんだな。あのときは一週間ぐらい足止めを食らいましたよ』

「そのときはどうしてたんですか？」

『ずっとホテルにいました。泰洋さん、ホテルはどこでしたっけ』

「アソークのウェスティンです」

ザ・ウェスティン・グランデ・スクンビットは、バンコク中心部を東西に横切る高架鉄道、ＢＴＳスクンビット線のアソーク駅から徒歩一、二分の距離にある二十五階建てのホテルだ。

『なるほど。僕も同じホテルに泊まってました。道路に見覚えがあったんですよ。あの時よりも人が多い感じですね。落ち着くまでホテルで待機していてください――というのが会社からの指示です。泰洋さんの現場判断を優先させてください。ごめんなさいね、微妙な時期に出張を命じてしまって』

「いいえ。これは誰も予想できませんよ」

幾田は画面の向こうで頷いた。

赤シャツ――反独裁民主戦線は、毎年五月十九日に開催している集会を、今年も首都バンコクで行うために数ヵ月前から参加者を募っていた。五月に入ってからは、バンコクの北にある観光地、アユタヤにキャンプを開設して、農民の集結を待っていた。そのキャンプの様子は一昨日《おととい》僕も見ていたが、こんな人数はいなかった。

「こんな言い方しちゃ失礼かもしれませんが、まるで湧《わ》いて出てきたかのようです」

『本当に湧いて出たのかもしれませんね――そうだ。クレジットカードは大丈夫ですか？　限度額とか確かめました？』

「五十万のカードが二枚、フルに使えます。現金は五百ドル用意してあります」

『ネットが繋がるうちにカードの限度額を上げておいてください。これからのすべての出費は経費にしてかまいません』

「わかりました。ありがとうございます」

『泰洋さんは引き出しをたくさんお持ちです。活用してくださいね。では』

そう言って幾田はビデオ会議を終えた。

僕は「引き出しか」とつぶやいて椅子の背にもたれた。

そもそも僕に専門的な知識はない。ちょっとしたプログラミングとチームの管理、それにプロモーションや文書書きなどもやる何でも屋だ。先週発売したばかりの撮影用ドローン〈メガネウラ〉を世界中の誰よりも上手く飛ばすことができるが、空撮用のドローンが僕を空港に連れて行けるわけもない。

タイ語は観光客に毛が生えた程度、そして英語も、契約などに立ち会える最低限度をわずかに超える程度しか使えない。日常会話は苦手だ。

他に何かあったかな、と思って部屋を見渡すと、クローゼットの脇でチェックアウトを待つスーツケースと、〈メガネウラ〉を収めたケースが僕の目に入った。

「そうか――」

そう、僕には一つだけ得意なことがあった。

突然予定の変わる出張だ。

僕は荷造りをやり直した。

スーツケースからPC周りの機器と洗面用具、それに着替えを二セット抜いて、ビジネスバッグの隙間にねじ込んだ。ＭａｃＢｏｏｋまで入れたバッグはずしりと肩に食い込む重さになったが、歩くのに困るほどではない。

僕はスーツケースに〈メガネウラ〉のケースを載せて部屋を出た。

食事だ。

＊

ロビーのある七階に下りた僕は、スーツケースと〈メガネウラ〉のケースをクロークに預けてから、チェックアウトしようとする宿泊客の長い列に並んだ。

一向に進まない手続きにため息をつくと、部屋に荷物をあげてくれた中年のベルボーイが近づいてきて、額に合掌した手の親指をあてる最敬礼の合掌《ワイ》をしてから、簡単な英語で話しかけてきた。

「ミスター、チェックアウト？」

「延泊だよ。騒ぎが収まるまでホテルにいようと思う」

ベルボーイはにこりと笑って、列から外れるように手招いた。

「よかった。並ぶのはよくない。ミスターの延泊は、わたしがフロントに伝える。食事がまだなら、レストランへいきましょう。荷物を持ちます」

「ありがとう。じゃあ、お願いするよ」

ビジネスバッグを受け取ったベルボーイは、重さに目を丸くした。

「鞄一つで動けるようにしたんだ」

「いい行いです。みな、そうするといい」

ベルボーイは、もう一度笑顔を僕に向けてから、ロビーに歩を進めた。

僕が並んでいる間にも、ロビーには宿泊客が増えていた。

日本語で「タクシーも呼べないのか！」と怒鳴りちらしている男がいた。

ソファの周りに集まった中国人観光客の集団は、不安そうに自分のパスポートを見直していた。彼らが空港で申し込むオンアライバルビザでは十五日しか滞在できず、多くの中国人は期間をぎりぎりまで使う旅程を組んでいる。

僕とベルボーイの狭い隙間を金髪の子供が駆け抜けようとした。

「お願い《ヘルプ》！」という叫び声に反応した僕は屈《かが》んで子供を抱きとめた。

子供と同じ色の髪を振り乱した女性が駆け寄ってきて、僕の手から子供を乱暴に奪いとり「絶対に離れないで！」と言いながら後じさった。

僕は笑顔を向けたが、女性は僕を睨んだままフロントの列に並び直した。

見送って子供に手を振っていると、ベルボーイが悲しそうな顔で首を振った。

「嘘の映画があったから」

「僕も観たよ」

タイを舞台にしたその映画では、赤いバンダナを巻いた農村の暴徒が米国の大使館を襲い、白人を殺して回っていた。その映画で、農村の暴徒は宇宙人やゾンビと大差ない、コミュニケーションのとれない相手として描かれていた。日本でも公開されたほどだから、アメリカではそれなりにヒットしたのだろう。

僕はベルボーイに「でたらめな映画《ブルシット》だった」と声をかけて後を追った。滅多に口にしない単語なので発音に自信はなかったが、立ち止まったベルボーイは僕に最敬礼の合掌をしてからレストランに足を踏み入れた。

ベルボーイに礼を言ってバッグを受け取った僕は、ウェイティングテーブルに並ぶ新聞を眺めた。一昨日の日経新聞と朝日新聞、タイトルの読めないタイ語の新聞が一紙、やはりタイトルの読めない韓国語の新聞と中華日報、そして現地の英字新聞二紙が扇形《おうぎがた》に重ねられていた。

現地の情報を知るための選択肢は最後の二つだ。日本人に人気のある〈ネイションン〉か、歴史のある〈バンコクポスト〉のどちらかだ。

二つの新聞を手に迷っていると、黒いエプロンを身につけたウェイターがやってきて声をかけてきた。

「申し訳ありません。二つとも昨日の新聞なんです。今日は配達がなくて」

〈バンコクポスト〉をとりあげたウェイターは、題字の隣に印刷されたQRコードを示して、ウェブサイトにアクセスする方法を教えてくれた。新聞をもらった僕はレストランを見渡した。

正面は大きなガラス窓だ。いつもなら混雑している窓の向こうのテラス席には誰もいなかった。テラスに出入りするドアは金色のポールとロープで立ち入り禁止が告げられていた。

無理もない。眼下では、武装しているかもしれない赤シャツ隊が、トレーラーで牽《ひ》いてきたステージを組んで演説しているのだ。

窓の手前にある一段高い床にはテーブルが並び、僕と同じ日にチェックインしてきた、人種も訛りも、性別もまちまちの団体が座っていた。彼ら彼女らに共通するのは、高いIQをひけらかす早口の英語と、オーダーメイドであることが明らかな黒いスーツ、重そうな書類鞄、そして常に携えているノートPCだった。

黒服の一団はデモ隊を見下ろしながら、テーブルに開いたノートPCを挟んで、食事もそこそこになにやら話し合っていた。

手前のテーブルには、僕と同じ色の肌を持つ人々が、隣のテーブルと目を合わせないようにして額を突き合わせていた。テーブルの新聞と、漏《も》れ聞こえる会話のおかげで半分ほどは日本人だとすぐに見当が付いた。

大きなシャンデリアの真下にあるビュッフェには白いコック帽のシェフが立ち、卵料理や麺《めん》料理を供していた。カウンターに並ぶ保温器具《チェーフィングディッシュ》もいつもと変わらず、シチューやベーコン、それに中華料理が湯気をたてていた。

「食材は配達されたんですか？」

「三日分はストックで対応させていただいています」

「三日で終わるかな」

「わかりません」

ウェイターは首を振った。

「道路もＢＴＳもＭＲＴ（地下鉄）も使えなくなっています。なぜかバイクタクシーも三輪タクシー《トゥクトゥク》も走っていません。スタッフは、みな泊まりです。どうぞごゆっくり」

僕は礼を言って、ビュッフェの手前にある空いたテーブルを目指した。途中、すれ違ったウェイトレスにコーヒーを頼むと、すぐ脇のテーブルから黄色のワンピースを着た女性が僕に手を振ってきた。

「文椎さん。迷惑でなければ、お向かいにいかがですか」

日本人起業家の本田《ほんだ》沙《さ》織《おり》だ。二十代の後半から立て続けに起業したメディア関連のベンチャーを、日本国内のＩＴ企業に億を超える金額で売却してシンガポールに居を移した有名な連続起業家《シリアルアントレプレナー》は、僕よりも一日早くチェックインしていた。

東京では一面識もなかった僕だが、〈MeeQue《ミーキュー》〉という女性向けのジョブマッチングサービスをはじめた彼女は、安価で使えるデザイナーやイラストレーターを求めてバンコクにやってきていた。そして、ロビーで支社のスタッフと打ち合わせしていた僕を見つけたのだ。

「ありがとうございます」

ウェイトレスがひいてくれた椅子に腰を下ろすと、本田はテーブルに身を乗り出してきた。

「なにか聞いてます？」

「ニュース程度ですよ。今日の帰国便は欠航です。本田さんはどうですか。シンガポールには明日帰る予定でしたよね。ご自宅とは連絡が取れました？」

「ドメスティックワーカーが電話に出ないんです……」

本田はテーブルに置いた大ぶりなiPhoneに視線を泳がせた。生後四ヵ月の娘がいることは聞かされていた。夫と別れていたことはウィキペディアが教えてくれた。僕はなにか声をかけようとしたが何も思いつけず、月並みなことを口にした。

「心配でしょうね」

本田は頷いて、黒服の並ぶ大きな窓へ顔を向けた。

「これ、終わるんでしょうか」

「必ず終わります」

「え？」

僕は深く頭を下げた。いつもやってしまうのだ。

「ごめんなさい。楽観的すぎるとよく言われるんです」

「根拠はなにかあるんでしょう？」

「ごめんなさい。ありません」

そうは言ったが、僕には確信に近いものがあった。

タイの政争は年を追うごとに大人しくなっている。一九九二年の暴動では三百名以上が命を落としたが、二〇〇六年のクーデターは無血、二〇一〇年の弾圧では取材陣を含めた死者が約九十名に達したが、現在の体制を作った二〇一四年のクーデターは死者二十八名。

それからも毎年、赤シャツ隊はバンコクにやってきてデモを行っているが、死者どころか怪我《けが》人も出ていない。

そして何より重要なことだが、外国人が標的になったことはない。

だが所詮は過去の経緯だし、僕の願望も含まれている。

僕は〈バンコクポスト〉を掲げた。

「食事のあとで現地の新聞を一緒に読みましょう。ウェブは更新されているらしいですよ」

「いいですね」

頷いた本田のテーブルに一つ置かれた皿には、サラダとチーズが綺麗《きれい》に盛り付けられたままだった。

「本田さんも食べましょうよ。果物でも持ってきましょうか。僕は自分の朝ご飯と、情報を集めてきます」

僕は窓際の黒服に顎をしゃくった。

「知り合い?」

「一人だけですけどね。黒縁眼鏡の、ちょっと太めの男性が分かりますか。彼とは毎朝、一緒にジムで走ってたんです」

「日本人に見えるわ。なんの人?」

「銀行、証券、保険のどれかでしょう。日系でしょうけどアメリカ人のはずですよ。すぐに戻ります」

「教えてくれるかしら」

僕はスマートフォンを掲げた。

「手ぶらじゃありませんよ」

席を立った僕は、ビュッフェを一回りしてトレイを食べ物で埋めてから窓際の席に近づいた。

「ハイ」

振り返った男のアメリカン・スマイルで、僕は彼の国籍に確信を持った。男の、皺ひとつない笑顔は日系人特有の童顔のせいもあって二十代後半に見えるが、ジムでトレーニングウェア姿を見ていた僕は彼が同年代——三十代後半であることを知っていた。

「やあ。今日はジムに来なかったね——おいおい、すごいな」

男は眼鏡の奥で目を丸くして、僕のトレイに笑った。肉入りの饅頭《まんじゅう》に粥《かゆ》、ベイクドベーコンとソーセージ、そして麺の皿と、コックに焼いてもらったチーズオムレツ、フルーツが載っている。

「きみは日本製じゃなかったか？　燃費が悪いぞ」

「燃費がいいのは自動車だけですよ。オフィスワーカーは毎日十八時間も働いてるのに、アメリカに絶対敵《かな》わない」

するりと出た自虐的なユーモアは、大食いで、残業ばかりしている僕をからかうサンフランシスコの同僚に切り返すために練習した成果だ。僕は傍らのテーブルにトレイを置いて、男に手を差し出した。

「ヤスヒロ・フヅイです」

「そう言えば名乗ってなかったね。ケンだ。ケン・マツシマ」

男は椅子を立ち、強く僕の手を握って、にやりと笑った。

「情報が欲しいんだよね」

「ええ」

「銃声は聞いた？」

僕は一瞬考えてから頷いた。起きたとき、ホーンに混じって聞こえたバックファイアのような音は銃声だったのだ。

「あれでBTSの窓ガラスが割れた。使われた銃は、タイ国軍のM16らしい。他にもRPG（対戦車ロケットランチャー）、地雷や爆弾を持ち込んだという情報が入ってきた」

深く息を吸った僕をケンは笑った。

「冗談《じょうだん》だよ。自動小銃だけだ。保険屋のネットワークに入ってきたのは」

ケンは窓から外を見下ろした。

「おれも、起きたらホテルが取り囲まれているのに気づいて心底驚いたよ。まだ、アユタヤにいるはずだろ」

「アユタヤですか。見てきましたよ」

「なんだって？」

　これが僕の交換できる、唯一の情報だ。

「うちの会社で作ってるドローンのデモ映像を撮りに行ったんですよ。写真見ますか？　赤シャツのキャンプも映ってます」

　僕はｉＰｈｏｎｅに〈メガネウラ〉で撮影した写真を表示させた。

　仏塔《ぶっとう》の並ぶ遺跡の片隅に、青いビニールシートで作られた簡易テントが並んでいた。テントの周囲にはトラクターが集まり、赤いシャツを着た男たちが荷台にクッションを並べているところだった。

「これ、いつの写真？」

「一昨日です。画像解析ソフトで数えましたけど、この時点で三百人ぐらいですね」

「この写真、もらっていいかな」

「どうするんですか」

　ケンはこちらに身を乗り出して囁いた。

「おれらはバンコクの資産家や政府機関に、デモに対応した損害保険を売りに来たんだ。知ってた？」

「まあ、うすうす」

「だよな」ケンはスーツの襟《えり》を撫でた。「猛暑のバンコクでこんなスーツ着て、ホテルから一歩も出ずに会議と接客ばっかりしてるんだから、デモで一儲《ひともう》けしようって腹はバレバレだ。まあ、とにかく。おれたちはこの四日で億単位の保険を売りさばいた。ドルだぞ」

「いいんですか？　NDA（機密保持契約）結んでませんよ」

「いずれ公開されるさ。ポカやってね。契約を二十週開始にしてしまったんだ」

「今週ですか」

「そう。それで今日出る損害にも支払う義務が発生してしまった。十九日開始にしておけば払わなくて済んだんだがなあ」

僕が呆れたような顔をすると、ケンは慌てて「冗談だよ」と手を振った。

「保険屋が世の中に貢献できることなんてそうそうないからね。早めておいてよかったよ。今朝だけで、五千万の保険支払いを決めてる」

「ドルで？」

「そう。ドルで。問題はボスでね。顧客に正しいデモの開始日を伝えられなかったのも、予定よりも四日早く保険金を出すことになったのも、現場に入ったおれたちの鼻がきかなかったせいだ、とわめきだした。それでヤスヒロの写真が欲しいんだ。レポートに色を添える程度だがね」

「いいですよ。その代わり、デモの現状を教えてくれませんか」

ケンは「契約成立《ディール》」と言って、物理キーボード付きのスマートフォンにフェイスブックのQRコードを表示させた。僕はカメラでそれを読み取って、アユタヤで撮影した写真と映像を送り込む。写真を確かめたケンは感嘆の声をあげた。

「これまた凄い解像度だな。ドローン？」

「うちの製品ですよ。〈メガネウラ〉といいます」

〈メガネウラ〉のスペルを聞いたケンはスマートフォンのキーボードを叩いて、公式ウェブサイトをざっと眺めた。

「こりゃすごい。飛行機モードで半径三キロまで飛べるのか。携帯電話網で映像配信までやれる。いま、ホテルにある？」

「クロークに預けてありますよ」

僕はレストランの入り口へ顎をしゃくった。

ちらりと目に入ったロビーでは、新たな集団が騒ぎを引き起こしているようだった。カジュアルな格好の若者たちがチェックアウトを待つ列に割り込んで、ホテルのスタッフとタイ語で激しくやりとりしている。

見たことのない顔だな、と若者の集団に目をすがめたところで、ケンが話しかけていたことに気づいた。

「――ヒロさん、ヤスヒロさん。空港に行けるようになるまで、このドローンでおれたちの仕事を手伝ってくれないかな。この状況では被害額の見積もりに行くこともできないんだ。もちろんギャラは出すし、デモの状況は逐一《ちくいち》教える」

「情報だけでいいですよ。今のミッションはバンコク脱出ですから」

ケンは首を傾げたが、すぐに首を振った。

「それだと、会社同士の取引になる」

「あ……そうか」

「ヤスヒロさん個人の親切も困る。金を払うだけにしたい。それならきれいで、簡単だ。そうすりゃヤスヒロさんは、おれの知ってる情報にアクセスできる」

ケンの言葉が、デモで痺《しび》れていた僕の頭に仕事の回路を立ち上げた。NDA、用語の定義、期間、双方の義務、停止の条件、そして係争手段を共有した相手とは仲間になれる。まず交わさなければならないのは——。

「わかった。NDAを結ぼう」

ケンは僕の手を取って握った。

「取引成立。あとで正式なフォームを送る。じゃあ、もらった写真の分からいこうか。デモの状況だ。正直、ひどい」

ケンはテーブルのノートPCを開いてこちらに向けた。映し出されていたレポートの画面をスクロールさせていったケンは大きくうねるチャオプラヤ川に抱かれるバンコクの市街図で手を止めて、地図を拡大した。

地図は僕たちのいるアソーク駅をほぼ中心に据《す》えて、東西十キロメートルほどの範囲が描かれていた。ちょうど山手線内ほどの広さだ、と僕は見当をつけた。

その地図に、赤い点線でデモの予定コースが描かれていた。デモ隊はホテルから二キロメートルほど西のラチャプラソン交差点から北上して、ペッブリー通りを東へ向かい、バンコクの外周をめぐる反時計回りのコースをたどって旧国会議事堂前で集会をひらく。宿泊するためのキャンプは、王宮前広場だ。

地図には他にも、オレンジ色と青の線が描かれていた。

マウスを操ったケンが、僕たちのいるアソーク駅近くに描かれた赤い実線にポインターを載せると、十五万という数字が吹き出しで表示された。

「いまいるのがここ」

「わかります。十五万ってのは人数ですね。予定では三万人ぐらいじゃなかったですか」

ケンは頷いた。

「それも謎でな……」

「じゃあ、これは？」

僕は地図の東側に描かれたオレンジと青の線を指さした。

「オレンジは新興仏教の寺院、青は民主市民連合だ」

「別の団体なの？」

ケンは頷いた。

「赤い農民と青の市民、オレンジの坊さんだ。そして軍隊のグリーンの四色が、いまバンコクで睨み合ってる」

赤シャツを着た反独裁民主戦線は王の退位と現内閣の即時解散、日本などと交わしている自由貿易協定の破棄を求めていた。空港を封鎖している青を掲げた市民連合は憲法改正と普通選挙を、そして高速道路を封鎖している僧侶の一団は、先月行われた寺院への捜索に対して抗議を行っているということだった。

「主張がバラバラなんだ」

「そう見えるが、基本は約束した普通選挙をやらない軍事政権への不満だよ。おや？　あのケースのロゴ……」

ケンの視線を追ってロビーに顔を向けた僕は、強い力で腕を引かれた。

「見るなっ」

遅かった。

白い野球帽を目深に被り、顔の下半分を紫のスカーフで覆った小柄な若者が〈メガネウラ〉の黒いケースを提《さ》げて、大股でこちらに歩いてきた。

後ろには、十名ほどの似たような格好の若者たちがついてくる。安物のスニーカーがゴムをきしませる足音と、ラフな格好がホテルのダイニングで浮き上がっていた。

僕の目は、左の端を歩いてくる若い男性に釘付けになった。紫色のバンダナを巻いたその男性は、腰だめに構えた自動小銃の銃口をゆっくりと振りながら、先頭を歩いてくる若者を護《まも》るようにして横向きに歩いてきた。

スニーカーの足音が高まり、僕の目の前で止まる。先頭に立って歩いてきた若者は、手に提げた〈メガネウラ〉のケースにくくりつけたクロークのタグをちらりと見てから、僕に顔を向けた。

「一二〇四号室の宿泊客ですか？」

流暢《りゅうちょう》な英語の声は女性のものだった。

違う、と言おうとしたが、視界の端で、僕を案内してくれたウェイトレスが逃げ出すようにレストランから出て行くのが見えた。僕が黙っていると、女性は口を覆っていたスカーフを引き下げて細い顎をあらわにした。

「わたしはタイ・学生民主戦線主任書記のプローイ＝アチャラポーン・コンヨットトサック といいます。現政権の解散と即時総選挙、言論の自由を保障する民主憲法の制定、そしてラーマ十世の退位を求めて決起しました」

隣でケンがひゅうと口笛を吹いた。

「全部盛りかよ、学生さん。欲張りだな」

制止する間もなかった。

飛びだしたバンダナの男性が、自動小銃のストックをケンの額に叩きつけた。

黒縁の眼鏡が飛び、周囲の席から悲鳴が上がった。プローイと名乗った女性が叫ぶ。

「ランボー、やめて！」

バランスを崩したケンを僕が支えようとすると、バンダナの男は目にも止まらぬ動きで銃を構えなおして、僕の肩口に銃口を押しつけ、訛りの強い英語を切るように吐き出した。

「リスン、シー（彼女、話、聞こう）」

僕はケンに伸ばした両腕を、そのまま上にあげた。気がつくと、僕は床に震える膝をついていた。

「……ランボー？」

ようやく口を開くと、バンダナの男は表情を変えずに「チューレン」と言った。長い本名を好むタイ人が日常生活で使う通名のことだ。先に名乗った女性の場合、プローイが通名にあたる。

学生の一人が椅子から滑り落ちたケンに駆けよっていく。呻《うめ》くケンに「マイペンライ、マイペンライ（大丈夫、大丈夫）」と声をかける学生に、プローイは叱責するような声を投げた。
　学生たちは人差し指と中指、それに薬指を揃《そろ》えた右手に口づけてから、プローイに向かって腕を上げ、ランボーを残してロビーに駆けていった。

　その敬礼のような仕草を、僕はどこかで見たことがあった。

　プローイは、僕に頭を下げた。

「お友達を殴ってしまい申し訳ありません。デモ行進をしている赤シャツ、反独裁民主戦線から、みなさんとわたしたち自身を護るために、最低限の武装をしています。宿泊客のみなさんに危害を加えることはありません」

　僕は椅子に座り直したケンに顎をしゃくった。

「いま、僕の友人を殴った」

「わたしたちは――」

「暴力をふるう人とは、話さない」

　プローイはまるで自分が殴られたかのように顔をしかめたが、意を決したように僕の目を見直して言った。

「ドローンを譲ってくださいませんか」

　僕は首を振った。プローイも残念そうに首を振って、ケースを掲げた。

「では接収します。もしもお話がしたくなったら、八階のフェニックスルームに来てください。学生民主戦線の本部をそこに設置します。バンコクで起きていることを伝えたいんです。赤シャツの人々が何を訴えようとしているのか、わたしたち学生がなにを考えているのか、そしてデモの中で──」

プローイは口をつぐんでケンを見た。彼が、学生がやってみせたのと同じように三本の指を揃えて、右腕を斜め前に伸ばしたからだ。

「ご立派。映画みたいになるといいねえ」

「馬鹿にしないでください」

プローイは振り返ってロビーへ大股で歩きだした。その後ろにランボーが回りこみ、周囲の宿泊客を薙《な》ぐように銃口を振りながら後じさっていった。

ケンが声を張り上げた。

「もう一個教えろ。なんで紫なんだ」

プローイは背中を向けたまま、スカーフを持った手を掲げてケンに負けない声を返した。

「融和の色よ！」

「がんばれ、まねっこ娘！」

ケンのわざとらしい声援に、プローイは足を速めて立ち去った。

「殴られたところ、大丈夫？」

「なんてことない」とケンは肩をすくめた。「ドローンが取りあげられちまったのが痛い。売ればよかったのに」

「どうして」

「売ればそこで手が切れる。サポートは別の契約だ。賭《か》けてもいいが、連中、手に負えなくてヤスヒロを呼びにくるぞ。そして君は断れない。逃げるの、いやだろ」

僕は苦笑して、ケンを見直した。

保険業界には詳しくないが、僕と契約しようとしたときのスピード感は、彼が決裁権を持つ上級社員だということを示している。そんなプロのビジネスパーソンは、ほんの十数分ほどの会話と学生への対応で、僕を「ファイヤーマン（火消し）」だと見抜いたのだ。

確かにその通りだ。〈メガネウラ〉に関わっているのも、買収したあと、人数を減らされて反乱を起こしかけていたサンフランシスコの開発チームを繋ぎ止めるために投入された「フレンド要員」から始まったわけだし、この出張も、カメラやドローンの知識がないバンコク支社を〈メガネウラ〉の撮影センターにしようと考えた、社長の思いつきを実現するためのものだ。

僕は、ロビーへ去っていくランボーを親指で指した。

「あいつに脅《おど》されたら手は動かすかも知れないけどね。やらない」

「酷《ひど》い英語だったな。リスン、シーだぜ。徴兵のおかげで、本来は入れない大学に入ったクチだ」

ケンは四文字単語を吐いてから、ロビーで群れる学生に目を向けた。

「アメリカの真似ばっかりだ」

「どういうこと？」

「紫は、ヒラリー・クリントンの真似だ。覚えてないかな。三年前の大統領選で敗れた彼女は、紫の服を着て赤の共和党と青の民主党の融和を呼びかけていた」

「タイでは別の意味があるんじゃない？」

どうかな、と言ったケンはノートPCの地図を眺めた。

「民主市民連合が青を纏《まと》ったのは今回のデモが初めてだ。学生たちが紫を選んだのは、もっと前だろう。わからんけどな。だが、こっちははっきりしてる」

ケンは三本の指を揃えて口づけし、その腕を斜めにあげた。

「見たことないか？」

「あると思う。思い出せないんだけど」

「ハリウッド映画だよ。命をかけたサバイバル・ゲームに出る主人公が、出身地と、市民に向けて送ったサインだ。映画は悪くない。だが、現実の政治運動をするのに、映画に頼ってるようじゃ先は見えてる。きっと手伝えと言ってくるだろうが、深入りしないことを勧めるよ」

頷いたが、ケンには、僕が納得していないことが伝わったかもしれない。

僕は投票以外の政治的な活動をしたことがない。言いたいことがないわけではないけれど、ツイッターにグチを投げれば解消してしまう程度のものだ。

検閲があり、集会が禁じられているバンコクでプローイたちは立ち上がろうと決めた。そのときに、アメリカの政治や映画を借りたことを、僕は責めきれない。

ケンはノートPCに向かい、ホテルの位置に紫色のマークを置いた。

「これで五色目だ。ちくしょうめ、厄介《やっかい》にしやがって」

その顔が心底残念そうだったので、僕は気づいた。

「なあ、ケン。このホテルも、君のところの損害保険に入ってるんだろ」

「今朝だけで二万ドル払ってるよ。まだまだ増えそうだな」

ケンはにやりと笑った。なんのことはない、ケンも火消しだったのだ。

＊

ケンの予言はすぐに当たった。

自分の席に戻った僕が、中断された食事を終えて、コーヒーを飲んでいるところにランボーがやってきたのだ。

僕は席を立ち、間近でみる自動小銃に顔を引きつらせた本田を背中に回した。

「なにか用?」

「カム、エイト、フロア(八階、来い)」

「ヤス!」と呼びかけられて窓際の席を見ると、ケンが負けるなよ、と握り拳で胸を叩いた。僕も同じように胸を叩いてから「ついていくよ」といってダイニングをあとにした。

ランボーは階段で僕を八階に連れていった。背後をついてくるランボーに軍人の経験があるのか尋ねると、ランボーは不機嫌そうに「アーミー、ワズ(陸軍、いた)」と答えて急ぐように銃口を振った。

八階に着くと、ランボーは僕をフェニックスという名前の部屋に押し込んだ。

中は五十名規模の会議室だった。長い方の壁に百インチの液晶ディスプレイが五枚並び、それに向き合うように、会議用の机が半円形に並べられていた。

中央のテレビには、手ぶれの酷い映像が映し出されていた。その左右に並ぶ四台のテレビには、ＢＢＣ、ロイターなどのニュースサイトと、Ｇｏｏｇｌｅ、そしてツイッターの検索結果が並ぶ。タイ語のニュースサイトを映し出しているテレビはなかった。

短い方の壁には、カラープリントを繋ぎあわせたバンコクの市街図が貼り出されていて、赤、青、緑とオレンジ色の毛糸でデモのルートが描かれていた。地図上にはたくさんのピンが打たれていて、地図の外側に貼り出されたポラロイドサイズの写真に、毛糸とビニールテープで繋がっていた。

ピンまみれの壁の地図に既視感を覚えた僕は、それがハリウッド映画でよく見たものだということに気づいて、なんとも言えない気持ちになった。ため息をついた僕に、プローイが近寄ってきた。

「ようこそ、学生民主戦線へ」

僕は鼻息で答えた。

「ごめんなさい。不愉快な思いはしなかった？」

「ずっと不愉快だ」

プローイは唇を噛んで目を逸らした。女性をいじめているような気になって、僕は口を開くことにした。

「聞くよ。どうして呼び出したんだ」

「お願いがあるの」

プローイは、演説している男を映し出している中央のテレビを指さした。改めて見直した僕は、手ぶれだと思っていたカメラの動きが、男の頭を正確に追跡しているための動きだということに気づいた。

〈メガネウラ〉で撮影したものだ。

画面の下にのびる赤紫バナーは〈メガネウラ〉の配信アプリに付属しているフリー素材だ。映像の右肩には「powered by Meganeura（メガネウラで撮影）」という文字と、製品のロゴが薄く入っていた。

テレビの真向かいの席には、ＭａｃＢｏｏｋと〈メガネウラ〉のケースに入れておいたコントローラーが並べて置いてあり、プローイよりも小柄な女性が必死の形相《ぎょうそう》で操作していた。女性がコントローラーを操るたびに、カメラアングルに変化が現れる。

その手つきと画面の状態で、僕は彼女がマニュアルを読んでいないことと、サポートなしの無料版アプリケーションを使っていることを知った。

とにかく事情は分かった。

「で？」

「酷いと思わない？」

「どこが」

プローイは僕をきっと睨んでから、深呼吸して言った。

「映像の酷いぶれ。あれを止めたい。やり方を教えて。あなた、メーカーの人でしょ」

「どうして？」

「ケースに開発者用って書いてあった」

僕は観念して言った。

「お願いがある。〈メガネウラ〉のロゴは消してくれ。こんな酷い映像に貼りつけられてると迷惑だ」

「わかった。どうすればいい？」

「アプリを有料版にアップグレードすればいい。ほんの十ドルだよ。サンフランシスコの開発チームに連絡してライセンスを発行する」

「わかった。十ドルね」

プローイはスマートフォンのケースからしわくちゃの五百バーツ紙幣を取り出して、僕の手に押しつけた。

「じゃあ、アカウントを設定するよ。ロゴが消せる」

「ロゴなんかどうでもいい！」

プローイが張り上げた声にスタッフがどよめいた。「グルアイ（バナナ野郎）」という声に振り返ると、ランボーが、担いでいた自動小銃のM16をこちらに向けようとしていた。

撃ってこない。そう思ったが、僕は身体を震わせて、頭を守るように両腕を上げていた。

「やめてよ、ランボー」

プローイは震える僕の膝をちらりと見て言った。

「あなたに暴力はふるわない。約束する。〈メガネウラ〉のサイトは見たわ。目標の自動追跡とぶれ補正があるんでしょ。その使い方を教えて」

「……サポートは有料だ」

プローイがもう一枚、五百バーツ紙幣を出してテーブルに置いた。

「お願い」

僕は手をついて、〈メガネウラ〉のオペレーションに使っているＭａｃＢｏｏｋの前に立った。

「このＭａｃ、使っていい？」

すがるような目で僕を見た小柄な女性が、いそいそと席を空ける。

「プリン、横で見て使い方を覚えて」

はい、と小声で答えた女性は、期待に目を輝かせていた。バンコク支社のスタッフも、はじめて会ったときはこの目で見つめてきた。僕もはじめてサンフランシスコに行ったときは同じように瞳を輝かせ、同僚になったアメリカ人たちを見つめていた。すぐに魔法は解ける。僕はただの何でも屋だ。
僕はプリンと呼びかけられた女性の視線を振り払うようにして、椅子に腰を下ろした。座面のぬくもりが居心地悪い。
「まず、ライセンスを設定する」
僕はプローイにそう告げて、iPhoneで開発者向けメッセンジャー〈Slack〉のアプリを開き、〈メガネウラ〉のユーザーサポート専用のチャンネルに入った。家庭を持たない開発責任者のアイスマンは、いつでも返事をしてくれる。
《@Iceman（アイスマン）、〈メガネウラ〉のアカウントを一つ設定してくれ》
すぐにスキンヘッドのアイコンが現れて返答があった。
《どうした。いまバンコクだろ。クーデターは大丈夫か？》
《あんまり大丈夫じゃない。武装した学生のデモ隊に〈メガネウラ〉をとりあげられて、協力を要請されてる。革命放送《ラジオ・パルチザン》をやりたいんだそうだ。それで、有料版が必要になった。事情は察してくれ》
《ハードラック（運が悪いな）。ちょっと待ってろ》
チャットする様子を見ていたプローイに、僕は画面を向けた。
「見ていいよ。相手は〈メガネウラ〉の開発責任者だ」

「ありがとう」と言ってスマートフォンに顔を近づけたプローイが眉をひそめた。

「ラジオ・パルチザンって？」

「君らの放送のことだよ。なんて説明していいか分からなくて、どうしようと思ったら、こう書いてた。気に障《さわ》ったなら謝る」

プローイは笑って腰を伸ばした。

「ラジオ・パルチザン。圧政を糾弾《きゅうだん》するわたしたちにぴったりじゃない。この名前、使っていい？」

「構わないけど――構わない。いいよ、使っても」

僕はＭａｃＢｏｏｋにとりついた。

言い直さずに、圧政について聞くべきだっただろうか。

僕がバンコク支社に関わるようになって丸二年が経つが、この期間にバンコクの生活水準は驚くほど向上していた。同業他社の給与が上がったおかげで、支社のスタッフたちが引き抜かれることも増えてきたし、バンコクで業務を依頼した相手方は契約書どおりのことをしてくれるようになった。

治安もよくなっている。外国人だとみれば「ファランの旦那《だんな》」と呼びかけてぼったくろうとしていた三輪タクシーは姿を消した。カフェでガンジャの匂《にお》いを嗅《か》ぐこともなくなった。売春の温床だったゴーゴーバーも次々と閉店している。

確かにネットは検閲され、集会は禁止されているという。不満はわかる。だが、銃を持ち出してまで訴えるようなことだろうか。

ＭａｃＢｏｏｋのスクリーンでは、唾《つば》を飛ばしながら演説している男の声がＧｏｏｇｌｅのリアルタイム翻訳で英語になっていた。

不徳な王を引きずり下ろせ、内閣は辞めろ、選挙をしろ、インフラを整備しろ、外国の物品を買うな、農村を尊敬しろ――そんな言葉が、文法を無視して並んでいた。恐らく、オリジナルのタイ語も似たようなものだろう。

軍人がほとんどを占める政権が農村を見過ごして、あるいは彼らからむしり取って、経済的な繁栄をバンコクに集中させているならば、圧政と言っていいかもしれない。赤いシャツを身につけて練り歩き、拳を振り上げたくもなるだろう。だが、学生は農民のために立ち上がったわけではない。

この部屋にいる学生が、テレビに映し出される赤シャツを「クワーイ」と呼んでいることに僕は気づいていた。アユタヤに行ったとき、バンコク支社のスタッフも、赤シャツのキャンプを指さして同じ言葉を投げかけていた。

水牛、という意味だそうだ。

心優しい力持ちという意味で使う言葉ではない。黒く、知恵が足りず、怒れば角を振り立てて暴れる動物のように見ているのだ。

そんなことを考えながら、ＭａｃＢｏｏｋで〈メガネウラ〉の制御アプリを確かめていると、スマートフォンが震えてスキンヘッドのアイコンが浮かんだ。

《できたよ。このシリアルを使ってくれ。RV9T-9G0A-B7FQ-RANC》

僕はシリアルナンバーの先頭二文字を見て頬を緩めた。アイスマンが設定したのは、〈メガネウラ〉をメディア関係者に貸し出すときに使うレビュー用のアカウントだった。いつでも無効にできるので、僕がバンコクを脱出したらアプリを停止させることができる。アイスマンは事情を理解してくれたのだ。

《ありがとう》

《必要以上に関わるなよ》

僕は返答を書く代わりに、サムズアップのアイコンをつけてプローイに言った。

「コードが来たよ。有料版になる」

「はやくぶれを抑えて」

アプリケーションのヘルプメニューからライセンス設定の画面を開いて、Ｓｌａｃｋに表示されたシリアルナンバーを入力すると、画面の上部で灰色だった詳細オプションのボタンが色づいた。

僕は横で見ているプリンに声をかけた。

「〈メガネウラ〉はトラッキングする対象を手動で設定できる」

僕は的に矢が刺さったアイコンをクリックして、男性の頭に現れたマークを演台に動かした。カメラが一瞬だけズームアウトしたが、瞬きもしないうちに演説している男性は元の大きさに戻った。

映像のぶれはなくなっていた。

「やった！」とプローイが歓声を上げる。

僕は〈メガネウラ〉のロゴと「powered by Meganeura」をクリックして消した。

「サービスしとくよ」

バナーの右端にカーソルを入れた僕は「Radio Partizan（革命放送）」と書き込んで、流行の極細フォントを設定した。

「これは赤シャツの演説？」

「そう。今回のデモ行進を企画したスコータイ県《チャンワット》のシリラック議員よ。あ、いまは議員じゃないか。前は民主市民連合のアドバイザーだった」

「青シャツの？」

プローイは眉をひそめて頷き、ちゃんと見られるようになった映像を見つめた。

「前はこんな話し方をする人じゃなかったんだけど、赤シャツの幹部になってからは激しい言葉ばかり使うようになった。街に住む人を攻撃するようになったの。嘘も増えてるし、彼を見てると……」

プローイは含みを残して僕を見た。外国人の僕から、二年前に就任したアメリカ合衆国大統領のようだという言葉を引き出したいのだ。ほんの数分しか見ていない僕の目にも、この議員があの大統領の仕草《しぐさ》や口調《くちょう》を真似ていることがわかる。

僕もいまの大統領は嫌いだ。世界中で彼の後を追う政治家が出ていることには不安を感じる。だけど、農民を水牛《クワーイ》と呼ぶこの部屋で、彼らの認識を上塗りするようなことはしたくなかった。

僕は席を立ってプローイだけに伝わる声で——早口の英語で言った。

「あの大統領みたいだと言えば満足か？　断る。あと、仲間にはクワーイなんて言わせるな」

プローイが息を呑むのが分かった。ケンのように三指の敬礼をしてやろうか、と一瞬思ったが、さすがにそれはやり過ぎだ。僕は会議室のドアを指さした。

「帰っていいかい」

腕の先でアップルウォッチが震えた。

アイスマンからのメッセージだ。

《学生のチャンネルを見た。遅延《ディレイ》なしのライブでVIP流すのはまずい。すぐ止めろ》

僕はMacBookの画面を覗き込み、明滅するライブアイコンに目を疑った。

ぶれぶれの映像のまま、ライブ配信していたのだ。

アップルウォッチに新しいメッセージが浮かんだ。

《すぐ遅延を設定するんだ。オプションキーを押しながら、設定画面を開け》

僕は設定画面を開いた。ライブ中継には遅延が絶対に必要だ。

演者が放送できない言葉を発した時に「ピー音」を入れるのに必要な遅延は約三秒。カメラが死体や傷口などの映像を映してしまったときに、画像を差し込むには五秒以上かかる。

生命を狙われる可能性がある「対象」を映す時に必要な遅延は三十秒だ。遠隔地からリアルタイムで要人の行動を知ることができれば、仕掛けた爆弾をタイミングよく爆発させることもできてしまう。

プリンが設定した遅延はゼロだった。

タンという音がテレビから響いた。

テレビでは演台と、元議員の後ろに垂れ下がっていた布が揺れていた。

「アライ（なに？）」プローイがタイ語でつぶやいた。

遅延を三十秒に設定してＯＫボタンをクリックするとテレビには三十秒前の議員が映し出され、そしてＭａｃＢｏｏｋにはリアルタイムで演台を映し出すプレビュー画面が現れた。

「どうしたの？」

異常に気づいたプローイがテーブルをまわりこんできた。

僕は答えずにコントローラーに手を伸ばして、ステージ全体が見渡せる場所まで〈メガネウラ〉を後退させた。ステージの上から男性が引きずられていくところだった。床には血の痕がべったりとついていた。

「ひっ」という短い悲鳴を無視して、僕は〈メガネウラ〉のカメラを広角に設定して、ぐるりと回転させる。向かいのビルの屋上で、棒のようなものを持った人影が手すりの向こう側に姿を消した。僕はカメラをとめて、〈メガネウラ〉の帰還ボタンを押した。

再びアップルウォッチが震えた。

《ヤスヒロ、ここ見てるか？　高精度ドローンは軍も使うんだ。狙撃目標の観測に使う。要人を撮影するときは〝絶対に〟遅延が必要なんだ――なんてこった》

アイスマンも見たのだ。

僕は「返信」ボタンをタップして、音声入力で返答を書いた。

《忠告ありがとう。でも、遅かった――》

テレビが三十秒遅れの銃声を鳴らした。

赤い霧のようなものが議員を包む。議員はよろめいて演台に手をつき、そこを支点に身体を捻るようにして倒れ込む。背後の布がゆれて、赤いシャツを着た男性がカメラを横切った。

悲鳴と怒号がテレビのスピーカーを震わせる。ステージに飛び上がろうとする人と、ステージから逃げようとする人が揉《も》み合っている姿をカメラが映していく。

そしてテレビが向かいのビルを映し出したとき、大きな画面は、隠れた人物が持っていた棒のようなものがライフル銃だったことを克明に描き出した。

ようやくプローイが口を開いた。

「いまの、犯人？」

「たぶん。狙撃だと思う。この映像配信を観測に使った可能性が高い」

「ユー、ライト（あなた、正しい）」

壁際からあがった声はランボーのものだった。学生たちがはっとした目で、彼を見つめた。ランボーは居心地悪そうに肩をすくめたが、意を決したように言った。

「アーミー、ノー。ポルス、ノー（軍ではない。警官でもない）」

苦手なはずの英語を使ったのは、僕に聞かせるためだ。

学生たちも僕を見ていた。

プローイまでもが、すがるような目で僕を見ていた。

「君らが――」

口をついて出た言葉は間違っていた。

ここにドローンのプロは僕しかいない。映像配信のルールについてなにか言えるのは僕しかいない。そして狙撃のとき、コントローラーを握っていたのは僕だ。

「僕たちは、生中継が反独裁民主戦線の幹部を狙撃するために利用されたことで、狙撃の当事者になった」

学生たちは真剣な顔で僕の話を聞こうとしていた。僕はゆっくり話すことを心がけて、言葉を継いだ。

「どういうことかわかるかい？　僕らは被疑者になる。取材の対象になる。映像は警察に提供しなければならない。信頼できる報道機関に提供するのもいい。だけど、できなくなったことがある」

学生が息を呑む。

「君たちは、君たちの主張を、偏りのないものだと言えなくなった」

すぐ側《そば》に立っていたプローイが目を閉じた。彼女には伝わった。だが、僕は追い打ちをかけていることを知りながら言った。

「僕らはメディアの資格を失ったんだ。警察を呼ぼう」

プローイが力なく頷いた。

＊

八階のスポーツジムを通り抜けると、プールがある。

赤く色づいた薄い雲が、星を透かしていた。

パン、パンという音と、ガラスの割れる音が路上から聞こえてきた。リーダーを失った赤シャツの群れは統率を失っていた。暴徒と化した人たちが、通りに面した商店に投石したり、ガソリンを道路に撒《ま》いて火をつけたりしていた。

ケンのことが頭をよぎった。「厄介ごとを増やしやがって」と言いながら、にやりと笑って調査を行い、上司にぶつぶつ言われながら、保険金の支払額を決めているのだろう。彼はこの時間も、あの黒いスーツを着てノートPCに向かっているような気がした。

僕はプールサイドのデッキチェアに腰を下ろして、手に提げていたビールの六缶パックを床に置いた。ビールはホテルのキオスクで買ってきた、サンミゲールだ。

金色の缶をひとつパックから抜いた僕は、ビール売り場での迷いを思い出して苦笑した。バンコク支社のスタッフに教えられたＬＥＯ《リオ》を手に取ろうとした僕は、ラベルが赤いことに気づいて、缶をケースに戻してしまったのだ。そしてげんなりした。ビール売り場は色で溢れていた。ケースにあったエコ・シンハーと象のマークでおなじみのチャーンは緑色。女性に人気のあるチアーズのボトルは青かった。

どの色も手に取りたくなかった。

そうして残ったのが金色のサンミゲールだった。もしも紫色の缶があったら、それを選んだだろう。

僕はプローイをこのプールサイドに呼び出していた。話したかったのだ。

サンミゲールが半分ほど空になったところで、スポーツジムの扉が開いてプローイがプールサイドに現れた。プローイは首に巻いた紫色のスカーフを手で押さえた。

「来てくれてありがとう。警察には連絡した？」

プローイは頷いた。

「ええ。明日来るって」

「よかった。あれから、なにかあった？」

プローイは顎に指をあてて少し考えてから口を開いた。

「ランボーが、狙撃犯を特定した」

「え？」

「反独裁民主戦線が雇った元陸軍の兵士よ。裏もとったわ」

プローイは狙撃で混乱している赤シャツのデモ隊に学生を放ち、情報を集めさせたのだと説明してくれた。

「赤シャツの人たちを貶《けな》す言葉もなくなったわ」

「それはよかった。で、議員はなんで仲間に撃たれたんだ」

「シリラック元議員は、国外から送られていた活動資金、二億ドルをほとんど使い切ってたの」

「横領か」

プローイは笑って首を振った。

「そうじゃないわ。彼は二億ドルでバンコク市内の労働者を動員したの。日当二千バーツ……ええと、六十ドルね。それを四日分、五十万人に配ったらしいわ。タクシーに乗ってきたら上乗せしてたみたい。組合の偉いさんにはワイロ。それにTシャツとペナント。ステージなんかの代金もね」

僕は手を叩いた。

「そうか、だからいきなり現れたんだ」

「そう。そして四日間、本物のデモ隊がやってくるまで粘ってほしかったわけ」

「シリラックは？」

「病院よ。今、取り調べを受けてるわ」

「じゃあ、警察も忙しいんだろうね。座りなよ。ビールもどうぞ」

プローイは隣のデッキチェアに腰を下ろし、サンミゲールの缶をとりあげた。

「今日はありがとう」

「どういたしまして」

すっと言葉が出たことに驚いた。一瞬だけだが、当事者になったおかげだろう。僕は、自分がどんな英語でプローイに応えたのか確かめたくて繰り返した。

「Not at all（どういたしまして）」

プローイが首を傾げた。僕は照れを隠すために、手にあったサンミゲールの缶を掲げて、バンコク支社のスタッフに習ったタイ語を記憶の中から探った。

「コップクンナクラッ（おつかれさま）」

プローイはサンミゲールの缶を膝に挟んで、親指を額にあてる最敬礼の合掌で頭を下げた。

「コップクンマークカー（ありがとうございました）。タイ語はどこで？」

「支社のスタッフから。オウムみたいなもんだよ。会話はできない」

「覚える意味なんてないでしょう――あの、ええと……」

合掌をほどいた手を胸の前で弄ぶプローイに、僕は手を差し出した。

「ヤスヒロです。ヤスヒロ・フヅイ。自己紹介してなかったね」

「ヤスヒロさん」と言ったプローイは、細い指で僕の手を握った。

「日本人なの？」

僕は頷いた。

「表現の自由も、結社、集会の自由もある国だよ」

僕はプローイにビールを飲むよう勧めて、一口飲むのを待ってから口を開いた。

「タイでは五年前の二〇一四年、軍事クーデターがあった。そのとき約束されていた総選挙はまだ行われていない。クーデターで暫定《ざんてい》政権を握ったプラユット司令官が今も実権を握っている。タイに言論の自由はない。検閲がある。結社の自由もない。五人以上の集会は禁止されている。どれだけ酷い王様でも、揶揄《やゆ》すれば不敬罪で監獄行きだ」

目を丸くしたプローイに、僕はウィキペディアで勉強したと伝えた。

「ごめん、僕はそういう国に住んだことがないんだ。申し訳ないけれど、そんな状況は想像ができない。だから、君たちを馬鹿にしちゃいけない。悪かった」

「いいんです。いや、よくないけど……バンコクは何度目ですか？」

「三度目だよ。二年前にはじめて来た」

「どう思います？　変わりましたか？」

プローイの表情は、安直な答えを許さない厳しさがあった。

「聞きたい？」

僕は膝に手をついて、プローイに身を乗り出した。

「この二年で驚くほど豊かになった。もともと外国人が多い街だけど、この二年で、外国人たちが自然に街に溶け込んでいるように感じることが増えた。街から犯罪の臭いは消えた。売春宿も減った。商売人たちも正直に、公正《フェア》になった」

プローイの厳しい表情が崩れた。僕は深呼吸して、プローイの言葉に備えた。

「自由な発言ができなくても？」

僕は頷いた。

「ニュースが検閲されていても？」

頷いた。

「未来を話し合う場所がなくても？」

僕は頬を流れる涙を見つめた。プローイ、君はわかってるだろう？　豊かさと自由に関係がないから、こんなに難しいんじゃないか。

プローイは言葉にならない声を上げて泣いた。

傍らに置いたサンミゲールの缶からぬくもったアルコールの香りが立ちのぼるころ、プローイの泣き声は小さくなり、止まった。

「殴られたお友達に、ごめんなさいと伝えてください、ごめんなさい」

「直接謝りにいくといい。ケン・マツシマだ。フロントに言えば取りついでくれる」

僕はスペルを読み上げた。

プローイは頷きながらスペルを確かめて立ち上がった。

「ビール、ありがとう」

缶をタイルに置いたときの音で、彼女がほとんど口をつけていないことに僕は気づいた。

細いプローイの影がジムのドアをくぐっていくのを見届けた僕は、残った四つのサンミゲールを立て続けに飲んで、ふらつく足で部屋に戻った。

*

僕の目を覚ましたのは執拗《しつよう》なノックだった。

「ケン？」

僕は扉を開けた。

「すぐ出るぞ――飲んでたな、この野郎。相手はプローイか」

僕はふたサイズ大きなTシャツを見おろした。

「一杯だけね。いま何時？」

「四時だ。すぐ着替えろ。荷物は一つにまとまってるな」

「クロークの荷物はあとでホテルに送らせる。シンガポール便に乗れるぞ」

「え——ああ」

「赤シャツは？」と聞いた僕は、質問を間違っていたことに気づいた。「空港行きを邪魔してたのは坊さんと、青の市民連合だろ。そっちも解散したのか？」

「八割方解散したよ。昨日の狙撃でリーダーが退場したからな」

「ちょっと待ってくれ。昨日撃たれたのは赤シャツのリーダーだ。なんで坊さんと市民連合まで解散するんだよ」

ケンは鼻息を鳴らして腰に手を当てた。

「まったくもう、面倒くさいな。話してやるから着替えろ」

僕はバスルームのドアを開けて即席の衝立《ついたて》を作り、アルコールが匂うTシャツを脱いだ。シャワーを浴びたいところだが、そういう状況ではないらしい。

「撃たれたシリラックが、活動資金を溶かして動員をやったのは知ってるか」

「ああ。プローイに聞いた」

「ベッドで？」

「そんなわけあるか」

僕はTシャツをケンに投げたが、ふわりと舞った布はケンの足元に落ちた。

ケンは布の塊をクローゼットに蹴り込んで笑った。

「もったいない。ま、いいや。シリラックだ。奴は不満を溜めてた坊さんと、古巣の市民連合も動員したんだ。アユタヤから本隊がやってくるまで、バンコクを完全に封鎖したかったたってわけさ」

僕はジーンズに足を通して、シャツのボタンを留めていった。

「クーデターでもやりたかったのかな」

「さあね。とにかく空港は使えるようになった。さ、行くぞ」

僕はバスルームの扉を閉じて、デスクで充電していたアップルウォッチを手首に巻いた。そして身の回りの品を詰め込んだビジネスバッグを担ごうとしたところで、手を止めた。

「ごめん。シンガポールには行かない」

「はあっ？」

「警察に行かなきゃ。僕はシリラックの狙撃に関係してるわけだし」

ケンは僕に詰め寄った。

「なんで君が取り調べを受けなきゃならないんだ。確かに犯人は君のドローンの映像を使って狙撃したさ。でも、狙撃観測に必要な遅延なしのライブ配信をしたのは学生だ。君の助言は純粋に技術的なものだろう。それに、君はライブを止めたじゃないか」

僕はぽかんと口を開けた。

「なんだよその顔。ロビーでこれを手配してるところにプローイがやってきて、教えてくれたんだよ。ヤスヒロさんには責任がない、一緒にシンガポールに連れて行ってくれってね。必死だったぞ」

にやりと笑ったケンはベッドに視線を飛ばした。

「絶対なにかあったと思ったんだがな」

「ないよ。ビールを一緒に飲んだだけだ——そうだ、東京には行けないのかな」

「贅沢《ぜいたく》言うな」ケンは顔をしかめた「明日にも赤シャツの本隊がやってくるんだ。シリラックがやらかしたおかげで本気になった。政府も戒厳令《マーシャルロウ》で迎え撃つ。二週間は身動きが取れなくなるぞ。脱出できるのは今日しかない」

それだけのことを言うと、ケンは「来い」と言って部屋を出た。

僕はあわててケンの後を追った。

「なんでケンが脱出の手配をしてるの？」

「仕事だよ」

ケンは振り返って、後ろ向きに歩きながら早口で説明した。

「ホテルは従業員を家に帰さなければならない。サービスを提供するには、従業員と、個別に業務委託契約を結ばなければならなくなるんだ。労働基準法ってやつだ。

サービスが低下した分の払い戻しもある。五年前のバンコクなら、ホテルは法律なんか知らん顔してスタッフをこき使ってただろうし、客からは特別料金をふんだくってただろうけどな、今は違う。ちゃんとしたいらしいよ。そのコストをおれたちに持ってくれ、と言ってきたわけだ」

とんでもないね、とケンは頭を強く振った。

「そんな金が払えるかってんだ。それで、シンガポール行きの便をチャーターして、外国人を追い出すことにしたのさ」

「もう一ついいか？」

どうぞ、とケンは後ろ向きに歩きながら、器用に僕に手を差しのべた。

「なんでスーツなの」

ケンはスーツの襟に親指を差し込んでぴしりと伸ばした。

「仕事だから」

「なんだ、火消しのユニフォームか」

ケンは僕の胸を拳で柔らかく押した。

「お前に言われたくない。もう一人の美人と帰れ。果報者め」

＊

空港に向かうバスは、路上にばらまかれたピーナッツの殻《から》を踏みつけてパリパリという音を車内に響かせた。昨日、この高速道路を占拠していた坊さんたちが捨てていったものだ。

僕はオレンジ色のケープが手すりに巻き付けてある〝占拠地帯〟が、意外なほど短かったことに驚いた。

緩やかなカーブを曲がったバスの車内に、朝陽が差し込んできた。眩さに目を細めた僕は、隣に座る本田へ「カーテンを閉めますか？」と聞いた。

「いいえ。暗くすると寝ちゃいそう。せっかくお話ができるのに。昨日はご活躍でしたね」

「え？」

「このバスを仕立ててくださったお友達から聞きました。赤シャツのリーダーを排除するために、文椎《せ》さんが手を貸したのだとか」

僕は思わず咳き込んだ。ケンの奴、あれだけ詳しく知っているくせになんてことを吹き込みやがったんだ。

「そんなことありません。学生たちにソフトの使い方を教えていただけですよ」

本田は「ご謙遜《けんそん》を」と言って、ケンからもらった水を僕にくれた。

「シンガポールで何日か休んでいきません？　ＮＰＯを立ち上げようと思って。相談に乗ってくれると嬉しいんだけど」

「遠慮しておきますよ。でも、どんな事業なんですか」

本田は狭い座席の中で僕に身体を押しつけるように身をよじって、鞄からｉＰａｄを取り出して、膝の上に置いた。明るくなったスクリーンに〈クレデリヤン〉というタイトルのプレゼンテーション資料が浮かび上がった。

「タイに女性専門のＩＴを習得できる職業訓練校を作ろうと思うんですよ。学校名の〈クレデリヤン〉は、『星の王子さま』の一節からとったの。『絆を作る』って意味よ。赤シャツの人たち、みんな男性だったじゃない？　きっと、お家《うち》に奥さんとか娘さんが残ってるはずなのよね。彼女たちが手に職をもてば何かが変わる気がして――」

本田は熱心に話し続けた。どこにオフィスを置くか、どんな学科があるといいか、どんなスタッフを集めて、どんなキャッシュフローで経営するのか。資料は投資家に説明できるだけの説得力を備えていた。

ときおり質問を投げかけながら相づちを打っていた僕は、頭の半分ほどで考えていた。本田は五つの色がぶつかり合ったバンコクで何かを感じ、動き出そうとしている。この学校がタイにもたらすのは、よくて豊かさだ。

プローイの求めているものではない。

ケンのことも思い出した。彼はいまもバンコクで、デモの被害にあった企業に保険金を支払い続けている。荒れたバンコクを再生させるために動く人の手は、それが利益のためであっても、人々を、その心も豊かにしてくれる。

だけどこれもプローイの求める自由とは違う。

僕はこれからもバンコク支社を通して、新たな技術に親しんだ人をバンコクにもたらすことだろう。もちろん、数名のエンジニアがいたところでなにかが変わるわけでもない。

それでも、関わろうとする僕らがいることが、自由を求める君の大きな力になるはずだ。

気がつくと、本田が呼びかけていた。

「――さん、文椎さん。CTO（最高技術責任者）の席に興味はありませんか？」

「ごめんなさい、寝てなくて。CTOなら、僕よりいい人がいくらでもいますよ」

「残念」

「僕も残念です。お詫びに、シンガポールに着くまでは本気でお相手しますよ」

本田がなにか言おうとしたとき、アップルウォッチが僕の手首を叩いた。

《二十ドルの送金がありました》

メッセージには英語で「分からないことがあったら、また連絡します」と書いてあった。署名はなかった。差出人のアドレスにも見覚えはなかった。

僕は首を捻って朝焼けに輝くバンコクを振り返った。同じように振り返った本田が、不思議そうな顔で囁いた。

「文椎さん、なにかあったんですか？　嬉しそう」

ええ、と僕は頷いた。

「バンコクにひとつ仕事ができそうなんです」

巨象の肩に乗って

ざらりとしたものが頬を撫でて、僕は目を覚《さ》ました。

頬をこすった指にチキンブイヨンの香りがついてきた。

「やめろよジロー」と呟いた僕は、七歳になる黒猫の脇《わき》の下に手を差し込んで、毛布の内側に抱き込んだ。

ジローは脱出を試みるかのように身体をくねらせたが、諦《あきら》めたように喉を鳴らして脇の下にぐるりと丸くなった。とぐろを巻いたジローの滑《なめ》らかな手触りを楽しみながら、僕はいきなり不安になった。

あと何時間眠れるだろう。

昨日は——と言うのは正しくない。〈エッジ〉の大久保《おおくぼ》オフィスからまっすぐ帰って、夕食もとらずにシャワーで汗を流したところで、午前二時を回っていた。

僕はジローを撫《な》でていない方の手で枕の下を探ってiPhoneを取り出し、画面をこちらに向けて落胆した。

細いゴシック体で表示された時刻は午前四時四十六分。

朝食を摂《と》ろうとすると、あと一時間半ほどで起きなければならないが、強張《こわば》った肩と首筋は、そんな時間では足りないと苦情を申し立てていた。

あと二時間半眠ろう。朝食は行きがけに買うコンビニのサンドウィッチだ。ため息は出たが、不思議と不満は感じなかった。一日十六時間労働はきついが、三ヵ月も続ければそれが日常になる。

僕が起床したと勘違いしたｉＰｈｏｎｅは、時刻の下に通知を並べはじめた。メールの一群に、開発者との連絡に使っているビジネス用のチャットＳｌａｃｋから送られてきたメッセージ、今日予定されている五本の打ち合わせ通知に、ごみを出せというリマインダー。

全て今日中に済ませなければならない仕事だ。

腕を広げた長さほど画面をスクロールさせていくと、ようやく忙しさに対する不満がふつふつと湧いてくる。流れていく通知の中で、僕は一つの英文に目を留めた。

赤い帯はＢＢＣのニュースだ。

《Breaking News（緊急速報）China opens 'Great Firewall' for Twitter!（中国がツイッターに門戸を開いた！）》

小さな画面にはそれ以上書かれていなかった。

「嘘だろう？」

思わず声を漏らしてしまう。

身じろぎもしていたらしい。ジローが僕の胸に爪《つめ》を立ててきた。

なんでもないよ、と言いながらTシャツにつき立った鋭い爪をほぐしていく。僕は、このニュースを読むのが通勤電車ならよかったのにと考えていた。

混み合う東西《とうざい》線の車両で周りを見回せば、一人か二人はスマートフォンをはっとした眼で見つめている人を見つけられるかもしれない。そんな彼か彼女かに、心の中で声を送るのだ。

――これ、みたか？

彼か彼女かは、じっと見つめたスマートフォンをしまい、ポケットか鞄を押さえるだろう。

ニュースが誤報でありますように。そして感じた予感が正しいものでありませんようにと願いながら。

幸か不幸かここはベッドの中だ。

喉を鳴らしはじめたジローを撫でていると、もういいか？　と言わんばかりにｉＰｈｏｎｅが画面の輝度《きど》を落とした。スマートフォンがユーザーの視線と表情を読み取ってくれるようになるまで、あと五年ほどかかるだろう。

僕はホームボタンに親指をあててロックを解除し、BBCのアプリで記事を読んだ。

速報の記事は短かった。

記者の意見も、関連する情報も集められていないが、短く区切られた記事は寝ぼけた頭にはありがたかった。

二〇二〇年の三月十五日――つまり昨日だ。現地時間の午前八時すぎに、上海《シャンハイ》の市民の一人が、ツイッターが使えることに気づいた。その情報はすぐに中国でツイッターの代わりに使われているSNS〈微博《ウェイボー》〉で拡散したという。

記事には、微博に投稿された女性の写真がつけられていた。スマートフォンを顔の脇に掲げた女性は、ネイルアートの目立つ指先で、ツイッターのタイムラインを指さしていた。

なにかの間違いだろう、とまず思った。

中国政府が運用する国家的ファイアウォール、金盾《ジンドウン》には時折大きな穴が空く。特に天安門《てんあんもん》事件の記念日を控えたこの時期には、大きな設定変更が行われる。出張している最中に普段使えているサービスが突然使えなくなったり、逆にグーグルの地図が使えるようになったりすることもあった。そんなとき、中国のネットユーザーたちは普段真っ白な地図しか表示されないポケモンGOをダウンロードして遊ぶ。

今回もそうであればいい。収益を上げられなかった創業者たちを追い出してツイッターのＣＥＯに就任した、メディア企業出身の男の判断であってはならない。そう思いながら画面を撫でた僕は、もう一枚の画像を見て、枕にため息を吹き込んだ。

アプリストアに、見慣れた青い鳥のアイコンが並んでいたのだ。説明文も中国語だった。画面上部には、中国国内から接続していることを示す、China Mobile（中国移动）の文字があった。

公式のアプリが中国本土で使えるようになったのだ。

そのあと記事は、他のＳＮＳ――ＦａｃｅｂｏｏｋやＩｎｓｔａｇｒａｍ、Ｓｎａｐｃｈａｔや、Ｇｏｏｇｌｅの各種サービスは相変わらず使えないままだ、と書いて締めくくられていた。

記事の見出しは、文字通りの意味で正しかった。中国政府が、活動家たちが好んで用いるツイッターに門戸を開いたのだ。

中国政府が変わったのではない。

ツイッターが変わったのだ。

なにか吐き出さなければ眠れそうになかった。

結局僕は、ＢＢＣのＵＲＬをつけてツイッターに投稿した。

《なんてこった。ツイッターは中国に鍵を売ったのか？》

投稿すると眠りはすぐに訪れた。

ジローが毛布の足元へ抜け出していこうとしている——それが最後に僕が覚えていたことだった。

＊

「泰洋さん、ちょっといいですか」

向かいのデスクから幾田が声をかけてきてタブレットPCをこちらに向けた。

「どうなりますかね。ツイッター。この記事は読みました？」

幾田はなにかあると僕に意見を求めてくる。

もちろんセカンド、サードとオピニオンを集めて、彼は自分の判断を補強していく。理想主義に傾きがちな僕の意見が、現実的な彼と同じになることはあまりない。未来予測に関しては、五分五分の勝率といったところだ。

画面はTechCrunch《テックランチ》の記事だった。

《青い鳥は金色《こんじき》の軍門に降《くだ》った。頭《こうべ》を垂れて》

「もちろん。いい記事ですね」

記事は読んでいた。一度目は通勤電車の中で英語版を、そしてオフィスに到着してから日本語版で。幾田がこちらに向けているのは日本語版の記事だった。僕は自分の〈エッジ〉でのキャリアと重ね合わせて、丁寧に書かれたツイッター社の歴史を読んだ。

僕は入社とほぼ同時にツイッターのアカウントを作った。二〇〇七年のことだ。当時は投稿した内容を拡散するためのリツイートどころか、「@」を用いた返信《リプライ》すらできなかった。

当時のツイッターは公式アプリを持たず、サーバーにアクセスする手法を公開して他の企業や個人開発者に作らせていた。そのときにツイッターが選んだ、ユーザー名とパスワードに頼らない認証方式〈OAuth《オーオース》〉に僕は痺れた。

グーグルも、フェイスブックもできないことをツイッターはやり続けた。ツイートにつけられた通し番号が、古いコンピューターで扱える上限の二十億を超えそうになったとき、ツイッター社はするりと六十四ビットへ移行し、次いで新たに雇った数学者たちに、最新の整数論を用いた新しい通し番号を付ける仕組みを考えさせた。そんな風に危機を技術で乗り越えていく姿は最高に格好良かった。

技術だけではなかった。身の丈を超えた数のユーザーを抱え込んだおかげで巨額のサーバー費用を垂れ流している状態だったというのに、フェイスブックから持ちかけられた五億ドル——当時のレートで五百億円もの巨額買収を蹴ったことも含めて、二〇〇七年からの三年間、ツイッターに僕は正義を感じていた。

「記事を読んで懐かしくなりましたよ」

「泰洋さん、ツイッター好きですものね」

頬が少し熱くなる。僕は入社してすぐに、誰も知らなかったツイッターの活用について熱く語ったのだ。〈エッジ〉のツイッター担当には自ら手を挙げたし、製品のプレスリリースやサポート情報を自動的にツイートするような仕組みも作った。知人の作ったツイッター用のアプリケーションを〈エッジ〉の製品に仕立て上げ、売ったことすらある。それを後押ししてくれたのは幾田だ。

「いつ頃から言わなくなったんでしたっけ」

「震災後です」

聞かれたときには、そう答えることにしている。

実はその前年に僕のツイッター熱は冷めていた。二〇一〇年の十一月、ツイッターは突然、他の会社が自由にツイッターを読み書きするためのアプリケーションを作る方法をがんじがらめに縛り上げた。画面に表示するツイートの見かけを、本家のWebサイトとぴったり同じにするように求めてきたのだ。

僕にとっては、誰でも、いつでも、なんでも書き込んで共有することのできるSNSの終焉《しゅうえん》だったが、ほとんどのユーザーは気にも留めなかった。

技術の話を聞いてくれる幾田でも、あの時に僕が感じた絶望は共有できない。僕はただ「ツイッターでは今までのように、自由にアプリを作れなくなりました」と報告しただけだった。ツイッター関連で事業を始めようとしていた〈エッジ〉の幹部たちが目を剝《む》く中で、幾田は「あ、そう」と言っただけだった。

幾田はサーフェスの画面を指で撫でて、記事の最終段落を指さした。そこには中国本土での競合相手のことが書かれているはずだ。

「どう思います？　微博に食い込めますかね」

「無理ですよ。記事でも書いていますが、政府に盗聴させるかわりに、進出を認めてもらったわけですよね」

「そうですね」

「今まで、VPN（仮想プライベートネットワーク）の抜け道で使っていたユーザーは離れていきます。おなじ盗聴されるなら微博から引っ越す動機にはなりません」

「泰洋さんらしい考え方ですね」

幾田は笑みを湛《たた》えたまま頷いた。

「僕は、自由なんて言う人がいなくなるからこそ広まるんじゃないかと考えているんですよ。前のアメリカの大統領選みたいにね」

「まあ、そういう予想はできますよね」

僕は苦笑した。あまり嬉しくはない分析だ。

「泰洋さんはどうするんですか？　まだツイッターを使います？」

「え？」

幾田は声をあげて笑った。

「やっぱりツイッターのことになると、泰洋さんは冷静になれませんね。新しいCEOは、市場拡大のために検閲《けんえつ》と盗聴を受け入れたんですよ。いままで検閲を頑《がん》として拒んできたわけですが、その姿勢はもうないわけです。日本でも始まりますよ」

すぐに幾田の言いたいことに気づいた。

なにしろ日本は世界で最もツイッターが使われている。月に一度以上ツイッターにアクセスする人の数は、二〇二〇年に入った時点で四千万人にものぼるのだ。警察が相手なら、令状なしにインターネットの住所とも言えるIPアドレスを開示するぐらいのことはなんの良心の呵責《かしやく》も感じずに行うだろう。

「なるほど。確かに」

僕と幾田の情報交換はいつも、どちらかがこの言葉を発することで終わる。

幾田はサーフェスを自分の方に向けていた。

「そういうことです。じゃあ、仕事に入りましょう」

「はい。まず〈ドラゴンフリュー〉の来期予算を送ります。〈メガネウラ〉の新製品が、Q3にずれるという報告が来ていますが――」

　僕は用意しておいた資料をSlackで送った。

　それから一日、僕はツイッターのことばかり考えて上の空で過ごしていた――はずだった。だが、オフィスに残された最後の一人になったとき、僕はこの十六時間でメールを八十通ほど書き、社内からあがってくる事業計画や営業計画のレビューを二十本ほどこなし、OSをアップデートしてから動きが怪《あや》しくなっていた〈エッジ〉のWebサーバーのライブラリをアップデートし、いつの間にかグループウェアの上で増えていた七件の打ち合わせに出席していた。

　実りがあるともないとも言いがたい、いつもの一日だった。

　そんな中、僕は時折iPhoneを眺めては、一緒にアプリを作った汪やドイツ人の同僚アイスマン、そしてバンコクのプローイがツイッターのアカウントを消していくのを見つめ、中国進出のために盗聴を許したツイッターのCEOに怒りをたぎらせていった。

＊

　陽が落ちる頃には、家に帰ってからやることのアイディアが固まっていた。

自宅のデスクでＭａｃＢｏｏｋを開いた僕が、帰りの電車の中でブックマークしておいたＷｅｂサイトを開くと、いつもとは様子が違うことに気づいたジローが膝の上に乗ってきて、手の上に黒い前脚をかけた。

「ごめんよ」と言った僕はジローの脇の下にてのひらを差し込んで床に降ろす。

ブラウザーに神経を集中しようとしたところで、ふたたびジローが膝の上に乗ってきた。降ろす、乗る——それを五回ほど繰り返したところでジローは一声鳴いて、この時間の定位置であるベッドに去っていった。

不思議と眠気はやってこなかった。

僕が考えたのは、三年前に立ち上げておいた〈マストドン〉というツイッターのクローンを、強い暗号で鎧《よろ》ってしまうことだった。

〈マストドン〉は、二〇一六年にオイゲン・ロチコというドイツ人エンジニアが、ＧＮＵ《グニュ》ソーシャルというＳＮＳのプログラムを参考にして作ったプログラムだ。絶滅した象の名前を使った理由はわからないが、ＩＴプロジェクトに古代生物の名前をあてることは少なくない。僕が〈エッジ〉で担当している撮影用ドローンの〈メガネウラ〉も、古代トンボと同じ名前だ。

〈マストドン〉はツイッターのクローンだ。アカウントを登録すると最大五百文字のテキストやＵＲＬを投稿することができ、投稿する行為や投稿されたテキストは

Ｔｏｏｔ《トゥート》と呼ばれる。他のユーザーをフォローすると、発言が自分のホームタイムラインに流れてくるのも、ダイレクトメッセージを送ることができるのも、自分のトゥートを読ませたくない相手をブロックできるのもツイッターと同じだ。もしも生みの親のロチコが〈マストドン〉というサービスを立ち上げただけなら僕は心をひかれなかったし、〈マストドン〉も他のクローンたちと同じ運命を歩んだことだろう。

〈マストドン〉が他のツイッタークローンと全く異なるのは、ユーザーとして利用するサービスではなく、保有し、実行できるプログラムとして公開されたことだ。ホームページを持つところから一歩足を踏み出して、持ち家に相当するＷｅｂサーバーを丸ごと持っている人なら誰でも、「自分の〈マストドン〉」を立ち上げて、友人を招くことができる。そうやって動いている〈マストドン〉のプログラムは、インスタンス（実体）と呼ばれる。

七千ほど稼働《かどう》しているインスタンスはどれも個性にあふれていた。イラスト投稿だけをするインスタンスに猫好きの集うインスタンス、育児、名古屋弁で書き込むインスタンスに、特定の映画や俳優について語り合うインスタンス。そしてそれらのインスタンスは、インスタンスを超えてユーザーをフォローできる機能と、繋がったユーザーの投稿をまとめて表示する連合タイムラインのおかげで、ゆるく繋がり合っていた。

ちょうど、アメリカでは大統領が替わった直後だっただろうか。

ツイッターに愛想を尽かすことすらやめていた僕は――二〇一七年の春ごろだったはずだが――アマゾンのサーバーの上に〈マストドン〉のインスタンスを立ち上げて、細々と運営をはじめた。

僕のインスタンスには、すぐに二百人ほどのユーザーが参加するようになった。そこには、かつて一緒に広告アプリを作った郭瀬や、帰化した汪のアカウントもあった。とある日本の〈マストドン〉利用者が「シリコンバレーの人々は、世界の王であるかのように振る舞っている」と語ったせいではないだろうが、アメリカの友人たちは誰一人として〈マストドン〉を使おうとはしなかった。

とにかく、保有する〈マストドン〉は、ソースコードを公開する、というたった一つだけのルールを守れば、誰に断ることもなく自分の手で改造して配布することができる。

〈マストドン〉はそんな自由のあるソフトウェアだ。

はじめにやったことは、今もオイゲン・ロチコが管理している〈マストドン〉のソースコードから分岐《フォーク》させた、自分のソースコードを作ることで、僕は、それに〈オクスペッカー〉という名前を付けた。水牛や象についた寄生虫を食べる鳥だ。

説明文には「マストドンの暗号化」とだけ書いた。

僕はアマゾンで作業用のサーバーをひとつ作ってログインし、そこに〈オクスペッカー〉のソースコードをダウンロードした。

サーバーの性能は奢《おご》りに奢った。メモリ256GBにCPUは十六個。もしも一ヵ月立ち上げっぱなしにしておくと八万円ほど飛んでいく。自分では絶対に買わないようなコンピューターだが、アマゾンのクラウドサーバー貸しシステム、アマゾン・ウェブ・サービス――AWSならば、そんなサーバーを一分単位で借りることができる。

IT系の開発者にとってアマゾンは通信販売の会社ではない。

僕はMacBookをアマゾンにログインしている端末《ターミナル》の黒い画面でいっぱいにして、作業を始めた。

まずはユーザーに公開鍵と秘密鍵のペアを持たせるところからだ。この改変は簡単だ。説明文は「1st commit（初めてのコミット）Just added keys on account（アカウントに鍵を追加）」だけ。読むものが読めばわかる。

そして暗号化通信そのものにとりかかる。これが難しかった。

ツイッターも暗号を使っているが、ユーザー同士のメッセージは外からは入れないデータセンターの中でやりとりされる。〈マストドン〉では、暗号化に対応していないインスタンスのことも考えなければならない。

気がついたとき、時刻は午前一時を回っていた。ロチコが丁寧に積み上げてきた〈マストドン〉のソースコードは、僕が手を入れたところだけ明らかに汚い書き方になっていた。後で読み返す人は苦労するに違いない。

コードの整理だけやって寝るか、それとも続けるか。

僕は、つい一時間ほど前に作ったばかりの〈オクスペッカー〉のソースコードが〈qruwz〉というユーザーにフォローされていることを知った。

修正は完璧だった。〈qruwz〉はフォローした二分後に修正要求《プルリクエスト》――PRを送ってきていた。

修正要求を受け入れると、汚かったソースコードは、まるでオイゲン・ロチコ本人が書いたかのように綺麗に成形された。僕があとで付けようと思っていた機能などを全て網羅《もうら》していたのだ。

僕の胸に温かなものが広がった。これが二十一世紀の開発者コミュニティだ。そしてツイッターが外部開発者を閉め出したときに失ったものだ。

僕は読み方の分からないユーザー名を声に出してみた。

「クゥルワズ――郭瀬さん？」

呟いた僕の膝に、いつのまにか部屋に戻ってきていたジローが前脚をかけたとき、ＭａｃＢｏｏｋのスピーカーが着信音を鳴らした。

*

『泰洋さん、久しぶり。そっちは東京だよね。まだ〈エッジ〉？』

郭瀬は以前と変わらない、半ば白くなった長い髪の毛をたくしあげながら言った。メタルフレームの眼鏡も前と同じだ。

彼が背にしたオフィスには、ビジネスカジュアルを纏った外国人が大勢行き来し、日光が差し込んでいた。

「郭瀬さんは？」

『深層学習《ディープラーニング》だよ』

僕は苦笑した。人には会社を聞いておきながら、自分では就職先どころか、今いる都市も素っ飛ばして仕事の内容を答えるあたりが彼らしい。

初めて出会ったとき、彼はグーグルでアプリを動かすためのプラットフォームを作りながら、開発のトレーナーをやっていた。その前はどこかの研究所でインターネットでコンピューター同士を繋ぐ最も基礎的な手続き、ＩＰ（インターネット・プロトコル）の新たなバージョンに携わっていたという。そんな彼は、僕の仕事を会社が決めるように、居場所と仕事を自分で決められる。

現在の仕事が人工知能だというあたり、最先端を走り続けているのは変わらないようだ。

僕も少しはその分野に詳しいところを見せようとした。人工知能の研究開発に、普通のコンピューターは使わない。

「ＧＰＵ（グラフィック処理由来プロセッサ）の調達は大丈夫？」

『いや、量子コンピューター』

僕が目を丸くすると、郭瀬は謙遜するかのようにカメラの前で手を振った。

『会社がＤ－Ｗａｖｅ《ディー・ウエーブ》のマシンを買ったんだよ。まだまだこれからさ。なにせまるで理屈が違う。数学の世界だからね』

就職は再びグーグルか、ロッキードか、でなければアマゾンか。Ｄ－Ｗａｖｅのスパコンを購入した企業はまだ片手で数えられるほどしかない。

「修正要求ありがとう。あれは郭瀬さんだよね」

『礼を言いたいのはこっちだよ。昨日の発表を見て、なにかしなきゃって思ってたんだ。あれは許せんよね』

「まったく」と僕は頷く。郭瀬が許さないのがツイッターと中国のどちらかはわからないが、おそらくその両方だろう。

『何かやらなきゃ、って思って漁ってたらさ、泰洋さんが何かはじめてるじゃない。

驚いたよ。名前もいいね』

郭瀬はカメラに顔を近づけた。

『よければ手伝わせてくれないかな。何を考えてるの？』

「まずは見ての通り。ダイレクトメッセージの暗号化かな」

『これはあと二十分で終わる。次は？』

「中国でツイッターをやめた人たちに使って欲しいんだ。〈オクスペッカー〉もどうせブロックされるだろうけど、一回でもログインしていたら、国内外のインスタンスを自力で探せるようにしたい」

郭瀬は両手の指を揃えて指先を触れあわせ、人差し指を下唇にあてた。久しぶりに見る、彼の考えるときの仕草だ。しばらくして彼は口を開いた。

『無理だと思う』

「ブラウザーのキャッシュ（一時保存ファイル）に、アプリを保存できるでしょう」

『そうか、なるほど。どうせインスタンスとの通信はSSLの暗号化通信になるから、あとは中継機能のある〈オクスペッカー〉インスタンスの一覧さえはじめに渡しておけばいいんだな――』

郭瀬の口調は早くなり、人に聞かせるための言葉ではなくなっていった。HTMLアップキャッシュにNGINX《エンジンエックス》の認証スクリプト実行、OAuth認証、キャッシュの秘匿化――聞いているだけでしかないが、彼の頭の中に、僕が考えていたものよりも数段エレガントな、そしてシンプルな設計図が立ち上がっていくのがわかった。

僕は膝の上でとぐろを巻いたジローの毛並みを撫でながら、郭瀬が呟くのを眺めていた。彼がいまやっているようなこと、頭の中でプログラムを設計することが僕にはできない。音読してはじめて言葉の意味が分かるようなレベルだ。

二〇〇七年に〈エッジ〉に入社してからの十三年間、何でも屋を続けていた僕は、動くコードを目の前にしないと一歩も進めない。

ジローがあくびをして、腹を向ける。その柔らかな毛をゆっくりと掻《か》いていると、ふと郭瀬はカメラに目を向けた。

『うん、できる』

「すごいね」

『すごくない。キャッシュに完全なプログラムを仕込んでおくなんて思いつきもしなかった。あとは中継《リレー》してくれるインスタンスに、正しい利用者だって伝える方法が必要だけど――』

「ビットコインのブロックチェーンが使えないかな、って考えてる」

郭瀬が眼鏡に指をあてて首を振る。スピーカーからはため息が聞こえてきた。

「無理かな。接続するたびにコインに見立てたセッションを積んでいって、それを繋げばいいと思うんだけど」

『違う、違うよ。いまおれ、変な顔した？』

郭瀬は顔の前で手を振った。

『発想の飛び具合に驚いたんだ。やれるよ、それでやれる。でも、そのアイディアをここで使っちゃっていいの？　たとえばビジネス文書の秘匿通信アプリケーションだって作れるアイディアだよ。インターネットの再発明、とまでは言わないけれど、その接続方法は金になる』

「やめてくれよ」

僕の言葉は、予想よりも強く響いた。びくりと身体を捻ったジローが膝から落ちそうになり、爪を立ててしがみつく。

膝に乗せたジローの背中をなだめるように撫でた僕は、深呼吸してから口を開いた。

「金を稼ごうとすると、つまらないことばかりだ」

郭瀬はカメラ越しに僕の顔をじっと見つめた。

『だいぶお疲れだね』

「え？」

『眠りなよ。酷い顔だ。残りはやらせてくれ』

「でも――」

『やらせてくれ。やりたいんだ』

郭瀬は胸に手を当ててカメラに身を乗り出してきた。

『インターネットは自由でなきゃならない』

そうだった。

郭瀬にはそれを言うだけの資格がある。

〈マストドン〉の肩に乗っただけの僕に、それはあるだろうか。

僕は郭瀬に「頼む」と言って、作業用の高スペックサーバーを停止させた。アマゾンのサーバーがメモリの上だけに存在する仮想的なコンピューターだったとしても、インフラの利用には金がかかるのだ。

＊

ｉＰｈｏｎｅのアラームで目を覚ます。時刻はいつも通りの午前六時三十分。

眠れたのは一時間半ほどだが、郭瀬と話せたのがよかったのか、日付が変わるまでオフィスで働いてから四時間眠るときよりもすっきりと目が覚めた。

どうやって眠りについたのかは覚えていないが、シャワーを浴び、髭を剃《そ》ってから眠ったのは確かなようだ。ジローも脚の間の定位置に丸まっていた。

パンをトースターに突っ込んでから卵を二つ割り、かき混ぜてから温めた鉄のフライパンに落とす。ピザトースト用のチーズを一掴《ひとつか》み放り込んで揺すると、小さなキッチンが食欲をそそる香りで満たされた。

ウェットフードとドライフードを半分ずつ盛ったジローの朝食をキッチンの床に置いた僕は、大きなプレートにトーストとできあがったオムレツを移して食卓に運んだ。

いそいそと食事に向かうジローの黒い背中を見ながらＭａｃＢｏｏｋを開き、郭瀬が二時間半で進めてくれた作業を確かめる。

「すごいな」と、自然に声が出る。

今朝方話していた機能はもちろん、負荷が大きくなった時に、自動的にアマゾンのサーバーを増やす仕組みも郭瀬は書いてくれていた。

僕が言わなかったユーザーの引っ越しも出来るようになっていた。仮にインスタンスの管理者が鍵の取り扱い方を変えた時——政府に秘密鍵を渡したり、盗聴させるようなコードを仕込んだりしたことが分かった時、ユーザーはいつでも、インスタンスから逃げて他のインスタンスに移動することができる。

もしも気に入ったインスタンスがなければ、どこかにサーバーを借りて〈オクスペッカー〉を立ち上げて、引っ越ししてしまえばいい。

〝シリコンバレーの人々は、世界の王であるかのように振る舞っている〟

ユーザーは領民であり、王の定めた利用規約《ルール》に従うしかない。ルールはときに、自ら選んだ代表たちが長い時間をかけて作った法律を上回る。そして他国のルールが侵食してくることもある。

確かにその通りだ。ツイッターやフェイスブック、そしてグーグルは移動を許さない。サービスにへばりつくか、やめるかだ。

オイゲン・ロチコは、王の領土から出て行くための第一歩として〈マストドン〉を作ったのだ。

トーストにオムレツを挟んで頬張りながら、僕は郭瀬が書いてくれたテストコードを、自分のインスタンスで動かすことにした。

時刻は七時。家を出るまであと十五分はある。普通なら十五分でやろうとは思えない作業だが、アップグレードのためのスクリプトを郭瀬は用意しておいてくれた。

これで、僕のインスタンスの住人が交《か》わす非公開のメッセージは、警察にも、諜報《ちょうほう》機関にも、そしてインスタンスの管理者である僕にも読めなくなる。

ジローがにゃあと一声鳴いて食事の終了を告げる。

トーストの最後の欠片《かけら》を飲み込んだところで、アップデーターのスクリプトが終了を告げると、自動的にブラウザーが立ち上がり、僕のインスタンスが表示された。

左端に投稿欄があり、ホーム、通知、そしてユーザーを介して他のインスタンスを表示してくれる連合タイムラインが並ぶグレーを基調にした画面は、〈マストドン〉と変わらない。

だが、中身はもう違う。

このインスタンスを住まいに選んだ二百名が交わすメッセージは、警察にも、通信を経由するプロバイダーにも、もちろん管理者である僕にも解読できない四〇九六ビットの鍵で守られる。

〈オクスペッカー〉は国家から自由になるための二歩目を踏み出した。

僕は〈マストドン〉も使っているソースコード公開用サービスＧｉｔＨｕｂのＵＲＬをつけて、さりげなく投稿した。アクセスすれば、僕が分岐させた〈オクスペッカー〉のソースコードをダウンロードすることができる。

《インスタンスの基本機能をアップデートしました。詳細はこちら――》

ｉＰｈｏｎｅにちらりと目を走らせると、今日一日の予定とメールの通知が画面を埋め尽くしていた。

国から逃れても仕事は追いかけてくるらしい。

僕は身支度を調《ととの》えるために洗面所に向かった。

＊

出社した僕は〈エッジ〉の営業、原野口《はらのぐち》と家電量販店に商品を卸《おろ》す流通会社の本部がある汐留《しおどめ》に向かっていた。チノパンにボタンダウンシャツ、そして紺のブレザーという、若干カジュアルな格好の原野口は僕よりも五つほど若いが、流通本部との商談を任されている優秀な営業マンだ。

商談の目的は、僕が製品担当となっている撮影用ドローン〈メガネウラ〉の拡販だった。

希望小売価格が十二万五千円もする高価なドローンだが、他のドローンにはない飛行機モードという特徴のおかげか、流通も店舗も、発売からもうすぐ一年が経つ〈メガネウラ〉を並べてくれている。日本企業の〈エッジ〉がシリコンバレーの開発元を買収して事業を続けているというストーリーは、家電量販店のスタッフもセールストークに使ってくれるほど受けがいい。

普段なら製品担当者の僕や、原野口が本部まで行って商談する必要のない製品だが、今日の商談は勝手が違う。期末の売上を伸ばすために、販売予測の倍ほどの〈メガネウラ〉を仕入れてもらうための訪問だった。七千万円ほど余計に買ってもらった

〈メガネウラ〉は、〈エッジ〉が決算を終える夏を過ぎたところで返してもらう。

原野口も僕も、このやり方がかたちを変えた繋ぎ融資のようなものだということはよく知っている。商品を出荷して流通や店舗に販促費用を支払えば、失われる金額は金融機関の設定する利子の何十倍かになってしまうこともだ。

すでに流通会社と〈エッジ〉の間で「期末の七千万円」の話はついていた。訪問するのは、現場の担当者同士が顔を合わせて筋を通す以外の意味はない。

気が重いが、一時間半しか眠れていない僕にとって、地下鉄大江戸《おおえど》線を使う外出はありがたかった。

僕と原野口は肩を触れあわせて狭いベンチシートに座り、互いに話すこともなく地下鉄に揺られていた。原野口は商談の打ち合わせをしたいようだったが、狭いトンネルを走る大江戸線の騒音の中で「目標は三千万円」だの「リベートは八パーセント」だの「カメラ店のポイントを負担する」だのといった生臭い話を大声でするわけにはいかない。

いつの間にか眠り込んでいた僕は、汐留の駅で原野口に肩を揺すられた。

「泰洋さん。大丈夫ですか？」

「え？　ええ」

原野口は僕の足元から〈メガネウラ〉の入った樹脂ケースをとりあげた。

「今日はすいませんね。足を運んでもらって。これはわたしが持ちますよ」

原野口は黒いケースをぶら下げて電車を降りた。

後を追ってホームに出た僕の尻で、ｉＰｈｏｎｅが震えた。

大股で歩く原野口の後を追いながら取り出したｉＰｈｏｎｅの画面には、やはり通知がずらりと並んでいた。

エスカレーターの乗り口で追いつくと、原野口は僕の手元にちらりと目を走らせて大きな声をあげた。

「うわ。泰洋さん、なんですかその通知の数」

「いつもこんなもんですよ。カスタマーサポートも見てるんで朝の未読メールは二千件ぐらいありますし」

僕はｉＰｈｏｎｅを掲げて彼に画面を見せる。

「いや、その量はヤバイですって。仕事は選んだほうがいいですよ。降ってくるのを全部受けてるじゃないですか。サポートはサポートに、Ｗｅｂはストアのチームに任せておけばいいんですよ」

両腕が塞《ふさ》がっている原野口は、顎で僕のｉＰｈｏｎｅを指した。

「そのアマゾンからのメール、サーバー代金の請求ですよね。そんなのまで泰洋さんが処理してるんですか。やめましょうよ。経理に直行でいいですよ。経費なんですから」

「アマゾン？」

僕はｉＰｈｏｎｅを裏返して通知に目を走らせた。

《Amazon Web Services Billing Statement（アマゾン・ウェブ・サービス支払い状況）》

「いや、これはわたし宛です――」

声が小さくなっていく。ＡＷＳの支払いは月末――二週間先のはずだ。

「泰洋さん、自分のサーバーもやってるんですか」

呆れたような原野口に、反射的に笑顔を向けて画面に目を戻した僕は、そのメールが急激な利用量の増加によるアラートだということに気づいた。確か、十万円を超えたときにメールが来るようにしておいたはずだ。

僕はもう一度、原野口に笑いかけてから「失礼して」と断ってメールの本文を読んだ。

「千百十五ドル――」

いやな汗が首筋を伝う。

僕は未明の作業を思い返した。どうやって眠ったのか覚えていないが、月に八万円もかかる作業用サーバーを停止し忘れるはずはない。いや、絶対に止めた。

朝、郭瀬のコードをダウンロードしたのは本番サーバー群だ。負荷が高まると自動的にサーバーを増やす仕組みがあるとはいえ、二百人ほどしかいないインスタンスなので、月の支払額が五千円を超えるはずはなかった。

このままだと、月末の支払いが二百五十万円になる。

〈オクスペッカー〉に何かが起こった。

僕は我慢できずに、ブラウザーで〈オクスペッカー〉にアクセスしてみる。もしも異常事態ならば帰宅するまで止めておかなければならない。

スマートフォン用の画面は、一呼吸すら待たずに、まるで画面の奥から投げつけられたかのように現れた。僕はすぐに異変に気づいた。

インスタンス内の投稿を表示する、ローカルタイムラインの風景が一変していたのだ。中国語と英語、そしてスペイン語とロシア語が入り乱れている。インスタンスの情報表示画面では、僕が見たことのない数字が、刻々と数を伸ばしていた。

《利用者：９０，３４５　投稿数：１０２，９８２――》

エスカレーターの降り口で大きくバランスを崩した僕を、原野口が支えた。

「顔、真っ白ですよ。商談が終わったら、帰ったほうがいいんじゃないですか」

＊

僕は原野口の提案を受け入れて、午後半休を取ることにした。

どうせ有給休暇は百日以上残っているのだ。

茶番に過ぎない営業活動だったが、ほぼ上の空で自動運転した僕のセールストークはそれなりに効いたらしく、流通の担当者は身を乗り出して聞いてくれて、実際に商品を置いてくれる量販店への働きかけも助けてくれることになった。

昼飯をおごりますよ、という原野口の誘いを断った僕は、ひとけの少ない昼間の大江戸線でＭａｃＢｏｏｋを開き、ｉＰｈｏｎｅの回線でネットワークに繋いだ。

まず確かめたのはアマゾンのサーバー利用状況だった。

世界中のデータセンターで、負荷を分散させるためのサーバーが立ち上がっていた。稼働しているサーバーの総数は、予想よりも少ない六十台ほどだった。

千ドルを超える利用料金の半分ほどが、電子メールの送信料金で占められていた。

一千通あたり百円という料金は高くも安くもないが、〈オクスペッカー〉には〈マストドン〉に由来する、タイムラインを要約して電子メールで配信する機能がある。十万人ものユーザーが初期設定の「十分おきに配信」を選んでいれば、確かにこれだけの金額になるだろう。

僕は〈オクスペッカー〉のメール送信の最短間隔を一週間に変更した。これでまず半額になるはずだ。

だが焼け石に水でしかない。

アマゾン・ウェブ・サービスの管理画面を見ている間にも、サーバーの構成は目まぐるしく変わっていく。Ｗｅｂの負担を軽減するための分散サーバー、データベースの書き込みを一時保存するためのサーバー、画像処理に特化した高性能のサーバー、専用アプリに配信するＡＰＩ専用のサーバーなどが、次から次へと生まれ、そして負荷が大きくなったところで、まるで生き物のように分裂したり、統合されたりしていく。

四億人のユーザーを抱えるツイッターの社内では、この百倍ほどの規模でサーバーが使われているはずだ。

インスタンスを止めることは考えたくもなかった。

タイムラインを読んだわけではないが——どうせ七割以上の投稿を僕は読むことができないのだが——〈オクスペッカー〉に集まった十万人は、自由を求めて集まってきた。

ＭａｃＢｏｏｋの画面右端には、郭瀬がＳｌａｃｋに送ってきたメッセージの通知が並んでいた。
——08：01AMのメッセージ
《GitHubでちょっとしたブームになってるぞ》
——09：43AMのメッセージ
《通勤中かな？　中国最大の〈マストドン〉インスタンスが〈オクスペッカー〉にアップグレードした。やったね》
《あ、繋がらなくなった。中国当局は働き者だ。でも、相当な数のユーザーが避難しようとしてた。管理者も泰洋さんの〈マストドン〉に引っ越すよう誘導してたから、何千人か押し寄せて来るかもな》
——10：24AMのメッセージ
《中国だけじゃなかった。ロシア、イスラエル、ベネズエラの〈マストドン〉インスタンスが続々〈オクスペッカー〉に変わってる。みんな、より自由な国のインスタンスに引っ越そうとしてる》
——11：01AMのメッセージ
《五万人！》
《サーバー、大丈夫じゃないよな。AWSの負荷分散を見直した。今のままだと、ちょっとサーバー使いすぎる。メール配信の設定も変えた。手が空いたらおれの修正要

求をマージしておいて》
《泰洋さんのインスタンスと、ＧｉｔＨｕｂのソースコードの共同管理者権限を共有《シェア》してくれないか？　おれがやるよ》
　それから郭瀬は、提案を書き連ねていた。
〈マストドン〉はつぎはぎが多く、それぞれの規格を実行するために数多くのソフトウェアが必要となっている。
ロチコは、規格原理主義者だ。規格の無駄も厭《いと》わない。そう郭瀬は指摘し、この無駄をなくそう、と提案していた。
最後のメッセージが送信されたのはほんの十五分前だ。
　僕はメッセージを送信した。
《ごめん、仕事で外せなかった》
　郭瀬はすぐに反応した。
《まず今日のサーバー料金を教えてくれないかな。すぐペイパルで送金するから》
《いまはいいよ。月末まで走らせてから分担を決めよう》
《そんな悠長なことを言ってられない。ユーザー増加が止まらない。いくら最適化しても、このままだとアマゾンに数十Ｋ（千）ドル払うことになる。泰洋さんのカードだと、そんな額は支払えないだろう》

僕は郭瀬が送ってくれた記事をざっと斜《なな》め読みした。
スタートアップを専門とする記者は、自分でも〈オクスペッカー〉のインスタンスを立ち上げて検証していた。郭瀬がソースコードの中で提唱していた「移動の自由」に対して寄せたコメントは、控えめに言って激賞だ。
そして記者は、〈オクスペッカー〉の未来も予測してくれていた。収益性がなく、誰でも複製が作れる〈オクスペッカー〉は投資に向かない。一ヵ月か二ヵ月でサーバーを提供できなくなるだろうというのだ。
僕は記事を読み直してからメッセージを送った。
《要するに金が足りないんだ。なんとかするよ》
《エンジェル投資家か？　こっちでも探してみるけど、望みは薄いぞ。心当たりでもあるのか？》
《いないわけじゃない》
ベンチャー企業の〈エッジ〉で得たものは多いが、最大の学びはこれかもしれない。
人を集める苦労に比べれば、金なんてものはどうにかなるものなのだ。
僕はアドレス帳から、その心当たりを探し出した。

＊

六本木ヒルズの住居棟、ヒルズレジデンスB棟の十二階を訪れた僕は、ウォズと名乗る金髪碧眼《へきがん》の男性に出迎えられて、靴《くつ》を履いたまま広いリビングに通された。

ゆったりとしたソファで遊んでいた子供が、入室した僕に気付いて、歩いてこようとした。

「こんにちは」

あいさつしてから、僕は子供の相手をしていた女性に頭を下げる。

「お久しぶりです。日本にいらっしゃったんですね」

バンコクで出会ったシンガポール在住の連続起業家《シリアルアントレプレナー》、本田沙織だ。

「期末の会社が多いのよ。顔を合わせた打ち合わせがたくさんあって、今月末までいることになったの」

それから本田は、連れてきた娘の名前を「祭利《まつり》」だと教えてくれた。続けてこの部屋は民泊ベンチャーのＡｉｒｂｎｂで借りていること、東京に長く滞在するときはいつもここを使うのだというようなことを教えてくれた。

リビングについてきたウォズは祭利ちゃんを寝室へ連れて行った。ウォズの英語に反応する様は、いずれ国際人に育つことを予感させる。

「さすがシンガポール育ちですね。ここはシッターもやってくれるんですか」

「割増料金を払ってね。どうぞ」

勧められたソファに腰を下ろすと、本田は僕の姿をじっくりと見つめた。

「どうしたの。別人みたいになった」

不精髭が浮いていないことを確かめようとして頬を撫でた。髭こそなかったが、肌は荒れていて、今まで触れたことのなかった頸動脈《けいどうみゃく》の盛り上がりに気づいた。家に体重計は置いていないが、アップルウォッチで計測している基礎代謝は一割ほど落ちている。体重にして五キロは失っていることだろう。

「日本に戻ってから、製品担当が増えてしまってあまり休めていません。そちらは、お変わりなさそうですね。〈クレデリヤン〉も順調そうでなによりです」

十ヵ月前に会ったとき、彼女が構想していた女性向けの職業訓練学校については、大江戸線の中で調べておいた。僕と話してから二週間後には現地法人を設立して既存の学校を買収し、四ヵ月後には開校した。いくら賄賂《わいろ》が効く国だとはいえ、そのスピード感は素晴らしい。

本田はにこりと笑って、三本の指を立てた。

「売れたわ」

「さすがですね」

三百万ドルか、それとも三千万ドルか。いずれにせよ、本田の表情は満足げだ。

「泰洋さんに空港で指摘していただいたおかげよ」

「なにか言いましたっけ」

本田は吹き出した。

「忘れたの？　政府の教育省長官を名誉理事長に迎えようと思ってる、って言ったとき、いやな顔したじゃない」

「ああ」

僕は王族の親戚で尊敬を集めている人を招いてはどうか、と提案したのだ。

「探したわよー。そうしたら、今の王様のお姉さんが目をかけていた子が、教育省で働いてたの」

「あのＣＭＯ《チーフ・マーケティング・オフィサー》ですか？」

「そう。むさ苦しいおじさんを混ぜなくてよかったわ。それで今日は、泰洋さんからのお願いなのね」

僕は頷いて、ＭａｃＢｏｏｋをソファテーブルに開いた。

「あら懐しい。〈ツイートデック〉？」

本田はオイゲン・ロチコが参考にしたツイッター用のアプリの名前をあげた。

「いえ。これは〈マストドン〉というツイッタークローンです。ご存じですか？」

本田は首を振る。

「ツイッターのようなSNSを所有できるオープンソースのプログラムです。僕は友人と、この〈マストドン〉を改造して、暗号化通信と、ファイアウォール越しの利用ができるようにしました。〈オクスペッカー〉といいます。今日の午前中だけで、十万人が使い始めました。主に検閲のある国の人々です」

「素晴らしいじゃない。でも、このあとどうするつもりなの？　その十万人にサービスを提供するのにいくらかかってる？」

「今日だけで十万円です」

「ユーザー一人あたり、年で三ドルかかるのね」

「ええ。サーバーのリソースを減らすコードを書いています。それが走り始めれば、十人で一ドルといったところでしょうか。いま集まっている十万人は活動的な人たちばかりですから」

「広告とか入れるつもりは？」

「ありません」

「投資の対象にはならないわね」

「ええ。もう一つの質問に答えます」

「あら？　なにか言ったかしら」

「このあとです。僕たちは〈オクスペッカー〉を誰でも、どこからでも、どんなサービスでも利用できるようにしたいんです」

じっと僕の顔を見た本田は、目で続きを促した。

「インターネットに自由を残します」

「残す。なるほど。社会問題の解決ね」

僕は、本田が短いやりとりで〈オクスペッカー〉を正しく理解してくれたことに感謝した。そうでなければならない。深呼吸する。そして、今日の本題だ。

「寄付してくださいませんか」

「そうきたか」

本田はいたずらを仕掛けた女子高生のような笑顔を浮かべて「いくら？」と聞いた。

「金額はまだ決めていません。サーバーと、今、実際にコードを書いてくれているパートナーを雇う資金を寄付で集めたいんです。その四十九パーセントを持っていただけませんか。残りは僕たちが集めます」

「だめね」

膝においた拳を握りしめる。

「そうですか」

「覚悟しなさいよ。いくら必要なのか分かってるんでしょ。そもそも、法人はいつ立ち上げるの？」

「……やっぱり、要《い》りますか」

「当然じゃないの。日本では個人は寄付をそのまま受け取れないのよ。個人からもらえば贈与。法人からだと所得になるわ。控除もあったはずだけど、まともなエンジニアを雇えるような金額じゃあないわよ。最低でもNPOにならなきゃ」

NPOの設立にはどれだけ急いでも半年はかかる。株式会社なら明日にでも登記できるが、本田の金を寄付として受け取れない。

考え込んだ僕に本田が声をかけた。

「日本人やめたら？」

「え？」

「冗談よ。でも、日本でNPOを作っても面倒は変わらないわ。だいたい〈オクスペッカー〉のユーザーは、中国やパレスチナにもいるんでしょ。ビットコインの寄付をどう会計処理するの？」

僕は、ああ、と声を出したまま固まってしまった。外国人ユーザーをあてにしていながら、そこを全く考えていなかったのだ。

本田は大丈夫、と言ってから僕の顔を覗き込んだ。

「法人はシンガポールで作ろう。明日にでもNPOを登記しちゃうわ。代表は私でいい？　副代表は中国から逃げたがってる人権団体の誰かに頼むわ」

「え？　そこまでやっていただくことは――」

思わず立ち上がろうとした僕に本田は指を突きつけた。

「泰洋さんには無理。手を動かしたいんじゃないの？　関わる人が増えれば、やめさせることもある。信じてついてきた人を切れる？」

「……本田さんなら、できるんですか」

「もちろん。いままでいくつ会社を売ってきたと思ってるの。そもそも私は政治的な自由にはそれほど思い入れがないの。でなきゃ一党独裁のシンガポールなんかに住まないわ」

「なら、どうしてお手伝いしてくださるんですか」

「評判を買うのよ」

本田の顔は真剣そのものだ。正直すぎる答えに僕は言葉を失った。

「ネットの社会活動を支援すれば、このあとの事業に絶対役立つ。それに、インターネットの自由が大切なことはわかる。表向きはポルノしか検閲してないタイでも、それなりに苦労はあった」

座る姿勢が変わったのでもない。長い髪の毛をまとめたのでも、耳にかけたのでもない。形良く整えた眉に、新たな表情が加わったわけでもない。だが、本田の漂わせる空気は別のものに変わっていた。

役割を演じる覚悟と言ってもいい。同じことができるのは、身近な人物で言えば幾田だ。彼はこの気配を自在に出し入れすることができる。

優しい、と言われることの多い僕には欠けた資質だ。

本田はiPhoneをとりだして、WeChat《ウィーチャット》で「NPOを立ち上げるから準備して」と英語でボイスメッセージを送り、僕に向き直った。

「お金もすぐに要るんでしょ。まずは一億円積んでおくわね。そのエンジニアさんを雇うんだっけ。面接しよっか」

「は――はい」

僕はMacBookを自分の方に向けてSlackに二つのメッセージを書き込んだ。

《金はどうにかなった》

《期間限定のNPOを立ち上げる。郭瀬さんを雇いたいんだけど、面接に出られる?》

返答は、僕の指がまだキーに触れているときに戻ってきた。

《いいよ。高いけど》

ここにも正直者がいる。

苦笑した僕はＭａｃＢｏｏｋから顔を上げた。

「高いよって言ってますけど」

本田は横向きに構えたｉＰｈｏｎｅに両手でタイピングしながら答えた。

「ん。今の倍払うって返しておいて」

「何千万円かしますよ――」

言いかけた僕に本田は顔を上げた。

「それなら普通じゃない。一年で終わらせよう。泰洋さんは顔になる。いい？」

*

僕の生活は変わった。

六本木ヒルズを訪れた日、僕は十三年勤めた〈エッジ〉にメールで退職届を出した。

スカイプで事情を聞いた幾田は、苦笑しながら休職扱いにすることを提案してくれた。ネットで社会活動を率いた人物がいるのは、これから西海岸に食い込んでいくつもりの幾田にとって決して悪くないというのだ。考え方は本田とほぼ同じだ。

幾田の厚意を、部下だった頃にちゃんと引き出せなかったことを僕は少しだけ後悔した。僕が何でも屋のまま〈エッジ〉での、ソフト開発者としてのキャリアを終わらせたのは、誰のせいでもない。結局、覚悟が足りなかったのだ。

僕は物置になりつつあった部屋をホームオフィスに仕立て上げて、〈オクスペッカー〉に集中していった。

横長のデスクには五台のコンピューターが並ぶ。中央が自分が作業用に使うｉＭａｃ、残りは中国やロシア、イスラエルなど、検閲のある国のネットワークに接続している検証用のコンピューターだ。

起床は午前五時。シアトルの自宅にいる郭瀬とビデオ会議をしながら、ＧｉｔＨｕｂに上がってくる報告《イシュー》や修正要求をどう処理するかを話し合う。

僕は彼が結婚していて、子供もいることを初めて知った。

郭瀬とのミーティングを終えたら、食事を摂《と》り、体を動かしてからブログを更新する。

僕の英語記事はシンガポールのＮＰＯ事務局で清書され、中国語、ロシア語、スペイン語、アラビア語、スワヒリ語などの主要な言語に翻訳される。日本語訳も事務局でやろうと申し出てくれたが、そこだけは自分の手元に残した。

午後の前半は、コミュニティとの対話にあてる。

はじめの一ヵ月で〈オクスペッカー〉を運用するインスタンスは三桁にのぼった。その管理者たちを集めたチャットルームで、質問に答え、助言し、情報を集める時間だ。

Ｓｌａｃｋを模したそのチャットルームは、郭瀬が切り出した〈オクスペッカー〉の中継機能で暗号化されている。チャットルームに入室申請する人の身元審査も始まった。郭瀬は強硬に、僕はやんわりと身元審査することに反対したが、本田は「テロリストを開発チームに混ぜれば、泰洋さんは防テロ法に触れる」と言ってＮＰＯに調査部門を設けた。

その報告を読んだり聞いたりするのも午後だ。

昼寝するジローを膝に乗せながら、僕はそんな一日を過ごす。子猫の頃は一日中遊んでいた彼が、今は一日の大半を寝て過ごしていることに気づいたのはつい最近だ。

そんなことに気づけるほど、僕は変わった。

本田にしつこく言われてＮＰＯのスタッフたちに仕事を任せられるようになったことが、なによりも大きいのだろう。雑事はただのタスクに変わり、生活は充実し、失われた体重も戻った。

〈オクスペッカー〉がうまくいっていたからだ。なんらかの形で〈オクスペッカー〉

を利用するネットユーザーの総数は一千万人を超えていた。

そして商業利用も始まった。ＥＵ圏のインターネット接続プロバイダーは自社のＷｅｂメールを〈オクスペッカー〉に対応させ、中国や中東、そしてアフリカなどに出張するビジネスマンに、安全で自由な安定した接続を提供するようになった。

開発を主導する郭瀬はＧｉｔＨｕｂの中にファンを増やし、テストや多言語対応、調査などを自分の時間で手伝ってくれるサポーターを獲得していった。

ソースコードの変更をフォローしているＧｉｔＨｕｂのユーザーは千人を超え、何らかの修正要求を出した貢献者《コントリビューター》は六百人ほどもいる。コントリビューターの半分ほどは自由ソフトウェアの信奉者、そして残り半分は〈オクスペッカー〉のためだけにＧｉｔＨｕｂを利用するユーザーたちだ。

三月の中旬から、一年の期限を切って雇用した郭瀬が「後継者のコミュニティを育てなきゃな」と口にしたのは、東京が短い梅雨に突入した頃だった。

＊

『後継者なんて言うのはまだ気が早いけどね』

午前五時、起き抜けの僕は、昼下がりの光を浴びる郭瀬がＭａｃＢｏｏｋのスクリーンの中で笑うのに目を細めた。

『ＲＦＣ（通信プロトコルの仕様書）を書きはじめたよ。共同著者には泰洋さんの名前もほしいな』

「他のコントリビューターにしなよ。エンジニアリングはほとんど任せてるんだから」

『そうはいかない。提唱者の序文は必要だよ。インターネットの自由をがんがん煽《あお》ってくれ』

「でも――」と言いかけたところで、インターフォンが鳴った。

『来客？』

僕は首を伸ばして、リビングのインターフォンに視線を飛ばした。

二人の男性がカメラに顔を近づけていた。奥に立つ方は湾曲した視界の中でも大柄だということがわかる。胃がきゅっと縮んだ。

『この時間だと、警察かな』郭瀬がそろりと言った。『録画するよ。カメラをそっちに向けといて』

僕は郭瀬が言うとおりにＭａｃＢｏｏｋをリビングに向けてから、インターフォンに向かった。

「どちらさまですか」

手前に立つ男性がカメラに顔を近づけてきた。

『早朝に失礼します。文椎さんのお宅ですか？　警視庁から来ました。加藤《かとう》と申します』

男性は縦長の手帳を開いてカメラにかざした。上半分の身分証明にあたる部分には、男の顔写真と、警部補、加藤俊康《としやす》としか書かれていなかった。

「警視庁のどちらですか？」

『サイバー犯罪対策課です。こちらは――』身体をずらした加藤は、後ろに立つ大柄な男性を紹介するように手を差しのべた。

『同じくサイバー犯罪対策課の渡良瀬《わたらせ》警部補です』

「郭瀬さん。本田さんに連絡して、弁護士を用意するようにお願いしてください」

僕は作業部屋に声を投げかけてから、インターフォンに言った。

「お聞きになったかと思います。弁護士が到着するまで、そちらでお待ちいただけませんか」

湾曲した映像の中で、加藤は目を丸くしていた。

『……あの、勘違いされていませんか。逮捕ではありません。もしそうなら、令状を出していますし、お部屋に直接伺いますよ。今日はお話をお聞かせいただきたくてやってきました。ソフトウェア開発者を逮捕することはありません。ウィニー事件の件もありますから』

十六年前の事件を加藤は口にした。著作権侵害に使われていたP2P《ピアツーピア》ソフトウェアの開発者を、京都《きょうと》府警が逮捕したのだ。証拠隠滅《いんめつ》の怖れがあるという理由で裁判の直前まで保釈は認められず、最高裁で無罪を勝ち取るまで、確か七年ほどかかってい
る。

「でも、こんな時間なんですね」

加藤は苦笑した。

『文椎さんが、一日をどう過ごされているのか、分からなかったものですから』

「少し片付けますので、五分ほどしたらもう一度インターフォンを鳴らしてください」

『わかりました』という加藤の後ろで、渡良瀬と紹介された警部補が肩を揺すって大きなため息をついた。

入室してきた二人は、革靴をぴったりとそろえて玄関に置いた。

加藤の靴は普通のビジネスシューズだったが、渡良瀬の靴は、革靴のなりをしたウォーキングシューズだった。二人とも無地の半袖シャツにノーネクタイ、そして濃い色のパンツという、典型的なクールビズスタイルだったが、その印象は全く違ってい
た。

渡良瀬の腕は、僕のふくらはぎほども太かったのだ。

体力担当、ということなのだろう。

僕は二人を奥の席に座らせて、自分の横には郭瀬とのビデオ会議が繋がっているMａｃＢｏｏｋを開いた。

ジローは訪問者に怯えて寝室に逃げ込んでしまった。

「同席者がいます。構いませんか？」

画面を見つめた加藤が口元を緩めた。

「さすがは開発元です。〈オクスペッカー〉接続のスカイプですか。プラグインですか？」

「ええ。来月リリースする予定です。お話は、〈オクスペッカー〉の件ですか？」

加藤と渡良瀬が頷き、顔を見合わせる。渡良瀬の方が口を開いた。

「その、〈オクスペッカー〉ですね。匿名通信を行うプログラムのソースコードは、どこにありますか」

「ＧｉｔＨｕｂです」

「そのパソコンの中ですか」

答えの意味が分からなかったのか、渡良瀬は郭瀬が映し出されているＭａｃＢｏｏｋを指さした。ころりとした、明らかに格闘技をやっている指に、僕は再び胃が縮こまるのを感じた。

「いいえ」

口が粘ついた。助け船を出してくれないかと加藤に顔を向けるが、彼は眼鏡の奥から僕の顔を見つめるだけだった。僕の評価も彼の仕事なのだろう。

やや挑戦的な郭瀬の声がＭａｃＢｏｏｋのスピーカーから響いた。

『ＧｉｔＨｕｂはクラウドのサービスです。ソースコードはサーバーで公開していますよ。もちろん、文椎さんのＭａｃＢｏｏｋにも入っていますけどね』

渡良瀬はＭａｃＢｏｏｋに細い目を向けた。

「郭瀬さん、でしたね。その、ソースを置いているというギッタブというのは、日本の会社なんですか」

『日本人のエンジニアはギットハブって呼びますけどね。ええ、サンフランシスコです』

「サーバーも？」

『サーバーはアメリカのあちこちに分散していますよ。ＧｉｔＨｕｂも他のクラウドを使っています。そしてそのクラウドも、別のクラウドを使っています』

渡良瀬は今度こそはっきりと「やってられねえな」という顔で鼻を鳴らして、僕に顔を向けた。

「なるほど、日本から逃がしてあるんですね」

「逃がしているわけではありません。ただGitHubを使ってるだけです」

渡良瀬は筋肉の盛り上がる両腕の肘をテーブルについて身を乗り出し、そろりと言った。

「不安になりませんか」

僕は質問の意味が分からず、二、三度まばたきをしてから答えた。

「何がですか？」

「外国のサービスでしょう。いきなり止まったり、仕事をちゃんとしてくれなかったりしませんか。問い合わせも英語になるでしょうし、法的な問題もありますよね」

MacBookから吹き出すような音が聞こえ、続けて『いや失礼』という声が響いた。今度は渡良瀬が目を瞬《しばたた》かせる番だった。

僕は「考えたこともありません」とだけ答えた。

渡良瀬が仕事相手なら辛辣《しんらつ》な皮肉を一つ二つ飛ばすところだ。

僕が〈オクスペッカー〉を置いているAWSを置き換えられる日本のサービスはない。確かにサーバーは停まることもあるが、日本の貸しサーバーの何千分の一ほどしか停止していないし、サポートだって優秀だ。英語でよければ二十四時間三百六十五日、いつでもチャットで対応してくれる。

そしてなにより、法律ならば日本の方が面倒だ。

通称、サイバー刑法と呼ばれる一群の法律は米国法を後追いするようにして作られたものだが、全体主義者の政治家たちが共謀罪《きょうぼう》を被せたせいで、どこからが犯罪になるのかわからなくなってしまっている部分も多く、結局は事業者が忖度《そんたく》しなければならない形になっている。

オリジナルの米国法を読んだ方がマシなほどだ。

「それで、今日はどんなご用件でこんな時間にいらっしゃったのですか」

渡良瀬はそれには答えず、部屋を見渡した。

「あそこが作業場ですか。ソースコードの原本はあそこにあるんですね」

ＭａｃＢｏｏｋから、今度は笑い声が響いた。

『いや失礼、失礼。原本なんて。初めてのコミットからただの文字修正まで、全部ＧｉｔＨｕｂにありますよ。いつでも、誰でもダウンロードできますよ』

それまで口を開かなかった加藤が薄く笑った。

「もちろん存じております。ここにはＧｉｔＨｕｂにはない別のバージョンがあるんじゃないかな、と思いましてね」

「別バージョン？」と聞き返した僕に遅れて、太平洋を往復する回線越しに郭瀬も同じ言葉を発した。

郭瀬はすぐに言葉を継いだ。

『修正の数だけ作業用ファイル《レポジトリ》は生まれますよ。そういうことではなく？』

郭瀬に答えながら、加藤は僕の目を見据えていた。

「ええ、そういうことではなく。一般公開しているものではなく、特定の誰かに提供しているようなバージョン。ありませんか？」

ようやく分かった。二人は家宅捜索の前準備のためにやってきたのだ。

「僕は、捜査の対象なのですか？」

「いえいえ。先走らずに」

縮こまっていた胃に熱がぽっと灯《とも》った。

「遠慮しないでくださいよ。手持ちのソースコードを全部印刷して、お送りしましょうか。費用はそっち持ちでお願いしますね。すぐにキンコーズにオーダーしますよ。発送先はいただいた名刺のところで構いませんか」

「いえいえ、それにも及びません」

苛立《いらだ》つ僕をなだめるような口調だった。

「それに、そんなことをすると、公務執行妨害になりますよ」

「〈オクスペッカー〉が具体的な犯罪に使われたんですか？」

「まさか」

加藤は薄く笑って、再び部屋をぐるりと見渡した。

「お話を聞きたいだけですよ。お二人の役割も——ああ、郭瀬さんはわかっています。ほとんどすべての時間、ＧｉｔＨｕｂに張りついていらっしゃいますから。分からないのは、文椎さんです」

加藤はわずかに身を乗り出してきた。

それが圧力を掛けるためのテクニックだということを分かっていながら、僕の動悸《どうき》は高まった。

「なぜ、こんなものを作ろうとしたんですか」

「インターネットには自由が必要だと思ったからです」

「犯罪者たちが隠れられる自由とか？」

「違法な盗聴から身を守るためにも使えますよ」

「テロリストだって使うかもしれない。いや、もう使っているかもしれない」

「開発者コミュニティには反社会勢力が入らないよう、十分に注意しています」

「官権もですね」

加藤が短く発した言葉に、僕は言葉を失った。盗聴しようとする側をなぜ開発者コミュニティに入れる必要がある。

遅れて『当たり前じゃないか——』と郭瀬が言いかけると、加藤は腕を伸ばしてＭ

ａｃＢｏｏｋを閉じた。

「ごめんなさいね。日本にいない彼を捜査する権限はないんですよ。シンガポールの本田さんも」

「僕なら、あるということですか」

家宅捜索、逮捕、起訴——そんな文字が脳裏を走る。

「裏口を作るつもりはないんですか？」

ない、と言いかけた僕は加藤の口調に違和感を覚えた。作れと、要請しているようにも聞こえたのだ。

「……あなた方、本当に警察なんですか？」

加藤は手帳をテーブルに置いて、写真もどうぞ見てくださいと言った。

「警視庁サイバー犯罪対策課にお問い合わせください。本物ですよ」

加藤と渡良瀬は、お邪魔しましたと口にして席を立った。

僕は見送ることも忘れて椅子に座っていた。

訪問の目的は〈オクスペッカー〉の無力化だ。

もしもこのあと僕が彼らに協力しなければ、警察はどうでもいいような事件に〈オクスペッカー〉が使われたと申し立てて、僕を逮捕する。あるいは、海外のテロ組織を幇助《ほうじょ》したということで。理由は何でもいい。日本のＩＴ関連法は誰でも逮捕できるように作られている。

訪問時に、わざわざウィニー事件のことを話したのは、僕に思い出させるためだ。無罪を勝ち取るまでのあいだ、僕は〈オクスペッカー〉に関わることができなくなる。

寝室から出てきたジローが膝に乗って手を舐《な》めたとき、僕は気づいた。こんな時のために〈オクスペッカー〉が必要なのだ。

——一ヵ月後

大荷物を片手にビテクスコ・フィナンシャルタワーの十七階にある旅行代理店を出た僕は、地上に降りて片側三車線を埋め尽くす電動バイクの列に足を踏み入れた。信号も横断歩道もない場所を横断するときは、バイクの方が避けられるようにゆっくりと歩けばいい。ＭａｃＢｏｏｋひとつだけ持って、雨期まっただ中のホーチミンにやってきたときの僕は、どうやってこの道を渡ればいいのか分からずに立ち尽くしたが、その時に感じた頼りない感覚はもう薄れかけている。

僕はぶらさげた荷物に声をかけた。

「ジロー、おうちに帰るよ」

もぞりと動く気配とともに、懐《なつ》かしい声がケージから聞こえてきた。

僕たちの家は観光客の行き交うドンコイ通りから、二筋《ふたすじ》奥に入ったところにある二部屋のコンドミニアムだ。シャワールームはあるがキッチンはない。

毎朝料理をする僕は、中庭にある共同のキッチンの主になっていた。

僕は日本にいたときとほぼ同じリズムで生活していた。

早朝はシアトルの郭瀬と打ち合わせを行い、午前中はブログを書く。昼食を挟んだ午後はシンガポールのNPOから上がってくる報告を処理して、夕食の後は、僕と同じような移動者を支援しながら、郭瀬に頼まれていた〈オクスペッカー〉仕様書の序文を書く。

一ヵ月の間、僕は判で押したように同じ生活を送っていた。

居留する資格はない。

何年か住めば永住権が認められるということだが、どこか一ヵ所に留まるつもりはもうなかった。

初めての滞在先にベトナムを選んだことに、積極的な理由はなかった。検閲を行っている国——中国とフィリピン、タイ、インドネシアを外し、ネットワーク環境が貧弱なミャンマーやカンボジアなどを外していくと、行ける国はそれほど多くない。

台湾、韓国、シンガポール、そしてマレーシアとベトナムだ。

ジローを連れて移動することを考えると、島国は避けたかった。

大通りを渡った僕は、ビルの裏手にある小さな路地に足を踏み入れる。黄色やピンクに塗り分けられたビルの軒が、庇《ひさし》のように通りに覆い被さる裏通りには、インターネット接続に用いるADSLの電話線が網の目のように張り巡らされている。電話線の何本かは切れて、壁のブースターからぶら下がっている。

この混乱も、〈オクスペッカー〉を自由に使える僕には都合が良かった。

僕はどんなネットワークにも自由にアクセスできるようになっていた。

加藤と渡良瀬がやってきた日の午後、本田と郭瀬と僕との三者会議が開かれた。

郭瀬が録画した訪問の様子を見て経緯を聞いた本田は、二度、小さく頷いてから口を開いた。

『やっぱり日本人やめちゃえ』

『家宅捜索なんてことをするかどうかはわからない。逮捕はないかな。だけど加藤は圧力をかけてくるよ。メディアもね。印象だけで犯罪者扱いされるのは間違いないね』

「実際、ツールも作ってるし」

『ああ、まったくだ』と郭瀬は頷いた。

『泰洋さんがいなければ〈オクスペッカー〉はなかった。本田さんが手助けしてくれることもなかった』

僕は懐かしくその会話を思い出した。もちろん二人とは連絡を取り続けているが、その後の本田の言葉のおかげで、僕は日本を出る決心がついたのだ。

二人の会話を聞いていると、ジローが仲間に入れてくれと言わんばかりに僕の膝に乗ってきた。それをみた本田が、決めきれない様子の僕に言った。

『彼、それとも彼女？ 猫ならウォズに頼めるわ。覚えてる？ ヒルズのＡｉｒｂｎｂよ。彼、猫が飼いたいんですって。場所が決まるまでしばらく預かって貰ったら？』

それだけのことだった。

僕は部屋の整理を本田に頼んで、その日のうちにＭａｃＢｏｏｋとジローの入ったケージを携えて部屋を出た。そして翌日にはこの街にやってきていた。

狭い階段を上がって、重い木の扉を開くと、仮の住まいが現れる。僕はテラスに出る窓が閉まっていることを確かめてから部屋の隅にケージをおろし、蓋を開けた。頼りなげなジローの声が、一ヵ月の間声の響かなかった部屋に響く。

彼がキッチンを見つけ、ウエットフードとドライフードを半分ずつ混ぜたご飯に気づくのにはもう少し時間がかかるだろう。

僕がベトナムでの調理に慣れるまでは一週間ほどかかった。

それよりは短いはずだ。

僕は夜の仕事に取りかかる。

金庫から取り出したＭａｃＢｏｏｋをデスクに置いて開くと、書きかけの文書が輝いた。

《Communication Protocol Oxpecker（オクスペッカー通信手続き）》

本文は既に郭瀬が仕上げている。

僕が書かなければならないのは、なぜこれが必要なのかを訴える序文だった。

郭瀬によれば、どんな形式でも構わないのだという。

僕は何度も、檄文《げきぶん》のような物を書いては消していた。

そもそも僕が一人でなしえたことではない。〈マストドン〉がなければ〈オクスペッカー〉はなかったし、郭瀬や本田がいなければここまで来ることもできなかった。

そもそもツイッターがなければ、自由ソフトウェアを提唱する人がいなければ、インターネットがなければ、気づくことすらなかった自由だ。

大きな人の肩に乗せてもらったことで、僕はもう少しだけ遠くを見ることができた。

その物語こそが序文にはふさわしい。

指は自然に動いた。

「ざらりとしたものが頬を撫でて、僕は目を覚ました――」

めぐみの雨が降る

足元の影が消える赤道直下の日差しを避けた僕が、ロータリーから連なるヤシの木陰に逃げ込むと、緑色のTシャツに汗を滲《にじ》ませたアニー・リュウが後を追ってきた。イヤフォンを耳に差し込んだアニーは、三人目の相手と電話しているところだ。

午後三時の便でホーチミンに帰る僕を、空港に送るはずだったドライバーが勝手に家に帰ってしまったので、別のドライバーを手配しているところだった。

一人目には英語、二人目には中国語で話していたアニーが今使っているのは、マレー語だと思う。パリパリ、のように繰り返す音が特徴的だ。全く聞き取れないが、話している内容はくるくる変わるアニーの表情から読み取れる。『いきなりでごめんなさい。今から、ヤスヒロ・フヅイさんを空港まで送ってもらえるかなあ、ダメ？　じゃあ（と時計を見て）この時間なら？　うわあ助かる――』そんな感じ。

ちらちらと僕を見上げながら聞き取れない言葉で話すアニーの頭は、胸ほどの高さにあった。もちろん着替えてはいるのだろうが服装は三日前から変わっていない。僕をクアラルンプールに招待してくれたセミナーのスタッフTシャツとカルバンクラインのジーンズ、そして新品同様にロゴが輝くニューバランスのスニーカーだ。スニーカーのつま先はセミナー会場を走り回っていたせいか、少しだけ毛羽立《けばだ》っていた。

事実、アニーはどこにでもいた。三日間行われたセミナーの期間中、スコールが降るホテルのエントランスで僕を含むゲストを出迎えて、会場に向かう車を手配していたのはアニーだった。全てのゲストがアニーからスケジュールを手渡されていたし、どこの会場に行っても重そうなトートバッグを抱えて小走りに移動しているアニーの姿は目についた。パネルディスカッションを終えた僕にミネラルウォーターを差し出してくれたこともある。

機嫌良さそうに笑顔を浮かべている、小柄なTシャツ姿しか知らないが、本来のアニーはスーツ族のトップ、マレーシア財務省の金融技術《フィンテック》工学タスクフォースのエグゼクティブ・ディレクターで、僕を含む五十名の国外ゲストを招聘《しょうへい》した仮想通貨セミナー〈コインソーシアム〉の実質的なリーダーでもある。

日本でいうなら財務省の局長に相当する肩書きの持ち主ということになるが、楽しそうにドライバーの手配をしている姿からは、現場で出会った人々を大切にする気持ちが伝わってくるが、僕一人のために時間を使わせていいわけもない。

「アニーさん」と声をかける。

一人でも空港ぐらいは行けますよ、と続けようとした僕にアニーは親指を立ててみせた。

「ドライバー、捕まえました。空港までお迎えに行ったインド系のスタッフです。プージャ・ムルガン」

「ああ、わかりました。大きな彼女ですね」

「そうそう、こんな」

アニーは背伸びして、水平に曲げた手のひらを頭上に掲《かか》げた。

「スポンサーに借りたBMW《ビー・エム・ダブリュー》を返しに行くところをつかまえました。一時間半ほどでこちらに到着します」

「申し訳ないことをしちゃったかな。ホテルに残ってるゲストは僕が最後なんですよね」

「そんなことありません。夕方の便で発つアメリカ組も十九人残ってるんです」

アニーは足元にあるトートバッグに視線を落とした。中はイニシャルを書いた紙ばさみで仕切られていて書類を入れた封筒がびっしりと入っている。

「五十名もよくハンドリングしましたね。いいお仕事でした」

「どういたしまして。ヤスヒロさんには来場者数をお伝えしていましたっけ。二万人です。それだけのマレーシア国民に、仮想通貨の状況を伝えることができました」

「二万人？　じゃあ、エンジニアじゃない人たちもかなり来たんですね。難しかったんじゃないですか」

アニーはとびっきりの笑顔で言った。

「難しいに決まってるじゃないですか！」

「よかった」

僕はわざとらしく胸に手を当ててみせる。もちろん演技だが、半分は本心だ。〝難しい〟ことを、アニーが認めていることに僕は安心したのだ。

二〇二〇年一月の時点で、その為替《かわせ》上の価値が四千五百億ドル（約四十五兆円）にも達した二千五百種もの仮想通貨は、ほぼ全てが二〇〇八年にサトシ・ナカモト名義で発表された〝Bitcoin P2P e-cash paper（ビットコイン：非中央集権的電子マネーシステム）〟という論文と、この論文から生まれた世界初の仮想通貨〈ビットコイン〉に端を発している。

その始まりについて、僕はこのセミナーでじっくり聞くことができた。

二〇〇九年一月三日の協定世界時十八時十五分五秒、この論文に基づいて開発された〈ビットコイン〉のクライアント・ソフトウェアが、五十BTC《ビットコイン》をサトシ・ナカモトの財布《ウオレット》に送金した。

これが〈ビットコイン〉の創世《ジェネシス》だ。

この五十BTCには何の裏付けもなかったし、価値もなかった。

変わったのは六日後からだ。一月九日に〈ビットコイン〉のクライアント・ソフトウェアが公開されると、面白がった数名の暗号エンジニアは自分のウォレットを作って、まだ誰も利用者のいない〈ビットコイン〉に空《から》の取引伝票《トランザクション》を追加し始めた。

この、ブロックチェーンと呼ばれるデータベースに伝票を追加するにはちょっとした数学パズルを解かなければならなかったが、暗号エンジニアたちはそのパズルを楽しんで、五十BTCを受け取っていった。サトシ・ナカモトはこの時期に一万BTCほども受け取ったというが、まだ〈ビットコイン〉には何の価値もなかった。〈ビットコイン〉のクライアント・ソフトウェアをインストールしたPCには「この十分間、誰も〈ビットコイン〉をやりとりしていません。報酬として誰それに五十BTCを支払います」という記録が積み上がっていくだけだった。

サトシ・ナカモトの斬新な考え方に皆が惚《ほ》れ込んでいたことは間違いない。僕もこのセミナーで、改めて〈ビットコイン〉を学び直して、その発想の素晴らしさに驚かされた。

コンピューターは情報を「移動」させるよりも「複製」することが得意な機械だ。移動させるときでも、まずは複製してから元を消す。例えば「一電子円」というデータをメモリに書けば、どんな複雑なシリアルナンバーを振ってもそのデータは必ず複製できてしまう。そんなコンピューターで通貨を実現するためにナカモトが目をつけたのは、取引伝票だった。

　AがBへいくら送金したのかという記録の複製を、世界中のサーバーが持っていて、その記録が同時に改竄《かいざん》されなければ、Aがいくら持っているかという情報に嘘を混入させることはできない。

　全てのサーバーは全てのウォレットの全ての取引履歴を持っているから、保有していない〈ビットコイン〉を送金することもできない。

　このシンプルな仕組みに惚れ込んだ暗号技術者たちは、サーバーの領域を貸してやったり、ウェブサイトを作ってやったりするような簡単な仕事のお礼に〈ビットコイン〉を送り合うようになった。

　九月には米ドルと〈ビットコイン〉を交換できるサービスも始まった。交換レートは一BTCあたり〇・〇〇〇七ドルだった。

　初めて、現実世界と〈ビットコイン〉が触れ合ったのは、翌年の二〇一〇年、五月二十二日のことだった。プログラマーのラズロ・ハニエツがフォーラムに投稿した「誰か、おれの一万BTCでピザを買ってくれないか」という冗談に、もう一人のプログラマーが応じたのだ。フォーラムに投稿された、合計八ドルほどのピザの写真が、暗号技術の好き者同士でしかなかった〈ビットコイン〉コミュニティの背中を押した。一万ＢＴＣが八ドルになるなら——そこからは止まらなかった。

二〇一〇年の七月、日本でカードゲームを輸入販売していた人物がマウントゴックスという取引所を作り、翌年の二月には一ＢＴＣが一ドルにまで上昇した。この時点で〈ビットコイン〉は暗号技術者の遊びではなくなっていた。米ドルと交換できる、足のつかない送金手段として、麻薬取引にも用いられるようになった〈ビットコイン〉には、不正の匂いが漂い始めた。

二〇一一年のある時期、交換レートは三十二ドルにまで上昇した。

二〇一三年、キプロスで金融危機が発生した時には、資産を〈ビットコイン〉に交換しようとした資産家が続出したため、一ＢＴＣあたり二百六十六ドルまで交換レートは跳ね上がった。それからも〈ビットコイン〉の交換レートは上昇し続けた。二〇一七年には〈ビットコイン〉の株分けで混乱した市場は、新たな高騰《こうとう》と暴落に翻弄された。年初に一ＢＴＣあたり千ドルだった交換レートが、年末には一万九千ドルにまで上昇してから、わずか五日で一万一千ドルを割り込んだのだ。

僕も給料を〈ビットコイン〉で送金してもらっているが、その不安定さには悩まされっぱなしだ。

〈ビットコイン〉の根幹は二〇〇九年から何も変わっていない。取引に使うソフトウエアは何度かのバージョンアップで異なるものに変わっているが、仕組みは同じだ。

ソースコードのどこにも、わからないところはない。

　各国の政府も、登場から十年が経過した仮想通貨との付き合い方を決めていた。アメリカは新自由主義的《リバタリアン》にほぼ容認、日本と韓国は取引所の免許制度で大幅に推進、残りの国はEUの現金交換規制を参考にしながら恐る恐る容認していく方針だ。

　ロシアと中国政府は、半年に一度ほど「仮想通貨禁止！」と叫んでいるが、実際の規制には踏み込まない。裏では〈ビットコイン〉を戦略物資として蓄えているという噂もある。

　仕組みはわかり、国家との関係もほぼ決まっている。

　それでも〈ビットコイン〉が連れてくる未来を問われると、わからない、としか言いようがないのが難しい。サトシ・ナカモトの着想が素晴らしいことだけがわかっている。それを活用する方法を見つけきれていないのだ。

　アニーが、仮想通貨の専門家でもない僕をクアラルンプールに呼び寄せた理由もそこにある。細かなところを完全に理解している仮想通貨の専門家たちに「よくわからないんだけど」と、未来を問いかける有名なアジア人。それが僕の役割だった。

　三日間のセミナーで、僕はゲストの半分ほどと友達になり、数名からは毛虫のように嫌われた。それでも気持ちよく過ごせたのは、きびきびと動くアニーたち運営スタッフのおかげだ。

足元に立ててあったトートバッグをのぞき込んだアニーが、仕切りの中から緑色の封筒を取り出して立ち上がる。

「たくさんご登壇いただいて、ありがとうございました。こちらが謝礼になります」

アニーは封筒からA４の用紙を取り出して、印字されている数字を検《あらた》めた。

「〈ビットコイン〉建ての受け取りを希望されていたんですね。〇・八ＢＴＣになります」

「えっ！　そんなにいただけるんですか？」

今日の相場は一ＢＴＣあたり、約二万一千ドルだ。アニーの口にした金額は百七十八万円ということになってしまう。僕がわざとらしく目を見開いてみせると、アニーはあわてて紙を見直した。

「ごめんなさい。〇・〇八でした。今日の相場だと千六百八十ドルになります。ホーチミン在住でしたっけ。約三千八百万ドンです。日本円だと十七万八千円。パネルに五つも登壇してくださって、ワークショップまでやっていただいたのに、少なくて申し訳ありません」

「いえいえ、十分です」

「そう言っていただけて恐縮です。もう一つ申し訳ない事なんですが――」

珍しく口ごもったアニーは、封筒の中から見覚えのある二つ折りの黒い厚紙を取り出した。

「〈CryptoCheque《クリプトチェック》〉じゃないですか」

マレーシアのベンチャー起業がはじめた仮想通貨用の小切手だ。

金融技術工学の代表格とされる〈ビットコイン〉だが、その実態は、Aというウォレットから Bというウォレットへいくら送った、という単純な伝票の蓄積でしかない。ウォレットの残高ですら数百億ものレコードを総ざらいしなければわからないのだ。

そんなわけで、シンプルな〈ビットコイン〉を、よく見知った銀行のように扱うサービスが無数に登場しているのだが、その一つが、仮想通貨小切手の〈クリプトチェック〉だ。

初日に登壇したパネルディスカッションでマレーシア人の開発者が紹介していたのだが、訛りの強い英語を聞き取れなかった僕は、てっきり構想段階のサービスなのかと思っていた。

「もう使えるんですか」

「ええ。先月サービスインしています。〈コインソーシアム〉のスポンサーなんですよ。ATMかアプリで自分のウォレットに振り出せます。使い方はわかりますか？もしも面倒ならわたしがヤスヒロさんのウォレットに送金しておきますけど」

「自分でやってみますよ。試すのは好きですから」

僕は厚紙を開いて内側のQRコードと、その横に書かれた金額を確かめた。送金主は〈コインソーシアム〉運営委員会、送金額は〇・〇八BTC、そして送金手数料が——〇・〇〇五BTC。

「送金手数料、高いですね。百ドル以上じゃないですか」

「〈ビットコイン〉の採掘者《マイナー》たちは手数料の高い取引伝票から順番に処理するので、手数料の設定が五ドルぐらいだと、三十分ぐらい待たされることもあるんですよ」

「そんなに？」

苦々しげに顔をしかめたアニーが頷いた。

数年前にはほぼ無料だと言われ、それが大きな魅力だった〈ビットコイン〉の送金手数料は年を追うごとに上がってきている。それは知っていたが、まさか五ドルも手数料を提案した取引がそんなに待たされるとは思っていなかった。

「それじゃあ、ピザを買うことはできませんね」

「まったくです。次の〈コインソーシアム〉では、〈ビットコイン〉を利用して、より迅速な、手数料の安い決済手段を提供しようとしている開発者を大勢呼ぼうと思っています」

「期待していますよ。第二回はもう決まってるんですか？」

「来年の六月です。ヤスヒロさんに入っていただけたパネルは、潤いのある内容になりました。ぜひ、来年もお願いいたします」

「こちらこそ、来年もお願いいたします」

「ほんと？　次はメインホールのパネルを用意します。あ、ヤスヒロさんのファンの方です。ワークショップの部屋を聞いてきたんです」

アニーの視線を追うと、ホテルの駐車場に向かうスロープから歩いてきた大柄な男性が立ち止まって僕にお辞儀をした。

華人だということは一目でわかった。

背丈は僕とほとんど変わらない。百八十センチをわずかに下回る程度だろう。麻のジャケットに包まれた身体には、日本人には見かけない胸板の厚みがあった。

顔を上げた男性に、僕は笑顔を向ける。なにかご用ですか？　大丈夫、僕はあなたに嚙み付いたりはしませんよ——世界を渡り歩くアメリカ人の真似だ。だが、鏡で練習して作り上げた笑顔は、こみあげたおかしさに崩れそうになってしまった。

男性の頭頂部まで禿《は》げ上がった額と、黒々とした髪の毛を左右に大きく張り出させて櫛目《くしめ》を通したオールバックが、人類史上もっとも多くの人命を奪った独裁者、毛沢《もうたく》東《とう》にしか見えないのだ。

どんぐり眼《まなこ》とふっくらとした唇も、教科書で慣れ親しんだ写真と瓜二《うりふた》つだった。緩んだ顎の線と垂れ気味の下まぶたから年齢は六十代後半だろうと見当がつく。黒々とした髪の毛には、一本も白髪が混じっていなかった。

大きな体を揺らしながら歩いてきた毛沢東氏は、アニーに会釈してから僕にもう一度お辞儀した。

「文椎さん、はじめまして。呉紅東《ウーホンドン》と申します」

男は僕の名前を正確な日本語で、自分の名前は抑揚のしっかりとついた北京語で発音した。なめらかな手つきで差し出された名刺には、会社名だと思われる〈Ruleium《ルーリアム》〉という英単語の下に、〈律鎖《ルースオ》〉と書かれている。名刺を目にしたアニーが驚いた声をあげる。

「〈律鎖〉の呉さんだったんですか！」

見事なイントネーションで中国語の企業名を読んだアニーが僕を見上げる。

「こちら、スポンサーの呉さんです。呉さんがヤスヒロさんを招待しては、と推薦してくださったんですよ」

僕がありがとうと言う前に、呉は鷹揚《おうよう》に手を振った。

「リュウさん、そんなことを言ってはいけません。わたしが推薦したときすでに文椎さんをご存知だったではありませんか。必要だからお呼びになったのでしょう？」

「ええ、もちろんです。でも、いらっしゃっていたのなら会場で名乗り出てくださればその場でヤスヒロさんに紹介できたのに」

「お忙しい文椎さんを煩《わずら》わせたくなかったのです」

呉は僕に向き直って、握手を求めてきた。応じた僕の手を分厚い手のひらが力強く包む。

「改めまして、〈律鎖〉の呉です。このセミナーの契約執行をうちのブロックチェーンでやらせていただいています」

「出演契約書なんかも？」

呉とアニーが頷いた。

アニーが初めて僕に送ってきたメールについていたNDA（機密保持契約）が、仮想通貨の仕組みを使うスマートコントラクトだったことに気づいた僕は、さすが仮想通貨セミナーだと思ったものだ。

改竄を許さない〈ビットコイン〉のブロックチェーンという仕組みは、通貨以外にもいくつかの派生的な発明品を生み出した。その一つが、契約を執行するスマートコントラクトだ。AとBが交わした契約を暗号化して世界中のサーバーにアップロードし、その執行まで行わせる仕組みだ。サーバーを運営するボランティアには、契約の追加や契約執行などの様々なタイミングで、スマートコントラクトの発行する仮想通貨が支払われる。

サーバーでプログラムを実行できるので、シリアから脱出してきた難民にIDを振って寄付を分配したり、フェアトレードを推進するカカオ農園がスタッフ一人一人と契約を結ぶ時に使われたりしているし、スマートコントラクトの中で新たな仮想通貨を発行するものもいる。

もちろん、麻薬取引や地下賭博の契約にも使われているのでいいことばかりではないが、〈ビットコイン〉のようなシンプルな仮想通貨よりも使い道があることは事実だ。

〈コインソーシアム〉に出演するまでの、契約覚書《メモランダム》や、航空券の手配、そして本契約に至るまでの手続きは全て、電子署名をブロックチェーンに登録するスマートコントラクトだった。

「てっきり、〈イーサリアム〉だと思ってましたよ」

「キビキビ動きましたか？　利用者はまだ少ないのですが、サーバーの数でも速さでも〈イーサリアム〉には負けていないと思いますよ」

アニーも口を添える。

「先ほどの〈クリプトチェック〉も〈律鎖〉を使ってるんですよ」

「そうなんですか。驚きましたよ、中国のサービスだったんですね」

僕は、続きを口にすることを躊躇《ためら》った。マレーシア政府の事業〈コインソーシアム〉の法務に、中国企業のサービスが入り込めるのだろうか。

僕の疑問に気づいたのか、呉はアニーに目配せをして言った。

「やっぱり中国企業は信用してもらえませんねえ。リュウさん、文椎さんになら話してもいいのではありませんか？」

周囲を見渡して誰もいないことを確かめたアニーが声を低めた。

「スタッフの何名かは確かに〈イーサリアム〉を使いたがったんです。ただ、ちょっと調べてみると、彼らが〈イーサリアム〉の仮想通貨を百万ドル（約一億円）単位で所有していることがわかったんですよ」

「わかりました。値上がりを期待していたんですね」

アニーが頷き、呉がニヤリと笑った。

マレーシア政府肝《きも》いりのイベントで〈イーサリアム〉を使えば、〈イーサリアム〉が採掘者に払い出している仮想通貨〈イーサ〉は高騰する。それを見越して〈イーサリアム〉の導入を推していたのなら、よくて利益相反、悪ければインサイダー取引に当たる。

事情を理解した僕に、呉が胸を張る。

「そこでわたしたちにお声がかかったわけですよ」

「そうでしたっけ？」とアニーが笑うと、呉はわざとらしく目を見開いた。

「おっと失礼。わたしどもが営業を頑張ったのです。〈律鎖〉がサーバーの運営者に支払うのは、独自の仮想通貨ではなく、〈ビットコイン〉の運用益ですからね。利益相反が起こりにくいのですよ。ああ、もちろん、ゲストの人選には口出ししていません」

「なるほど、そんなことがあったんですか」

「でも、文椎さんとお話ししたいのは本当なのですよ。少しお時間をいただいてもよろしいでしょうか」

「もちろん、喜んで」

この三日間、僕はパネリストや来場者たちの求めに応じて食事やコーヒーを共にしていたが、〈イーサリアム〉のような主流サービスに対抗するような人はいなかった。〈オクスペッカー〉についても聞いてみたい。

それにドライバーの交代があったおかげで、昼食をとる時間もできた。

僕の心が動いていることに気づいたアニーが腕時計を僕の目の前に差し出した。

「十三時三十分にここにいてくだされば大丈夫ですよ。プージャはわかりますね」

「ええ。アニーさんは？」

アニーはトートバッグを持ちあげて、長い持ち手に腕を通した。

「わたしはこれから、植物園に行っているアメリカ人チームを追いかけなきゃいけないんです。〈クリプトチェック〉を渡しに行くんですよ。これ、今日印刷されたんです」

「じゃあ、ここでお別れですね。本当にありがとうございました」

アニーはトートバッグを抱えた両腕をかすかに緩めて、僕の顔をちらりと見上げた。もちろん歓迎だ。僕はアニーの小柄な体を軽く抱きしめた。身体を離す時に、僕は今回のセミナー会場でようやく自然に出せるようになった言葉を口にした。

「See you around（きっとすぐ会えますね）」

＊

アニーと別れた僕たちは、ホテルに併設されたフードコートへ足を向けた。聞くと、呉も夕方の便でクアラルンプールを発つとのことだったので、最後の食事にマレーシア料理を食べようということになった。

フードコートは平日の昼という時間帯もあってか、子供を連れている女性が目についた。髪の毛をスカーフで覆ったムスリムの女性と、サリーを身につけたインド系の女性が連れ立ってベビーカーを押している二組の親子を追い越すと、赤ん坊を前向きに抱っこしたスーツ姿の北欧系の男性とすれ違う。テラス席では、身体的にはほとんど差がないはずなのに、なぜか日本人ではないとわかる華人のご婦人たちが、韓国料理に舌鼓《したつづみ》を打っていた。

僕は滞在四日目で、様々な人が彩るクアラルンプールが好きになっていた。サンフランシスコもシンガポールも豊かな多様性のある場所だが、イスラム教徒やインド系の人々が漂わせる民族や宗教の香りにはかなわない。

隣を歩く呉も、様々な色と香りに満たされたフードコートを楽しんでいるようで、毛沢東の微笑《ほほえ》みをあちらこちらに向けていた。しゃんと背筋を伸ばして歩く彼の足取りには、年齢を感じさせない力強さがある。

噴水の脇にテラス席を出しているマレーシア料理のレストランを見つけた僕が、ここにしましょうか、と提案すると呉も同意した。

僕たちは、すぐ横を噴水のプールから水が流れ落ちている涼しそうな席を選んで、ベンチ型の座席に向かい合って腰をおろした。

すでに頼む料理を決めたらしい呉は、まだ料理を選んでいる僕に言った。

「文椎さんは、まったく日本人には見えませんね」

「そうですか。もう東京には住んでいませんけど、れっきとした日本人ですよ」

「いやいや、セミナーでのご発言と、アニー・リュウさんとの別れ方ですよ。コミュニケーションの呼吸が素晴らしい。お住まいはいまホーチミンだそうですね。真のコスモポリタンだ」

お世辞半分、残りは憧れだ。海外を飛び回る中国人たちは、孤立主義に傾いたアメリカの開けた穴を必死で埋めようとしている。もちろん利益を追いながらではあるが、国際社会に認められたいという熱意は本物だ。

「そんなことありませんよ。呉さんの方が英語はうまいじゃないですか」

「ロンドン仕込みです。それより、頼むものは決まりましたか？」

「ええ」とうなずいてメニューを開く。

頼むものはマレーシア風チャーハンのナシゴレンと、サテ（串焼き）に決めていた。セミナーの初日に食べてから気に入って、昼はずっとナシゴレンだ。サテは余計かもしれなかったが、多ければ呉とシェアできる。メニューを開いたのは、何種類もあるナシゴレンを選ぶためだ。

僕はメニューに、見覚えのある水色のアイコンがシール貼りされているのを見つけて驚いた。

「ここ、〈支付宝《アリペイ》〉が使えるんですね」

「ほう」と呉も声をあげて自分のメニューを開く。「なんとなんと、先払いにも対応していますよ。中国人観光客は無視できないとみえる」

中国の巨大ＩＴ企業グループ、阿里巴巴《アリババ》が展開する少額決済サービス〈アリペイ〉

はQRコード決済を世に広めた立役者だ。人民元や日本円などの法定通貨を自分のアカウントに貯めておけば、QRコードを読み取るだけで決済することができる手軽なサービスだ。

僕がiPhoneのホーム画面から「支」のアイコンを探していると、内ポケットから大ぶりなスマートフォンを取り出した呉が目を丸くしていた。

「〈アリペイ〉をお使いなんですか。個人情報の登録はどうやったんですか？」

「東京にある中国銀行で銀行口座を作りました。そこでもらったキャッシュカードには、パスポートが紐《ひも》づいていますからね。アプリで撮影するだけで登録終了です。中国に行くことがあれば便利だなと思って」

起動したアプリでナシゴレンのQRコードを読み取ると、ピンという音とともに七十一元（約千二百円）が引き落とされた。羊肉のサテも同じように先払いする。

「もうお支払いしてしまわれましたか。ごちそうしたのに」

呉がそう言いながら自分の頼むナシゴレンのコードを読み取ると、ターバンを巻いたシク教徒のウェイターが、フォークとスプーンを入れた籠《かご》をトレイに載せてやってきた。

「ニーハオ」と、僕たちに言ったウェイターは、付け焼き刃であることが僕にもわかる拙い中国語を話しながらテーブルを整えていく。受け答えする呉の中国語からはいくつか知っている単語も拾えたが、ウェイターの話す方は全く聞き取れなかった。

さすがに呉も辛くなったらしく、籠からペーパーナプキンを取り出しながら「英語が嬉しいんだけどね。彼は日本人なんだ」と僕を指す。

ウェイターはアーモンド形の目を丸くした。

「日本人なんですか。二人とも〈アリペイ〉の前払いだったので、てっきり中国人かと思ってました。日本のカードと比べると不便でしょう」

一瞬だけ考えた僕は、ウェイターが言っているのが交通カード決済のことだと気づいた。そうでもないという本音が喉元まで出かかったが、ぐっとこらえる。

「よくご存知ですね」

「テレビで見たんですよ。いやあ、日本はすごい。わたしたちはもっと学ばないといけないんですけどね。例えば、こういう紙ナプキンはすぐやめなければ」

「え？」

「日本の食堂ではスチームした布タオルを使い、それをクリーニングしてリサイクルしているそうじゃないですか。石油製品を使い捨てにするなんて、自然を売り物にしているマレーシアが率先してやめなければならないことです」

呉が笑いをこらえているのがわかる。

僕はウェイターの繰り出してくる〝日本スゴイ〟が、分単位で運行される新幹線と、ウォシュレット話に行き着く前に手を振って遮り、追い払った。

ふう、と息をついた僕を呉が笑う。

「褒めさせてあげればいいではありませんか。中国人になってみてはいかがです。ちょっと立派なことを言うだけで、とても注目されますよ」

呉の顔を見直した。冗談なのは確かだが、本気で言っているようだ。

「そんなことを言う段階はとっくに通り過ぎてますよ。僕は〈アリペイ〉の方が交通カードよりもずっと優れていると思ってます。インクジェットプリンター一つで電子決済に対応できるんですよ。日本のコンビニにどれだけカードリーダーが並んでるかご存知でしょう」

「でも〈アリペイ〉は自動改札には使えません。新宿駅で改札機のQRコードを読み取っていたらどうなります。Ｓｕｉｃａ《スイカ》の方がずっと格好いいではありませんか。彼はただそう言いたかっただけですよ。この辺《あた》りにしましょう。外国の月は全て丸いのです」

呉はそう言って、見事に禿げ上がった額を頭のてっぺんまで撫で上げた。

「確かにその通りですね」

ウェイターには悪いことをした。半年も離れれば少しは懐かしくもなるかと思っていたが、どうしても悪いところばかり見てしまう。僕はコップから一口水を飲んで、呉に向き直った。

「ところで、僕の登壇したパネルをご覧になったんですね。いかがでしたか」

呉は上着の内ポケットから革表紙の手帳を取り出して開いた。手帳にはびっしりと簡体字のメモが書きつけられている。手帳を撫でた呉は、太い万年筆で何か書かれているページを開いて僕に顔を向けた。

「《仮想通貨が変える社会》が実に刺激的でしたね。シアトルで取引所をやっているとかいう、あの白人、名前は——そうそう、新自由主義者代表のマコーミック氏だ。終盤の会話を覚えていますか？　ベネズエラの話です」

「なんでしたっけ」と口にしたが、顔はかっと火照《ほて》る。

「マコーミック氏は言いましたね。無政府状態にあるベネズエラを〈ビットコイン〉コミュニティで買い取って、仮想通貨だけを使う国家に作り変えてしまおう。年金も社会保険もコミュニティで支払ってやればいい。そうすれば国民たちから感謝されるよ、という発言ですよ。そのときの文椎さんの言葉に痺れました」

「……よく覚えていないんですよ」

「もったいない。いい発言でしたよ」

呉はふむと頷いてから、手帳の文字を読み上げた。

「いいですか？　『図に乗るな、マコーミック。ベネズエラの政治家たちは腐ってるかもしれないが、一度は人々に幸せを約束したんだ。お前たちはどうだ。一度でも、ユーザーを幸せにすると約束したか？　お前らは、ほんの一年か二年早く仮想通貨に投資しただけじゃないか。嘘つきの政治家にも劣るんだよ』と。これほど心に響く言葉が聴けるとは思っていなかった」

「そんな――いや、そんなことは言ってません」

「実際はもっと柔らかい表現だったかもしれませんね。文椎さんの英語はそこまで達者ではない。でも、わたしはこうメモをとった。マコーミック氏もそう受け取ったんじゃないかな。口をパクパクさせて、文椎さんの顔をじっと見ていた。聴衆もしんとして、文椎さんの発言がどう続くのか聞きたがっていました」

呉は音を立てて手帳を閉じ、肉厚な手のひらに挟んだままでテーブルに身を乗り出した。

「その通りですよ、その通り。〈オクスペッカー〉の声明文にもありましたね。あなたの言葉ではありませんが、西海岸の連中はたまたま手に入れた成果を、民に与えられた政治力であるかのように考えている。仮想通貨コミュニティなどその最たるものですよ。わたしたちがいくら改善案を提案しても無視してしまう。これなら独裁の方がマシだ」

「確かにそういう面はありますね」

呉が力強く頷いたところで、ウェイターが羊肉のサテを持ってやってきた。僕はテーブルの真ん中に置くよう頼んで、皿を二つ追加してもらった。

「呉さん、羊肉が苦手でなければ一本どうぞ。美味《おい》しそうですよ」

いただきます、と言った呉は串を一本取り上げながら言った。

「ちょっと熱くなってしまいましたが、正直なところ〈ビットコイン〉をどう思っていますか？　コミュニティの道徳は一度脇によけておくとして、いかがでしょう。問題を感じていらっしゃいませんか」

「ちょっと待ってください」

僕はサテの串を摑んでひとかけ齧《かじ》る。歯ごたえのある羊肉から滲み出た肉汁が香辛料のたっぷり練り込まれたココナツミルクのペーストと混ざり合い、口の中を心地よい旨味《うまみ》で満たす。

よく嚙んでから肉片を飲み込むと、唐辛子の刺激が口の中から消えていくときに、そよ風に吹かれたような涼しさが頬に訪れる。

僕はもうひとかけらのサテを串から嚙み取りながら、呉の質問について考えた。

サトシ・ナカモトが考案したことになっている〈ビットコイン〉は確かに画期的な発明だったが、問題はいくらでもある。例えば世界中のサーバーが無駄に使う電力消費は無視できないレベルに達しつつある。

二万ほどある〈ビットコイン〉のサーバー事業者が、全世界の取引を十分おきに追加していくのだが、そのプロセスは奇怪としか言いようがない。

それぞれのサーバーは、二〇〇九年一月三日の「創世ブロック」から現在まで連綿と連なる取引履歴のデータ指紋《ハッシュ》と、過去十分間の取引伝票、さらにnonce《ナンス》と呼ばれる二百五十六桁のランダムな数字を用意する。

次に、この三つをつなぎ合わせた文字列から新たなハッシュを作成する。

六十四文字からなるハッシュは常にランダムな文字列になるが、nonceの値を変えて試していくと、ごくごくまれに、先頭に「0《ゼロ》」が十七個以上並ぶことがある。その確率は二垓《がい》九千五百京《けい》分の一——二十六個のサイコロを振った時にすべてが「1」の目になるよりも稀《まれ》な出来事だ。指紋の先頭に「0」を並べる実用上の意味は一切ないが、そんな指紋を真っ先に探り当てたサーバーだけが、過去十分の取引データを追加できる。

電子的なサイコロを振っているようなものだが、得られる報酬は十二・五BTC(二千八百万円相当)にもなるので、二万ほどの採掘者が、二十億台のコンピューターを稼働させて、電子サイコロを転がし続けている。

〈ビットコイン〉の安全性を担保するには多くのサーバーが必要だ。そのサーバーをかき集めるための方策として、サトシ・ナカモトが導入したのが採掘《マイニング》という経済的インセンティブではあるのだが、利用する電力が、東京電力のピーク発電時の五倍に達すると聞けば、心穏やかではいられない。〈ビットコイン〉が生み出す富よりも、浪費している電力の方が大きくなってしまっているのだ。

だが、そんなことぐらい呉は承知しているはずだ。僕は口の中で味を失っていくサテを飲み込んでから口を開いた。

「あまり面白いことは言えません。もう少額決済に使えないことだけは確かですね。国際送金だけは便利だと思います。実際、給与は〈ビットコイン〉で送ってもらっています」

「なるほど。資産としては？　何度かの暴落はありましたが、着実に価値は増えていますよね」

「あまり意識したことはありません。もちろん、増えてはいますけど」

「それは珍しい。文椎さんは、ビットコインを通貨としてお考えなのですね」

「そうあってほしいな、とは思っています。こんな暮らしをしていますから、どこの国でも使える通貨があるといいですよね」

呉は二度ゆっくりと頷いてから、サテの串を皿に置いてテーブルに身を乗り出してきた。

「では、もしも〈ビットコイン〉がそのようになるとしたら、どうでしょう——」

硬いベンチの上で座り直した呉が、熱のこもった目で僕を見つめた。

「一緒にやってみませんか」

なるほど、これが僕に近づいてきた目的だ。

呉は〈律鎖〉で、〈ビットコイン〉ベースの新たな仮想通貨を発行する計画でもあるのだろう。そうでなければ、単に外国人の顔を欲しているだけなのかもしれない。

いずれにせよ、僕の答えは同じだ。

「僕の仕事ではありません」

自分でも驚くほど冷たい声だった。だけどこんなところで期待させるわけにはいかない。

「僕は〈オクスペッカー〉を維持するために日本を出たんです。〈オクスペッカー〉を利用するユーザーの二割ほど、数千名は政治的な活動に関わっています。僕がNPOを作ったのは彼らへの圧力を少しでも逃がすためですよ。公安や諜報機関は、まず僕のところに連絡してきますからね」

この三日間、自己紹介のときに繰り返した英語で切り出した僕の背筋は自然に伸びていく。

わずかに声も大きくなっていたらしい。呉の向こう側から歩いてきた男女の華人のうち、男性の方が立ち止まって僕の顔をじっと見つめていた。

膝の抜けかけたチノパンにデニムのジャケットを羽織った青年は、使い込んだ黒いバックパックからはみ出ているUSBケーブルのおかげでコンピューター系のエンジニアだとわかった。僕の顔を知っているのかもしれない。

先に歩いていた女性が振り返って、男性に行こうと促した。ライムグリーンのスーツを、良い姿勢で着こなしている女性は、大きなシャネルのトートバッグを肩にかけ、小ぶりなタブレットを胸元に抱えていた。広報か上級管理職といったところだろうか。

二人は軽く会釈《えしやく》してから僕たちのテーブルの横を通り過ぎていく。僕も会釈を返してから、声を低めて呉に続けた。

「中国の公安当局からは、毎週のようにサーバー管理者の情報を提供しろという要請が飛んできますよ。IPアドレスやら中継しているサーバー管理者の個人情報とかね。突っぱねる返信をするだけですが、なにせ量が多い」

「なるほど。では、もしもそれが止まるなら?」

僕は肩をすくめた。

「ありえませんよ」

中国が〈オクスペッカー〉への圧力を止めるわけがないし、もしも僕がそんな取引に乗ってしまえば、ユーザーたちを裏切ることになってしまう。国家からの圧力を一番目に受けるのが、僕の仕事だ。そもそも民間人の呉にそんな権限があるはずもない。

だが、呉は自信たっぷりに首を横に振った。

「いいえ。提案は本物です。〈ビットコイン〉の正常化を手伝ってくだされば、公安と安全保障を担当する部門に連絡して〈オクスペッカー〉そのものは政治的に中立な道具だと認めさせます。それを使っているユーザーたちの活動は別ですが、本田沙織さんの運営されている、シンガポールのＮＰＯに問い合わせが飛ぶことはなくなります」

なるほど、これは恫喝《どうかつ》だ。

ここで本田の名前を出す必要はない。

立ち去ろう。いますぐに席を立つべきだ。

そう思った僕の肩にやんわりとした力がかかり、テーブルに影がさした。振り返ると、ついさっき通り過ぎた華人の男性が僕の後ろに立って、肩を押さえていた。手を振り払った僕はテーブルに手をついて立ち上がった。

「どういうことですか！」

「お話しした通りです。お手伝いして欲しいのです」

僕はテーブルに置いてあったｉＰｈｏｎｅを素早く取り上げてロック画面から直接

カメラを起動し、呉の顔を撮影した。脇を流れ落ちていく水音に負けないシャッター音に呉が目を丸くする。振り返った僕は男性と、その隣にいる女性も撮影する。

アップルが日本で売るｉＰｈｏｎｅにシャッター音を仕込んだことに、僕は初めて感謝した。

「いま撮った写真をインスタグラムに投稿してもいいんですよ。中国政府から来た人たちに脅迫された、とコメントをつけてね。僕のフォロワーは少ないけど、半分は活動家だ。大ごとになりますよ」

僕はｉＰｈｏｎｅの画面ロックボタンを五回押し込んで、緊急モードに切り替わった画面を呉に向けた。画面には、電源停止と僕の血液型などの医療情報、そして緊急電話をかけるためのスライダーが表示されているはずだ。

「それともここで警察を呼びましょうか」

「さすが文椎さんだ」

呉が年齢に見合わない素早い動作で腕を伸ばす。慌てて引っ込めようとしたが、ふっくらとした指は画面の中央、緊急電話のあたりをさっと撫でた。自分から警察を呼ぶなんて――そう思った僕の手の中で、ｉＰｈｏｎｅはツツと小さな電子音を響かせて沈黙した。

ｉＰｈｏｎｅを裏返した僕は息を呑んだ。三日前に、空港で買ったＳＩＭカード

（携帯通信カード）を挿《さ》してから《U MOBILE》と表示され続けていた場所には、《No Service（接続なし）》と表示されていた。もちろん電波強度のアイコンも消えている。

周囲を見渡すと、噴水を挟んだ向こう側で、サリーを着た女性が不思議そうに自分の手元のスマートフォンを見つめている。いつの間にか、逃げ道を塞ぐかのようにベンチの脇に回り込んできた女性がくいと顎を上げ、トートバッグをぽんと叩いた。

「電波妨害ですか」

「見通し三十メートルだけです」

ベンチに滑り込んできた女性はトートバッグを僕の体に押し付けてきた。右腕はバッグの中だ。

「お願いします。座ってください」

銃かそれとも注射器か、考えたくない。僕は男性と女性の顔を見比べてからベンチに腰をおろした。それを見届けた男性がテーブルを回り込んで、向かい側に座る。

呉が二人に手を差し伸べた。

「文椎さん。女性スタッフは黎美雨《リーメイユー》、男性の方は肖子豪《シャオズハオ》と申します」

僕はようやく二人の顔を確かめることができた。

子豪と呼ばれた男性は僕と目を合わせようとせず、かすかに俯《うつむ》いて周囲を窺《うかが》っていた。電波妨害という不正行為になのか、それとも別の理由があるのかはわからない。だが怯《おび》えている事だけは明らかだった。隣に座った美雨はにこりと笑いかけたまま表情を固めて、僕の全身に注意を払う。

身長と体格は似ているものの、二人の感じさせる雰囲気はまるで違っていた。

二人の場所が定まったところで、呉は深々と頭を下げた。

「本当に申し訳ありません」

「こんな風にされて、僕が協力するなんて思ってますか？」

「いいや、全く」

毛沢東のような呉の顔から、先程までの余裕と笑みは完全に姿を消していた。だが不思議なことに、圧力らしいものは感じなかった。僕の顔を見つめている様は、まるで真剣なビジネスの提案をしているかのようだ。

「でも文椎さんなら、わたしたちの計画を知れば必ず協力してくださいます」

呉はもう一枚の名刺をこちらに滑《すべ》らせた。

クリーム色の厚ぼったい紙に、筆文字のようなフォントで記《しる》されている所属は中華人民共和国の財政部。肩書きの「金融技術司司長」は意味がわからなかった。裏返すと英語で〝Financial Technology Division Executive Director〟と書いてある。中国の官僚制度には詳しくないが、局長クラスということだろうか。

僕はため息をついた。

「知ってれば、ついて来ませんでしたよ」

呉はテーブルに両手をついて頭を下げた。

「申し訳ない」

「ホーチミンにお戻りになる前に、一週間ほど中国に立ち寄っていただけませんか」

「嫌です。仮想通貨の話も嘘なんでしょ、どうせ」

「そんなことはありません。それに、ギャランティもお支払いします。中国政府からの圧力を止める話とは別に、百BTC用意しています」

呉は手帳を開き、裏表紙のポケットから取り出した〈クリプトチェック〉の小切手を僕の前に置いた。二億二千二百万円に相当する額だ。

「安くみられたもんですね。だいたい、どうしてここじゃダメなんですか」

「〈金盾〉の内側でなければ動かないプログラムを見ていただきたいんです」

「やっぱり〈オクスペッカー〉がらみじゃないですか。盗聴したいんでしょう。知らないなら教えておきますが、僕が書いてる訳じゃありませんよ。開発の中心には
「シアトル在住のエンジニア、ミスター郭瀬がいらっしゃる」

「――」

「それで脅してるつもりですか？　郭瀬さんがメインプログラマーだということは公

開していますよ」

「まさか、脅すなんて。それどころか、わたくしは郭瀬さんにも加わっていただきたいと考えているほどですよ。汪静英さんと一緒に、改竄されたブラウザーを突き止めてくださった件は聞いております。そうそう、汪さんは今、東京の阿佐谷《あさがや》に住んでいらっしゃるのでしたっけ。念願の日本国籍を手に入れて、成都《せいと》からご両親も呼び寄せなさった汪さんには、お子さんもお生まれになる」

「……汪さんに子供ですか」

とりあえず言い切った。だが、膝は震えてしまう。テーブルの下をちらりと見た美雨が軽く頷くと、呉は言葉を継いだ。

「それはもちろん、二億円以上もお支払いする相手ですので、交友関係は調べますよ。誤解して欲しくはないのですが、屋久島《やくしま》で暮らしていらっしゃるご両親にも、今週から六本木ヒルズにご滞在されている本田沙織さんにも、ホーチミンで待っていらっしゃる黒猫さんにも、わたしたちが手を出すことは絶対にありません」

僕は両手をあげて、ベンチの背もたれに体を預けた。

「わかりました。もういいでしょう」

僕の覚悟なんてこんなものだ。東京から逃げたところで、友人や家族とのつながりを断てるわけじゃない。命に代えても〈オクスペッカー〉を守るつもりはない。安全に活動できる範囲で精一杯やろう、というのが本田との了解事項だ。

「それで呉さんの要求は？〈オクスペッカー〉から手を引いて欲しいんでしょうが、意味はありませんよ。引き継ぐのは僕よりも強い人になります。絶対に」

「いいえ。文椎さんは適任者ですよ」

「弱虫だから？」

「違います。人と繋がることを諦めていないからですよ。繋がりを断ち切って逃げ続けた〈ウィキリークス〉の創始者を見ればわかるでしょう。一人になった彼がやっていることは、ロシアの傀儡《かいらい》メディアになって西側を叩くことだけです」

「……え？」

「どんなことであれ、人との繋がりを捨ててまでやるようなことではありません。そんなバランスの良さが文椎さんにはある。そんなあなたに〈オクスペッカー〉を続けて欲しいのですよ。あのような暗号化通信があることで——」

口をつぐんだ呉は目を泳がせる。

どういうことだろう。

聞き間違いでなければ、呉は暗号化通信の価値を認めたのだ。見つめた僕の視線を外した呉は、早口で「汚職を告発することもできる」というようなことを呟いてから美雨に顎をしゃくった。

サテの皿をずらした美雨は、バッグからA4の用紙に印刷した航空券のeチケットを僕の目の前に置いた。

「チェックインはご自分で行っていただきます。パスポートの番号と、名前のアルファベットが間違っていないか確認してください。ホテルに預けてある荷物はわたくしが取りに行きますので、クロークの引換証を――」

一定の速度で話す美雨の英語は頭に入ってこない。僕の意識は、〈エッジ〉時代に嫌というほど行かされた中国出張で見慣れてしまった中国東方航空のeチケットに向かっていった。

まず十六時の便で上海浦東《プードン》国際空港へ飛び、国内線に乗り換えて安徽省《あんき》の合肥《ホーフエイ》へと向かうルートは、羽田から行くときと変わらない。しかし合肥とはまた懐かしい場所を選んだものだ。〈エッジ〉時代に合計二ヵ月も滞在したあの街にはいい思い出がない。

合肥新橋《シンチイアオ》国際空港への到着は二十二時となっていた。ホテルに到着するのは深夜だなと思ったところで、僕は不思議な情報を読み取った。

「滞在は五日間ですか？」

慌てた様子で顔を上げた子豪が首を横に振る。

「いえ、そんなに短くありません。オリエンテーションも含めて一週間は必要です」

僕がeチケットの復路便を示すと、三人の間で目配せが交わされる。しばらくすると、視線の戦いを制したらしい美雨が口を開いた。

「出国便のチケットを持っていないと入国できないので、仮に押さえておきました。戻るときは別のチケットを用意します」

嘘だ。南米あたりにはそんな出国ルールを厳密に運用している国があるらしいが、僕は幾度も復路を予約せずに中国に入国している。

僕は反撃の糸口を摑《つか》んだような気がした。

なんらかの情報源を持っているらしいこの三人だが、政府や公安の関係者である可能性は極めて低い。特に呉の肩書きは怪しい。

今の中国は官僚の腐敗撲滅キャンペーンに血道を上げている最中だ。政府の人間を詐称《さしよう》すれば、殺人よりも重い刑が科されると聞いたことがある。中国の外で告発する手段はないが、入国してしまえばそこらの警察官に訴えることも可能だろう。

圧力をかけるつもりで合肥を選んでくれたのも好都合だ。三ヵ月も過ごしたあの街のことを、僕は少し知っている。日系のエアコンメーカーが、激化するストライキに怯えて管理職を安全に逃がすための上海領事館出張所をこしらえたことなど、呉は知らないはずだ。

どこかで逃げて、滞在期限の十五日間を過ぎてから公安に出頭し、日本に強制送還させるという手もある。行ってしまえば隙《すき》はどこかに生まれるはずだ。だが、今の段階では従っておくほうがいい。僕を追い込んだ情報をどこから手に入れたのか知らなければ、脅迫はいつまでも続く。

僕はeチケットを取り上げて、折りたたみながら言った。

「一度入ったら、出られなくなりそうですね」

「約束しますよ。ほんの数日でお帰りいただけます。〈オクスペッカー〉を作った文椎さんなら、必ず、自ら進んで、仮想通貨を正しいものに変えてくださるはずです」

この言葉に、子豪と美雨が熱っぽく頷いた。

三人を信用していないが、計画について語るときの熱意だけは信じていい気がする。

ようやくウェイターがナシゴレンの皿を二つ持ってやってきた。

「遅れてしまってごめんなさい。ネットの調子が悪くて、オーダーを通すのに手間取ってしまいました」

三人の鼻面を引きずり回してやる。僕は席を立った。

「こちらこそごめんなさい。連れがきてしまいました。ナシゴレンはまた今度いただきます。サテは残しちゃいましたけど、美味しくいただきました。さあ、行きましょう」

振り返った僕は三人を急かしてから、アニーに言ったのと同じ言葉を、ウェイターにかけた。

「See you around（きっとすぐ会えます）」

この世界に、必ず戻ってくる。

＊

ホテルの部屋で目を覚ました僕は、シーツの乾いた綿と自分の汗の匂いに包まれていた。ベッドから出ればこの汗の匂いが消えることを思い出した僕は、あまりの懐かしさに、思わず笑い声をあげてしまう。この部屋のエアコンは、必ず明け方に電源の不調で止まるのだ。六年経っても、そこは修理していないらしい。

深い赤を基調にした壁には唐草《からくさ》模様と龍をあしらった刺繍《ししゅう》が浮かび、壁の三方は濃い色の柱と巾木《はばき》で縁取られている。

ホテルは、僕が〈エッジ〉の出張で合肥にくる時にいつも使っていた、合肥国際外商酒店だった。ベッドから下ろした足が、少し色あせた絨毯に沈む。これも六年前と変わらない。

ベッドサイドテーブルで充電していたｉＰｈｏｎｅは相変わらず圏外のままだっ

た。隣の部屋に泊まった子豪の電波妨害装置はかなり強力なものらしく、ホテルの無線LANも入らない。同じフロアに他の客はいないようで、廊下には子豪と美雨が交代で見張りに立っていた。それで十分、僕を軟禁できるのだ。

呉は僕のiPhoneやMacBookを取り上げなかった。誘拐と軟禁という事実を確定させたくなかったのか、パスポートも取り上げなかった。

僕は使っていないベッドに開いておいたスーツケースからポロシャツとジーンズを取り出して身につけた。財布はジーンズの後ろポケットに、パスポートは前ポケットにねじ込んでおく。表紙は傷むだろうが、パスポートとクレジットカードさえあればなんとでもなる。

着替えを終えたところで、ノックの音がした。予告されていた打ち合わせの時間だ。

冷房の効いていない廊下には、目の下に隈《くま》を作った子豪が立っていた。勝手に疲れてしまえ。僕にはやることがある。

呉の正体を暴くこと。そして、僕を追い詰めた情報の出所を明らかにすることだ。

ロビーに降りると、カフェの小ぶりなテーブルに座っていた呉が立ち上がり、階段を降りていく僕たちに手招きした。ラウンジには宿泊客が行き交っていたし、カフェにも子連れの一般客が座っている。断言はできないが、呉にはホテル丸ごと人払いできるほどの力はないらしい。

合肥についてからも子豪と美雨以外のスタッフが出てくる気配がないし、この三人が外部と連絡を取っている様子もない。安心はできないが、関係者はこの三人だけなのかもしれない。

「おはようございます。文椎さんにプレゼントです」

呉は、土産物屋で買ったらしい赤い木箱を僕の方へ押し出した。箱の横には、お釣りでもらったらしい人民元の紙幣と、コインがいくつか置いてあった。

「宜興紫砂《イーシンズーシャ》の茶器セットです。コーヒー派なのは存じておりますが、この茶器はホテルでお使いください。もしも良いものでしたら、ひと月ほどで美しい艶《つや》が出てきます。滞在も楽しくなりますよ」

「そんなに長く滞在するつもりはありません」

パスポートをジーンズの前ポケットから抜いた僕は、外国人出境カードを挟んだページを開いて呉に向けた。赤い楕円形のスタンプの中央には、昨日の日付が記載されている。

「ご覧の通りビザなしですからね。十五日しか滞在できません」

「Zビザぐらい簡単にとって差し上げますよ」

僕は安堵したことを悟《さと》られないように、顔を強張《こわば》らせてみせた。呉が口にしたZビザは、中国に受け入れ会社さえあれば簡単に発行できる、最も簡単な就労ビザだ。

「まあまあ、そう先走らずに。文椎さんにご理解いただいて、うまくことが運べば一週間ほどでお帰りいただけます」

呉は赤い箱を自分の方に向けて開き、茶器を取り出した。紫色の急須《きゅうす》と手のひらにすっぽり収まってしまうほどの蓋つきの茶碗が五客。そして使い方のわからない小さな筒が茶碗と同じ数だけ入っていた。

呉は、雑にも感じられる慣れた手つきで、竹製の茶盤に茶碗と急須を並べ、茶を入れた急須に湯をかけ回す。手順を進めていった呉は僕に声をかけた。

「久しぶりのお部屋は、おくつろぎいただけましたか？」

「ええ」

公開情報だ。前の滞在の時に部屋で撮影した写真を何枚もアップしている。

「六年前の滞在は大変だったようですね。二週間、ほとんどホテルから出ていらっしゃらない。ホテルのスタッフは文椎さんを覚えていましたよ。〈データコム〉と協業したアプリの件だったのですね」

「よくご存知ですね。どうやって調べるんですか」

僕は慎重に答えた。〈データコム〉に関わったことは公開していただろうか。調べればわかるかもしれないが、いまは確かめる手段がない。

「財政部の司長なんかやっているとね、いろんな伝手《つて》があるんですよ」

〈データコム〉の一件は、いろんな失敗をしでかした僕の〈エッジ〉時代の仕事の中でも最大の失敗だった。

大手通信会社の〈データコミュニケーション〉に、当時の勤務先だった〈エッジ〉が、インスタグラムのような写真共有アプリを売り込んだ。アプリ本体とサーバーは韓国の企業が開発していたのだが、〈データコム〉に約束したサービスインの日になっても、アプリは完成していなかった。

社長に呼ばれた僕は、その日になって初めてそんな仕事が動いていることを知ったのだが、翌朝韓国に飛んで、事情を調べてくるように命じられた。

行ってわかったのは、〈データコム〉が約束した開発着手金が、韓国の会社に支払われていないということだった。社長に聞くとちゃんと支払ったという。メールのやり取りを取り寄せた僕は、皆が勘違いしていたことに気がついた。

〈データコム〉がアプリ開発に出した資金は一億円。そのうち五千万円を、〈エッジ〉と〈データコム〉の間に入った口座会社が中抜きし――日本ではよくあることだ――、〈エッジ〉は残りの五千万円の半分を韓国の会社に支払っていた。だが、韓国側は一億円の半分を受け取れるものだと思い込んでいたらしい。

この顚末《てんまつ》もひどいものだったが、僕は韓国側の誤解を解きほぐして日本に帰り、

〈データコム〉に事情を説明してリリース日を九ヵ月遅らせることの同意を取り付けた。韓国側は、実開発を担当していたエンジニアのパク・イジョンをアサインしてくれたので、なんとかアプリをリリースすることができたのだ。

だが、無事にサービスインを迎えた翌週、再びトラブルが発生した。僕らに何の相談もなく放映されたテレビCMのおかげで利用者が殺到し、サーバーが固まってしまったのだ。別件で合肥に出張していた僕はパクにスカイプで連絡を取り、サーバーを増やすことで対応することにした。初めの六時間、作業は順調に進んだ。パクは大きな負荷に耐えるための方法をあらかじめ仕込んでくれていたのだ。あとはアマゾンのサーバーを購入して、大手町《おおてまち》のデータセンターで動いている仮想サーバーからデータをアップロードするだけだというところまできた。

VPN（仮想プライベートネットワーク）越しにアマゾンのサーバーを買った僕は、パクの作業をscreen（スクリーン）という画面同期コマンドで見守っていた。ふと目を離してしまった僕がMacBookの黒い画面を見直した時、中国のファイアウォール越しにもたもたと表示されていくコマンドは、作業が終わってから実行するはずの、仮想サーバーを削除するためのコマンドだった。

「待て！」とスカイプ越しに叫んだ僕の声がソウルに届くまでのわずか〇・二秒の間に、パクはコマンドを実行していた。

『ミアンへヨ（ごめんなさい）！』と叫んだパクの声は、いまでも僕の耳に残っている。

〈データコム〉が二億円を投じて集めた五十万ユーザーの情報は、その瞬間に消え去った。ユーザーが投稿した写真だけはアマゾンのサーバーに残っていたが、誰がどれを投稿したのかはもはやわからなくなっていた。

それから二週間、僕はこのホテルにこもって、パクとともに失ったデータを取り戻せないかどうか格闘した。大手町のデータセンターに頼み込んで取り寄せたアクセスログからユーザーの操作をサーバーの中で繰り返して、元に戻せないかどうかも試みた。だが、最後にわかった事は、五十万のユーザーに、新規登録メールを出し直すことしかないということだった。寝ずに作業を続けていた僕は、うわごとのような報告しかできないほど参っていた。

〈エッジ〉はサービスの修復をあきらめて〈データコム〉に謝罪することを決めた。僕には帰国命令が出て、プロジェクトからは外された。後で聞いたことだが、パクも韓国の開発会社をクビになったという。

〈エッジ〉ではいくつも失敗している僕だが、あれが最大の失敗だ。確かに設計や作業の指示にまずいところがあったのは否《いな》めない。作業前にバックアップを取ったかどうか確認しなかったのは愚かだったと言っていい。だが、何より悪かったのは僕が

「無理だ。助けて」と声をあげなかったことだ。

サービスインの日にログインできない状態だと聞いたときでも、通信会社から受け取った一億円の開発資金が、口座を貸しただけの企業に半分も中抜きされていたことを知ったときでもよかった。韓国の開発会社を訪れた時に、担当者がパク一人しかいないことを知ったときでも。いつだってよかった。

このプロジェクトは動かない、無理だ。

チャンスは何十回もあったのに、そう言えなかった僕のプライドが全ての元凶だ。

茶盤に湯を捨てている呉は、そのことを知っているだろうか。

だけど僕は変わった。自分の弱さを自覚している。今もこの三人が仕掛けた圧力に屈して、中国にやってきているほどだ。

僕は、茶托にのせて差し出された紫色の茶碗を取り上げた。

「作法は知らないので、普通にいただきます」

「それが一番です。自分流が一番美味しい。では始めましょうか」

「〈ビットコイン〉を正常化するというお話でしたね」

「そうなのです。通貨にしたいのですよ」

「……ビットコインは通貨ですよ。そこそこ問題はありますが」

「では、コインと紙幣のどちらだろう。答えられますか？」

「どちらかといえば、コインじゃないんですか？〈ビットコイン〉というぐらいですし」

呉は茶托の横にあったコインを一枚つまみ上げた。一元（約十七円）硬貨だ。

「このコインを日本円に両替できますか？」

「できませんね。じゃあ紙幣でいいです」

「そう。どちらかといえば紙幣に似ていますよ。でも紙幣はそれぞれの国の中央銀行が、市中の銀行から国債を買うために刷った紙切れです。借金の証文と言ってもいい。かつては金と交換できたが、今は国債を買い付ける時に発行していたりするわけですからね。要は国の信用です。ところが〈ビットコイン〉にはその裏付けがない」

「そんなことは誰でも知ってます」

「では、誰が価値を決めているのでしょう」

「仮想通貨クイズですか？」

「これは失礼。文椎さんの理解を確かめようとしているわけではありません」

ふん、と鼻を鳴らした僕は小ぶりな茶碗から熱い茶を一口すすって茶托に置いた。

「続けてください」

「わかりました。仮想通貨の価値を決めているのは取引所という市場です。ドルや円で、限りある〈ビットコイン〉を買う時の価格がその価値を決めています」

「健全じゃないですか。過熱気味だとは思いますが」

「でもなぜ過熱するのでしょう——おおっと、申し訳ない。クイズのつもりではないのですよ。〈ビットコイン〉は発行数の上限が定められていて、わずかずつしか増えていかない。このあり方は中世の金貨に極めて近いのです」

「やっぱりコインじゃないですか」

呉はテーブルの上の一元硬貨をとりあげた。

「これとは違います。金貨です。日本には大判や小判というものがありましたね。あれですよ。潰して刻印がなくなったとしても価値が保たれる。金が掘り出される速度が経済の拡大よりも遅ければ、必ず一枚の金貨で購《あがな》えるものが増えていく。〈ビットコイン〉そのものではありませんか」

「悪いことですか？」

「価値が増えるなら、使わずに貯めたほうがいいではありませんか。〈ビットコイン〉は一年で三倍にも六倍にもなるのですよ。そんな通貨をだれが使いたがるでしょう。法定通貨の方がずっと使いやすい」

僕はわざとらしく、長いため息をついた。

「不満なら、お望みの仮想通貨を作ればいいじゃありませんか。すでにドルとの固定相場《ペッグ》を標榜《ひょうぼう》する仮想通貨があったはずです。あれは詐欺だと言われていますが、中国政府がやるなら付き合ってくれる人もいるでしょう。十四億人ぐらい」

目を細めた呉は悲しそうに首を振った。

「電子人民元など中国人でも使いたがりませんよ。何より〈ビットコイン〉の経済圏は無視できない。あれが動いている限り、仮想通貨が通貨として使われることはありません。〈ビットコイン〉の正常化こそが必要なのです」

「やっと本題ですね。それで、どうしたいんですか」

「〈ビットコイン〉にインフレを起こしたいのです」

「インフレねえ」

もちろん意味ぐらいは知っている。通貨の価値が下がることだ。この二十年、日本の政財界が必死でインフレ率を上げようとしていることも、その試みがうまくいっていないことも知識として入っている。オフ会で会った友人から呆れるほど「0」の並んだ一兆ジンバブエドル紙幣をもらったこともある。

気がつくと、子豪と美雨も自分たちの茶碗を盆において、真剣な顔で呉を見つめていた。子豪は目を見開いて、美雨は形良く整えた眉をひそめて、呉が次に何を言うのかを聞こうとしている。

「ひょっとして、この二人も計画のことを知らないの？」

子豪が呉と顔を見合わせようとすると、美雨が舌打ちのような北京語を発した。びくりとした子豪に、呉が「いいんだ」と囁く。

「問題ありません。二人がすべきことはもう終わっているんです」

「まあいいや。じゃあ、一緒に聞きましょう。ずっと価値が上がり続けている〈ビットコイン〉をインフレさせるわけですね。どうやって？」

「中華人民共和国は再来週の十二月四日、総額二千万ＢＴＣのナショナルボンドを募集します」

「債務《ボンド》……国債《ナショナルボンド》？」

聞きなれない英単語が頭の中で意味を結ぶ。次に、二千万ＢＴＣは今日の交換レートで四千二百億ドル（約四十二兆円）に相当することがわかった。呉は僕の顔を見てしてやったりといわんばかりに笑っていた。ぽかんと口を開けたままの僕は、そうとう間の抜けた顔をしているはずだ。

だが間抜けは呉のほうだ。僕は「ははっ」と笑い声をあげた。

「なんですか、その杜撰《ずさん》な計画は」

「そんなにおかしいでしょうか」

「そりゃ笑いますよ。いままでに発行された〈ビットコイン〉は千八百万しかないんです。発行上限は二千百万ＢＴＣだ。そんな基本的なことも知らなかったんですか」

「もちろん知っていますよ」

「足りない二百万BTCはどうするんですか。そもそも全員が買えばの話ですけどね」

「新たに発行するんです。十万BTCを送金する伝票が二百枚あれば二千万BTCが生まれる」

「十BTCで二百万枚でもいいですけどね。だれがそんなカラ伝票を承認するんですか。採掘者の過半数が合意しないと、一BTCすら送れないんですよ——」

隣から聞こえてきた含み笑いに僕は口をつぐんだ。

「何がおかしいんですか」

呉が、子豪を遮るように腕を振る。

「文椎さん、ちゃんとした紹介が遅れていましたね。こちらの肖子豪くんは、〈ビットコイン〉が初めて発行された年からずっと、サンフランシスコで採掘を行ってきたベテランの採掘者です。二年前に帰国したときにヘッドハントして、財政部で採掘用のASIC《エイシック》（特定用途向け集積回路）を開発してもらっていました」

薄ら笑いを浮かべた子豪に、僕はかっとなった。

「周回遅れですね。どんな採掘者だってASICを使ってるし、深圳《シエンチエン》に行けば一枚当たり四百ドル（約四万円）で買えるんですよ」

「僕のは一枚百ドルです」

「安物だ」

「いいえ。安いのは、二億枚作ったからです」

「二億？」

声を裏返らせた僕が目を泳がせると、呉の笑った顔が待ち受けていた。

「中華人民共和国は仮想通貨の採掘農場《マイニングファーム》に、総額八百億ドル（約八兆円）を投資しています。子豪のＡＳＩＣのチップだけで総額二百億ドル（約二兆円）かかりました。サーバーはもう世界五百十三の都市に送り込んであります。計算量は現在の〈ビットコイン〉コミュニティの五十倍。どんな採掘者よりも早く当たりを引き続けることができます」

「……多数派攻撃《マジョリティ・アタック》を仕掛けるつもりですか」

〈ビットコイン〉のほぼ唯一の弱点だ。過半数のサーバーを保有すれば、どんな伝票でも通ってしまうというものだ。もちろん、未知の手段というわけではない。考案者であるサトシ・ナカモトも記しているほどよく知られた方法だが、必要とされる計算資源を確保できたものは誰もいなかった。

僕のつぶやきに頷いた呉は、二杯目の茶碗を鼻の前に持ち上げて息を深く吸い込んだ。

「今までに発行された〈ビットコイン〉の総額はおよそ三千八百億ドル（約三十八兆

円）になりますが、これを独占するのに必要なのはたったの八百億ドルなのですよ。理由は〈ビットコイン〉の過大な市場価値にあります。新自由主義を標榜するばかものたちは愚かな人間に投資させることに慣れきってしまい、いつのまにか金庫の中に、自分たちでは守れないほどの金を溜め込んでいたということです」

「……そんなことをすれば〈ビットコイン〉は暴落しますよ」

言った瞬間、僕はそれがインフレーションだと気づいた。

「それこそ望むところです。一週間ほどで為替レートは半額以下になるでしょう。もしも目標よりも高いようなら売り出した国債を買い付けて、流動するコインを増やします。下がりすぎるようなら再び国債を売り出して、コインの流通量を減らします。わかりますか？　これは中央銀行がやっているオペレーションと同じです。ドルや元、そして円のようになるのですよ」

「ばかばかしい《ブルシット》――」

こんな時こそ威勢良く響かなければならないというのに、声はかすれていた。僕は茶碗に残っていた茶を飲んでから口を開いた。

「コミュニティは、中国政府に汚染されたブロックチェーンから分岐《フォーク》して、新たな〈ビットコイン〉を作ります。こちらこそ本家だと名乗るでしょう」

「分岐先には、不正で潰れていただきます」

冷たい呉の言葉に、僕は声を失った。

子豪の採掘農場は乗っ取りだけではなく、攻撃にも使うことができる。分岐を主張したメンバーが、不正な取引をしているかのように見えるカラ伝票を承認してみせることなど造作もない。ユーザーの信頼を失い、国との対決に疲弊したコミュニティは自然に消滅することだろう。

「わたしたちが認めるブロックチェーンだけが正統的な〈ビットコイン〉として世界に残るのです」

「それで？　僕はどこにも必要ないじゃないですか」

「まあ待ってください。もう一つ説明しなければならないシステムがあるんです」

そう言って呉は美雨に視線を向ける。トートバッグから取り出した美雨のタブレットには、鎖がDNAのように絡み合うシールが貼り付けてあった。

「そこの黎美雨が開発した〈律鎖〉です。国債のスマートコントラクトも彼女が書きました」

美雨はタブレットを僕の目の前に立てて、「虚拟货币发展国债《シーニーホアピーファアーチャンクオチャイ》（仮想通貨発展国債）」と題されたパワーポイントの資料を映し出した。中国語の下には「クリプトカレンシー・ディベロップメント・ボンド（CCDB）」と記されていて、資料の中身は英語だった。

「ＣＣＤＢの売り上げは〈クリプトチェック〉や、ミスター・フヅイが参加された〈コインソーシアム〉などのスポンサーシップをはじめとする、仮想通貨の全世界的なインフラ普及に用います。もちろんビットコイン建てですが、幸いなことに、仮想通貨のために働く人々は、仮想通貨での支払いを受け取ってくれますので、十分な効果が見込めると考えています」

機関投資家向けらしい債券プロフィールを簡単に流した美雨は、〈律鎖〉と記されたページから本格的に説明を始めた。

購入したい者が〈ビットコイン〉を送金すれば、国債側のブロックチェーンには正当な所有者として記録される。年率一〇パーセントほどの配当は〈ビットコイン〉建てで送金され、譲渡や売却は国債側のウォレットで操作できる。ＣＣＤＢという証券コードは上海証券取引所に登録されていて、ドルや円でも購入することが可能だ。法定通貨で購入した場合でも、配当は〈ビットコイン〉建てになるらしい。

僕が何よりも驚いたのは、この複雑なオペレーションが全て〈律鎖〉のサーバー上で執行されることだった。一度国債が売り出されれば、その後の売り買いを行うディーラーや証券マネージャーはいない。唯一人間が担当するのは、〈ビットコイン〉建ての国債を発行する決断と、市場に流れた国債を買い入れる時の指示、そして重慶《チョンチン》に設置された十八言語対応のサポートセンターだけだという。

説明を終えた美雨は、中国語で「国民向けの情報」と書かれた書類を見せてくれた。

「これが納税用のスマートコントラクトです。あまり利用されないでしょうが、〈律鎖〉は中華人民共和国の公民身分番号にも対応していますので、運用益を直接納税することが可能です。納税はもちろん人民元になります。ご感想をお聞かせください」

言い終えた美雨は探るように僕の顔を見つめていた。小ぶりな唇は、不安と自負、そして賞賛されることへの期待でわずかに開いている。僕も商談の時に、こんな顔をしていたことを思い出す。

「驚きました。ここまで大規模なオペレーションが、本当にプログラムだけで動くのですか？」

「ええ。全世界に展開している〈律鎖〉のノードが逐次執行していきます」

「一度動き出せば止められないんですよね」

「ええ。軽微なバグは修正できますが、〈律鎖〉にプログラムが残っている限り、国債のオペレーションは執行され続けます」

僕は子豪をちらりと見てから、呉を見下ろすようにして言った。

「どうせ、都合が悪くなればプログラムを変更しちゃうんでしょ。多数派攻撃で」

「させません。〈律鎖〉のプログラムと電子署名は、〈イーサリアム〉などの他のスマートコントラクトで検証する仕組みになっています。改竄が検出されると〈律鎖〉は自動的に分岐して元のプログラムを執行します。国債のプログラムを変更するには、署名権者全員の合意が必要です」

「なんだ。じゃあ簡単に書き換えできるんじゃないか。どうせ署名はそちらの政府がするんでしょ」

美雨が呉をちらりと見て、発言していいかどうかを確かめる。呉は首を横に振った。

「国債の署名権者は三名。中国財政部のわたしと上海証券取引所の委員長、そして君です」

「僕が？」

呉は頷くかわりに、わざとらしい笑顔を僕に向けた。

「外国人も一緒になって動かしている、という事実が欲しいのですよ」

「他に誰かいるでしょう。喜んで協力してくれる人ぐらい探せるはずだ」

「中国政府が苦々しく思っている反国家的活動家にこそ、この国債を応援していただきたいのですよ」

「しません」

「そんなに悪い計画ですか？」

呉は卓に両手をついて、僕に顔を近づけた。

「この国債の意味するところを考えてみてください。アメリカもロシアも〈ビットコイン〉建ての国債は発行できるし、わたしたちのように採掘農場を立てれば圧力団体になれる。そのことの意味がわかりますか？　分断しかけている世界経済が仮想通貨で交流を持つことになるのです。その第一歩を刻もうではありませんか」

正論だ。

僕も新自由主義に毒された〈ビットコイン〉が正常なものだとは思っていない。投機のためだけに〈ビットコイン〉にへばりついている者たちが去れば、国境を越えて商品やサービスを購入するために使われるようにもなるだろう。悪くない未来だ。

だが、この計画には協力できない。

「結局あなたたちは多数派攻撃で〈ビットコイン〉を盗むんだ。そんなことに加担できるか」

「おお、大きな間違いをしでかすところでした！」

呉が両手を合わせ、感極《かんきわ》まったように叫んだ。

「盗んではならない、その通りです。ならばわたしどもは現在保有している五百万ＢＴＣで国債を買い入れることにいたしましょう。それで通貨統制は可能です。実に、実にフェアだ。公正《ゴンジエン》！　老《ラオ》文椎、多謝《ターシエ》！」

戸惑う子豪と美雨に、呉は中国語でまくしたてる。

僕に聞かせるためなのだろう、早口でありながら、単語の切れ目がはっきりとわかる呉の北京語には「公正」という言葉がなんども登場していた。頷きながら言葉を聞く二人は、はじめ疑わしそうに、そしておずおずと、最後には熱っぽく僕に視線を送ってきた。

僕の背筋には鳥肌が立っていた。

呉は、僕が反対することをわかっていて多数派攻撃などというものを口にしたのだ。嵌《は》められた。

そもそもそんな計画はなかった。

呉のいうとおり、総額の四分の一に迫る〈ビットコイン〉が一斉に国債の買い入れに動けば為替介入は可能だ。その裏で、子豪の採掘農場が国債の買い入れを優先的に処理すれば〈ビットコイン〉コミュニティは中国政府が多数派攻撃も可能なほどの力を持っていることに気づくだろう。それは核兵器のような抑止力になる。

粘つく口を開こうとした僕に、呉が頭を下げる。

「盗むなという提言、本当にありがとうございます。中国政府を代表して、文椎さんのご意見を受け入れます。文椎さんのそのお言葉は〈ビットコイン〉の正常化を大きく後押ししてくださることでしょう。ぜひご署名ください」

「そんな力が僕にあると——」

「十分にありますとも。文椎さんが後押ししてくれれば必ず成功します。このまま合肥を立ち去ってくださっても構いません。署名権者は二名に修正すればいいのです。もちろんこの経緯はありがたく公開させていただきますよ。共同署名を拒まれるのでしたら、残念ながらその件も添えさせていただくことになりますが」

刃《やいば》は僕の喉元《のどもと》に届いた。

署名してもしなくても、仮想通貨を支配下におく中国の計画に加担することに変わりはない。僕は〈オクスペッカー〉の維持に必要な政治的中立を保てなくなってしまう。

これから発する声はすべて、中国と関連づけられてしまうのだから。

気がつくと〈律鎖〉のロゴがついたＵＳＢメモリと、クレジットカードサイズの小ぶりな封筒が卓の上に置いてあった。

「国債のプログラムと〈律鎖〉の開発環境、そしてＳＩＭカードをお渡しします。一週間差し上げますので、思う存分お調べになってから決めてください」

封筒を手に取った呉は、中から会社名の印刷されていない真っ白なＳＩＭカードを出して僕に手渡した。

「ここまで不自由をおかけしたことをお詫《わ》びいたします。肖、無線ＬＡＮのブロックは解除して差し上げなさい」

「はい」と答えた肖がスマートフォンを操作すると、僕のｉＰｈｏｎｅに見慣れた三重の電波マークが現れる。

ブラウザーを立ち上げた僕は素早く〈オクスペッカー〉のブックマークを開いた。僕のインスタンスを経由すれば、中国の国家的ファイアウォール〈金盾〉の内側からでも暗号化通信で郭瀬や本田にメッセージを送ることができる。

だが、何を書けばいい。

読み込み中の画面を睨んで考えていると、画面に懐かしいレイアウトの白いページが現れた。メッセージは中国語だった。

《ＨＴＴＰ错误《ツオウー》（エラー）４０４　文件《ウエンチエン》　或《フオ》目录《ムールー》未《ウエイ》　找到《チヤオタオ》（ファイルが見つかりません）》

「なんだ。結局、繋げないじゃないか」

投げやりに言った僕はｉＰｈｏｎｅをテーブルに投げ出した。僕の〈オクスペッカー〉に中国語のエラーメッセージが表示されるわけがない。これは子豪のファイアウォールが表示している画面だ。

呉が再び頭を下げた。

「申し訳ない。安全保障にかかわる問題ですので、若干の制限はさせていただきます」

ｉＰｈｏｎｅを取り上げた呉はブラウザーにＵＲＬを入力して、こちらに差し出した。毛沢東と見まがう写真が掲載されているページのＵＲＬは、確かに中国財政部のものだ。

「例えばこのように、わたしが本当に財政部の人間かどうかぐらいは調べることができます。グーグル翻訳のページも使えるようにいたしました。調査は存分になさってください。ただ、外部との連絡は避けていただきたい」

申し訳なさそうに額を撫であげた手の下から、チリチリという音がした。毛沢東のように禿げ上がった頭頂部には、無精髭のような短い毛が密に生えていた。

剃っているのだ。別人か？

僕がｉＰｈｏｎｅに映し出された毛沢東顔と、目の前の呉の顔を見比べようとしたとき、呉は席を立った。

「さあ、市内に参りましょう。滞在の間に必要なものを買い揃えなければなりません」

＊

それから三日間、呉は僕を連れ回した。

初日は合肥の市内へ車で向かった。買い物と昼食を済ませた後は、曹操《そうそう》が陣を張ったという寺院から市中の公園に入り、三国志の博物館を見学して、長江路《チャンジャンルー》の中華料理屋で安徽省の名物料理を夕食にとった。二日目はホテルの西側にある大蜀山《だいしょくざん》へ向かい、合肥野生動物園へ。三日目はホテルからタクシーで二時間ほど走り、明《みん》の時代の街並みが残る三河古鎮《サンフーグーチエン》を訪れた。石畳の隘路《あいろ》を通り抜けて太平天国の城塞《じょうさい》跡へ。そこで僕は久しぶりに、人民元の十分の一の単位である、壹角紙幣《イーチアオチイピー》ですいとんのような料理を頼んだ。

目新しい場所はなかった。連れていかれた場所は全て、僕が〈エッジ〉時代に出張して訪問した場所ばかりだった。

新たな場所に連れて行くたびに「懐かしいでしょう」と言って圧力をかけてきた呉だが、僕には通用しなかった。呉は、僕が現地の学生を採用するために訪れた安徽大学や、役人への賄賂の渡し方などを教えてくれた日系企業のことを一言も口にしなかった。

三日目の夜に連れて行かれた合肥市内の牛肉麵《ニューローミエン》屋台で、真っ赤なスープをすすりながら僕は結論づけた。

国家の諜報機関がどれぐらいのことを行うのか知らないが、呉の力はそこから情報を引き出すほどには強くない。呉が持っている情報はどれも、僕がブログやツイッター、またはインスタグラムで公開したものばかりだった。ホーチミンに残してきた黒猫の名前がジローであることも知らないようだったし、僕の不在時にジローの世話を頼んでいる少年、グエン・マイルの名前も口にしなかった。彼が口にした情報で僕が知らなかったのは汪の妊娠だけだが、中国人だった彼女は、別の目的で監視されているのだろう。

そして僕のｉＰｈｏｎｅにかけられた通信制限が、国家的ファイアウォールの〈金盾〉でないこともわかった。

それに気づいたのは、僕が動物園で虎《とら》の中国語読みを調べようとしてグーグル翻訳にアクセスしたときだ。初めは僕の〈オクスペッカー〉と同じように「ページが見つかりません」と表示されたのだが、しばらく経ってからｉＰｈｏｎｅを立ち上げると、再読み込みしたブラウザーが僕のよく知っているグーグル翻訳を表示した。ウィキペディアも同様だ。初めて訪れた時には必ず「ページが見つかりません」と出てくるが、二度目にアクセスした時には表示されている。もちろん、何度試みてもアクセスできないサーバーもたくさんあった。

同じ日に僕は、サイトのブロックを子豪がスマートフォンで操作していることに気づいた。僕が指摘すると、かわいそうなほど狼狽《ろうばい》した子豪は、半日ほど美雨の後ろに隠れるようにして観光に付き従い、僕の目の届かないところでスマートフォンを操作していた。

もう一方の美雨は、観光を装って圧力をかけようとしている呉にうんざりしている様子を隠そうとしなかった。

要するに子豪と美雨の二人は素人《しろうと》で、呉の力も大したことはない。

呉たち三人にとっては無為に終わった観光だが、わずか六年で大きく変わった合肥の姿は、僕に強い印象を残した。豊かさを手に入れた国がどれだけ変わるのか、僕は改めて思い知った。

排気ガスを撒き散らしていた小型バイクとトラックは電動かハイブリッドのものに変わり、いつもスモッグで隠されていた空には、月さえ浮かんでいるのが見えた。中国出張のたびに悩まされていた頭痛も、今回は襲ってこなかった。新たな交通を手に入れた人たちも変わった。横断歩道で立ち止まると必ず自動車の方が止まる交通マナーは、東京よりもいいと感じるほどだ。

多様性というほどではないが、バックパックを背負った外国人観光客を見かけることも珍しくないし、若者たちは率先して道案内を買って出ていた。かつてセブン‐イレブンに似たロゴのコンビニがあった場所には、本物のセブン‐イレブンが出店していた。呉によると、恥じ入った店主がちゃんとライセンスを取得したのだということだった。以前は珍しい動物の見世物《みせもの》に過ぎなかった動物園も、生物多様性を維持するための施設に生まれ変わっていた。

何より変わっていたのは、三河古鎮だ。LED電球が照らし出す明代《みん》の街路からは、一歩歩くごとに絡みついてきた子供の物乞《ものご》いが消えていた。垢《あか》じみたつぎはぎの古着を着ているものも目にしなかったし、弓の弦を弾《はじ》いて羊毛を紡ぐ男たちも、観光客向けに演じているキャストばかりになっていた。

そしてどこでも〈アリペイ〉は使えた。コンビニエンスストアやレストランはもちろん、屋台も、歩道で営業している靴磨きですら、〈アリペイ〉のQRコードは持っていた。これだけ電子決済に慣れた国民ならば、仮想通貨にもすぐ馴染むことだろう。呉が〈ビットコイン〉を通貨にしたいと望む気持ちもわかった。

夜になると、僕はホテルで国債のソースコードを読み込んだ。ありがたいことに〈律鎖〉で使われるプログラミング言語は苦手なC言語系統ではなく、手軽なPython《パイソン》で書かれていたし、勉強するために必要な本は、すべて市内の書店で手に入れることができた。

三年前に建てられた地下三階、地上九階建ての合肥市城書店では四階と五階の二フロアがコンピューター関連書籍に割り当てられていて、その一角には中国に滞在する外国人向けに出版した翻訳書まで並んでいた。僕が手に取った〈律鎖〉の入門書は中国語からの英語翻訳だったが、内容はわかりやすく、翻訳の質も悪くなかった。

僕は理解に行き詰まると廊下で監視している美雨を部屋に招き入れて、〈律鎖〉で動く国債の仕組みを学んだ。それでもわからなければ、隣の部屋で寝起きしていた子豪に本を買ってくるよう頼んだ。

実によくできたブロックチェーンの応用だった。分散台帳も、改竄を寄せ付けない連鎖署名も、上海証券取引所とのやりとりもスマートにまとめられていた。

唯一、気乗りのしない風の、雑なプログラムが書かれていたのは、中国人の個人投資家向けの自動納税システムだったが、そうなってしまうのも無理はない。ゼロから考えられた国債と異なり、納税は現実の社会で動いているシステムなのだ。

理解が深まる中で、僕はこの国債が世界を変えることを確信していった。

国債を売り出せるのは、中国のような大国だけではない。金融市場に強いネットワークを持たない小国でも明確なメッセージさえ持つことができれば、税収とは関係のない財源を持つことができるのだ。もちろん良い変化だけが起こるとは限らないし、採掘農場を持つことができる国は限られるだろう。それでも新たな財源が生まれることに変わりはない。そして、その価値は〈ビットコイン〉に関係を持つ国が増えれば増えるほど強固なものになっていく。

部屋に本が積み上がり、ビジネスセンターから持ち込んだホワイトボードに図表が描かれていく中で、この国債が動き始めるのは悪くないんじゃないか、という考えが頭を占めていった。

同時に虚しさも増していった。

このシステムのどこにも、僕がいない。

署名しても、立ち去っても、どうせこの国債は動き出す。

巨額のギャランティを手にしながら、どこにも行けなくなる僕は、中国に居を定めることになるだろう。物言わぬジローぐらいは連れてこられるだろうが、郭瀬とも、本田とも、汪とも、そして〈エッジ〉の幾田とも会うことはなくなってしまう。

四日目の朝、子豪に買ってきてもらった三冊目の〈律鎖〉の入門書をデスクに開いた僕は、ＭａｃＢｏｏｋで〈律鎖〉の新規ルールを立ち上げることにした。書籍に従って新しい電子署名を作った僕は、新規ルールを作成してみた。

そこには、見慣れた文字が並んでいた。

〝Hello, world!〟

その瞬間、僕の手は動き始めた。

なんでもいい、何か作ろう。そうすれば署名するにせよ、立ち去るにせよ僕は納得してその結果を受け入れられる。そもそも僕が呉に言ったのだ、『自分で作ればいい』と。そう、作ってみればいいのだ。

慣れない暗号や通信を自分の手でプログラミングする必要もなかった。スマートコントラクト基盤の〈律鎖〉には仮想通貨の雛形《ひながた》が用意されていたので、一番シンプルそうな雛形をもとに、新規書類を作成した。

僕は、その通貨に〈両〉《リャン》という名前をつけた。「クリプトダラー」でも「ビットゴールド」でもよかったのだが、誰もが使う通貨にコンピューター用語を混ぜたくもなかった。

〈両〉の拼音《ピンイン》はliǎngだ。これなら英語圏でも正しく「リャン」と読まれるだろう。

僕はホワイトボードに〈両〉の文字を大きく書いて、開発を進めた。

〈律鎖〉の雛形は本当によくできていた。暗号の種類と強度を選ぶだけで、〈ビットコイン〉と同じ機能を持った仮想通貨のルールが生成される。これを〈律鎖〉にアップロードすれば、誰も使っていない仮想通貨が誕生するというわけだ。

ここから考える材料は全部、呉が用意してくれていた。

『貯めこまれる通貨には意味がない』

『通貨そのものに価値などなくていい』

その通りだ。

僕はまず、〈ビットコイン〉を金本位制のように見せかけていた発行数の上限を削除した。

誰もが支払いに使うなら、それは通貨として機能する。

アリババにビジネス口座がある大型の店舗ならいざ知らず、屋台が〈アリペイ〉のQRコード決済を受け付けるのは、それが現金を裏付けにしたものだからではない。食材を仕入れるスーパーマーケットでも、店主が飯を食う別の店でも〈アリペイ〉で支払えるからだ。現金に戻せなくなったとしても、〈アリペイ〉は使われるだろう。

そんな風に使われるためには、利用者を惹きつける力が必要だ。

〈ビットコイン〉は、早い者が総取りできる採掘という射幸心でコンピューターギークたちをかき集めたが、そんな原動力は〈両〉に似合わない。

僕は採掘で与えられる報酬を削除した。

電子サイコロもやめよう。台帳を運用するサーバーは、ただ取引が正当なものかどうかを確かめるだけでいい。通貨を生むのに、馬鹿げた計算競争をする必要はないからだ。台帳を運用するサーバーたちには、五分間に使われた〈両〉の総量に応じた報酬を支払うことにした。

「〈両〉はいくら増えたっていいんだよ」

そう呟いた僕は、部屋にこもって響いた自分の言葉が信じられなかった。

答えがそこにあった。

初めから、中身の入った財布があればいい。さらに、死なずに過ごせる程度の

〈両〉が補充され続けるならどうだろう。ベーシックインカムやユニバーサルインカムと呼ばれる経済施策だ。しかも、インフレーションのシステムさえ組み込める。市場に流通する〈両〉は必ず増えていくから、緩やかに価値は下がっていくのだ。

法定通貨に対して値下がりしすぎるようなら、それこそ配当の出る債券を発行すればいい。蓄財で流通する〈両〉が減るようならユニバーサルインカムを増やして、価値を減らしてしまえばいい。

インフレ率に応じてウォレットに生まれる金額を計算するコードを書きながら、僕は国債で為替介入するという呉の計画に、心から賛成できなかった理由に気づいた。ドルや円、人民元と同じ方法だと呉自身が言ったように、国債の買い入れでインフレーションを誘導する方法は法定通貨でおなじみだ。日本でも二〇一三年から、異次元緩和という名前でインフレ率を上昇させる施策が続いていた。効果があったということだが、僕の給与にはこれっぽっちも反映されなかった。

だが〈両〉のユニバーサルインカムは、インフレ対策をウォレットの中に生み出してくれる。実感できるどころではない。その瞬間は収入が増えるのだ。

僕は外出を断って、コードにのめり込んだ。郭瀬が見れば笑い出しそうなほど稚拙なコードだが、それでも徐々に〈両〉は動き始めた。

食事はルームサービスを頼んだ。

ワゴンを押してやってきた男性スタッフは、僕の顔を見てにこりと笑った。

「お久しぶりです。フヅイさま」

「前も食事を運んできたの？」

スタッフは床に散らばった紙を避けて、ソファテーブルに料理を並べながら言った。

「二週間、毎日運んできましたよ。あの時は本当に心配でした。全然食べていませんでしたし。お気づきでしたか？」

スタッフは窓を指差した。

「もう外しちゃいましたけどね。飛び降りるんじゃないかと思って鉄格子《てつごうし》をつけてもらったんですよ」

僕は窓に近寄って、格子をはめ込んでいたらしい鉄枠を認めて苦笑いした。実際、飛び降りてやろうかと思うことはあったのだ。

遠くでは合肥の街の灯りが地平線を輝かせていた。六年前、ぼんやりとした空気をピンク色に染めていた街の灯は、豊かさのもたらした清涼な空気の中で鋭く、青白く輝いていた。

僕は、食事を運んできたスタッフのことを徐々に思い出した。あの時彼は、ほとんど英語が話せず、ルームサービスのワゴンを部屋の入り口に置くと、舌打ちをして部屋を出ていったはずだ。彼も、中国とともに変わったということなのだろう。

　器用にナプキンをたたんで皿の上に載せているスタッフに、僕は声をかけた。

「ずっと勤めてるんですね」

「ええ。もう八年になりますが、フヅイさんのことはよく覚えています。いつも疲れていらっしゃった。でも、今日はとてもお元気そうです。コンピューター関係のお仕事を続けていらっしゃるのですね」

「ええ」と僕は答えて、床に散らばった紙に目をやった。「仮想通貨を作ってるんですよ」

「すごいですね。〈ビットコイン〉みたいな？」

　とびきりの笑顔を作って頷いた。

　あれとは全く違うものだけど。

　僕はそれからさらに三日間、部屋にこもって開発を続けた。〈两〉がつまずきながらもＭａｃＢｏｏｋの中で動き始めた頃には、美雨の書いた国債のソースコードも自由に読めるようになっていた。

　合肥に来てから七日目の朝、僕はスタッフの胸ポケットのネームカードに、水色の「支」が描かれたＱＲコードのシールが貼ってあることに気づいた。

「ありがとう」

僕は〈アリペイ〉で百元（二千円）送金して、彼と一緒に部屋を片付けた。

もう二度と、この部屋に泊まることはないだろう。

＊

スーツケースを引いてきた僕に、呉は目を丸くした。

「決断なさったのですね」

「ええ」と言いながら僕は、初日と同じ席に腰を下ろす。

テーブルには呉が買った茶盤と紫色の茶器が並んでいた。茶器はどうやら当たりだったらしく一週間使っただけなのに艶やかに輝いている。呉が顎をしゃくると、美雨が少量の湯を急須に入れて、茶碗と、七日前には名前も知らなかった小さな筒状の茶碗、聞香杯にかけまわす。

濃い紫色に染まった茶碗から、芳《かぐわ》しい緑茶の香りが立ち上る。

にこやかに笑う呉の頭にははっきりと白髪混じりの毛が生え始めていた。僕に見せた財務部のウェブサイトに載っていたのは、やはり別人だったということだ。

追及するべきところだが、〈两〉を完成させた僕にとってはもはや、彼の言う計画が中国政府のものなのか、それとも身分を偽って僕を巻き込んだ彼の謀反なのかはどうでもいい。少なくとも彼は、国債を〈律鎖〉にアップロードさせることができる。

ぴしりと背を伸ばして茶を整えていく美雨は、マレーシアで会った時と同じ、ライムグリーンのスーツに身を包んでいた。子豪と交代で僕の部屋を見張っていたはずなのだが、〈两〉を作っていた間は僕が全く部屋を出なくなったためだろう。疲れは見えない。ネットワークの監視業務も減っていたせいか、子豪の顔色も悪くない。

茶の香りを確かめた呉は、僕に茶碗を一つ勧めて口を開いた。

「それで、署名してくださるのでしょうか」

「署名します。ただし、条件があります」

僕はプリントアウトしたソースコードをテーブルの脇に置いた。表紙には僕の電子署名がQRコードで記されている。その上に、呉からもらったUSBメモリを載せる。

「ギャラはこの仮想通貨でください。名前は〈两《リャン》〉といいます」

目を細めた呉は、僕から視線を外さずに紙を引き寄せた。

「ふむ——」

ばさりと紙の束の端をあおってめくった呉は、視線を素早く走らせた。大きく上下に、そして小さく左右に動く瞳は、呉がPythonに特徴的な構文を追っている証拠だ。

素早くページをめくる呉は、読み終えた紙を子豪の前に伏せていく。二枚ほど読んだ子豪はＵＳＢメモリをＭａｃＢｏｏｋに挿して、画面でコードを読み始めた。美雨は僕を睨んでから、呉の残した紙を手にとる。

呉が半分ほどまで読み進んだところで、僕は声をかけた。

「意外でした。コードを読めるんですね」

「もちろんですよ。国債のコードを書きはじめたのはわたしです。黎に徹底的に直してもらったので、跡形もありませんがね。しかし、この部分はどういうことなんですか」

呉がこちらに向けたのは六ページ目の、〈両〉をウォレットに自動入金する部分だ。

「見ての通りですよ。ウォレットを作ると、一万両が振り込まれるんです」

「ユニバーサルインカムということですか。しかも、インフレーションが組み込まれている」

「わかっていただけると、嬉しいものですね」

「財源は？」

「そんなものありませんよ」

「なんだって？」

自分の大声に驚いた呉は口を押さえた。深呼吸してから、膝に手をついて僕の方にぐいっと顔を突き出してくる。

「この〈两〉という仮想通貨が取引所でいくらになるのかはわかりませんがね、もう一度聞きますよ。財源はどこにあるんですか」

「財源？」

僕は片方の眉を上げてみせた。

「ひょっとして現金や他の仮想通貨の裏付けが必要だとでも言いたいんですか？　呉さん、それじゃあドルとの交換レートで価値を決める〈ビットコイン〉と同じですよ。そう教えてくれたのはあなたでしょう。使う人が大勢いればいいんです」

呉は絞り出すように言った。

「誰がこんなものを使うというんだ」

「まず僕が」

呉が目を丸くしたことで、僕は少し気分がよくなった。今日は呉を驚かせることに二度も成功した。

「お約束していただいていた百ＢＴＣで二億两を買って、このウォレットに送金してください」

美雨がすかさず口を挟む。

「およそ二百万ドルですね。つまり一两は百分の一ドル、一セント相当ということに

いない
なります」
「違うな。日本円の、一円相当ということだろう」と、呉。
「まあ、そうです。どんな相場だっていいんですけど」
「その通りだ。いくらだって構わない。で、どこの取引所が、まだ生まれてもいない
仮想通貨と〈ビットコイン〉を交換してくれるんだね」
「国債を販売する取引所ですよ。五百万ＢＴＣも入ってくるんでしょう。ちょうどい
いじゃないですか。〈两〉を取引通貨に加えて下さい」
「文椎さん、何を言っているのかわかってるのかな？」
　呉はうんざりしたように、椅子の背に体をもたせかけながら言った。
「いいですか。そんなことをしたら、〈两〉を使い始めたユーザーはウォレットの中
にある一万两で〈ビットコイン〉を買うだけですよ。あなたは〈两〉を〈ビットコイ
ン〉で保証しろといってるわけなのですよ」
「そんなことはありません」
「どうしてそう言いきれますか。百万人がウォレットを作れば、百億两が発行されて
しまうのでしょう？　これが〈ビットコイン〉に交換されたら、あっという間に国債
の売り上げなんか消し飛んでしまう」
　僕は子豪の手元に伏せられたプリントアウトを手元に引き寄せて、四ページ目を示

した。

「読み落としましたか？ ウォレットの中に生まれたばかりの〈両〉は換金できません。モノやサービスの対価として受け取った〈両〉だけが他の通貨と交換できるようになっています。僕のギャラみたいに」

プリントアウトを受け取った呉は、コードをちらりと見て目を閉じ、眉をひそめた。

ソースコードにはルールしか書かれていない。どんなゲームが繰り広げられるのかは想像するしかないのだ。美雨は呉よりも一足先にその意味するところに気づいたらしく、息を詰めて呉が口を開くのを待っていた。

目を開いた呉は、子豪と美雨を見渡してから僕に顔を向けた。

「なるほど。実業で動いた〈両〉だけが換金できるということか。ウォレットに湧いて出た〈両〉は自分で使うしかない」

「その通りです」

「申し合わせて、ウォレットに送金するものもいるだろう」

「送金の場合は、財産が譲渡された時の、税率に相当する〈両〉を源泉徴収します。日本だと贈与税、中国だと所得税ですね。中国人は公民身分番号を、日本人はマイナンバーを、アメリカ人はＳＩＤを、納税者番号として登録できます」

「……徴税するのか？」

呉はぽかんと口を開けた。これで三度目。今日は僕の勝ちだ。

ソースコードを読み終えたらしい子豪が口を開いた。

「そのようです。居住地の公民身分番号をウォレットに紐づけると、課税当局に〈两〉を送るコードが書かれています。どうやら――」

子豪が言い終える前に呉が口を挟んだ。

「仮想通貨の税金など、誰が受け取るものか」

「初めはそれでいいんですよ。ちなみに、譲渡された時の所得税だけじゃありませんよ」

僕は〈两〉に組み込んだ源泉徴収について説明した。物品を購入した場合には消費税を、労働やサービスの対価として受け取った場合には所得税を源泉徴収し、「两」のシステムから納税することになる。公民身分番号を入力しなければ、税は納税用のウォレットに収容され、いつかユーザーが公民身分番号を紐づける日を待つ。ウォレットのIDは伏せるから犯罪捜査には使えないが、税金という観点で見れば〈两〉の取引はガラス張りだ。

もちろん僕には全世界の税制をコーディングすることはできなかった。いまの時点で納税できるのは、僕の住んでいるベトナムと母国である日本、そしてNPOのあるシンガポールの当局だけだ。それも粗い。

もちろん呉が言うように、勝手に納税された国や自治体は迷惑に思うだろう。自国の法定通貨以外の納税は無効、まして仮想通貨？　それが常識的な反応だ。だが、いつまでも放置していれば、いつか誰かが訴訟を起こしてくれる。

「なんで、こんなことを……」

呟いた子豪は素早くトラックパッドを操って、ＭａｃＢｏｏｋの画面を呉から見えるように傾けた。ちらりと見えた画面に映し出されていたのは、ソースコードの過半を占める、国別のルールが書かれた部分だった。

美雨は僕の顔を穴があくほど見つめていた。

「これ、わたしのコードよ」

「ごめん。流用させてもらったよ。自力では書けなかったんだ」

僕は美雨に頭を下げた。源泉徴収ルールは、国債を売買したユーザーが中国人だった場合に、売買益《キャピタルゲイン》から徴税する仕組みを流用したものだ。

「わたしは、こんなことのために書いたんじゃありません」

「ごめん、わかってる」

僕を睨んだ美雨は、膝の上に握りしめた小さな拳を震わせていた。

国債は彼女の作品だったのだ。業務や、命令に応じたものではなかった。国債という巨大な仕組みを意のままに設計できる開発者冥利《みょうり》とも違う。彼女はきっと、コンピューターネットワークの中に、彼女自身が描いた計画を走らせたかった。

求めていたのは賞賛だ。

僕ですらいびつに感じたキャピタルゲイン課税は、中国政府という後ろ盾をつかむための必要悪だったのだろう。

気づくと、子豪も僕を睨んでいた。

鼻息を荒くした彼の手は、キーボードの上で、何かを握りつぶそうとしているかのような形で固まっている。

仮想通貨の採掘者としては成功しなかった彼は、中国政府の手を借りて西海岸のエンジニアたちに復讐しようとしている。だが、異国の街カリフォルニアで、海のものとも山のものともつかないような仮想通貨に青春を賭《と》した彼は、本質的に自由主義者のはずだ。納税という、国家に縛られるような仕組みそのものが許せないのだろう。

僕は今にも殴りかかってこようかという子豪の顔を見つめて、とびっきりのアメリカン・スマイルを投げかけた。殴りたければ殴ればいい。僕は君たちの希望を打ち砕いた。最悪の形で。

沈黙を破ったのは呉の優しい声だった。

「黎、肖。文椎さんの話を聞いてもいいかな」

呉は僕に顔を向けた。その顔からは、ずっと貼り付けていた毛沢東の笑みは消え、今まで僕を圧倒していた覇気も消え失せていた。手を組んで僕に身を乗り出してきた姿勢からは、教えを請おうとする謙虚さすら感じられる。

「とても立派な仮想通貨ですね。ユニバーサルインカムの理想的な形だ。国家の財源に負担をかけることなく、人を救うことができるセーフティーネットにもなる。インフレし続ける設計だから、これで蓄財したくなるものはいないでしょう。これは〈アリペイ〉では実現できないことです。仮にいま納税できなくても、いずれ認める国も出てくるでしょう。でも、一つだけ聞かせてください。どうして、納税するなんてことを考えたんですか？　妥協ではありませんよね」

呉は美雨に目配せをしてみせた。

「彼女が納税ルーチンを書いたのは、政府を納得させるためです。でも、文椎さんにはそんな縛りはない。どうして、納税なんて入れたんですか。〈ビットコイン〉で納税できないことが不満なのですか？」

「いいえ——」

言いかけて、僕は呉の真意に気づいた。

〈两〉は何のために生まれたのかと聞いているのだ。

それなら一言で答えられる。

「僕は、世界とつながっていたいんです」

ポケットから二枚重ねのＡ４用紙を開いて、一枚を呉の前に置いた。中央にはＱＲコードが一つ印刷されている。僕は手元に残った紙を開いて三人に見せた。

「これは国債と〈両〉の両方に署名するサインです。電子的なコピーは持っていません。アップロードするかどうかはお任せします。そちらで、呉さんが判断してください」

僕は彼の名前を言うときに一拍おいた。中国政府ではなく、という意味を込めて。伝わったはずだ。

僕は立ち上がった。

「では、僕は帰ります。一週間ありがとうございました」

呉が遅れて立ち上がる。

「また中国に来てください」

僕は差し出された手を強く握った。

「〈両〉が動くなら、きっと来ます」

苦笑いした呉は、何も言わずに椅子に座り、ソースコードを印刷した紙と、署名に目を落とした。僕は子豪と美雨にも別れを告げたが、二人とも困惑した表情で呉と僕を見較べるだけだった。

三人に背を向けてロビーから外に出る。

あとは彼らが決めることだ。

車回しでタクシーに乗り込む時にふと見上げた空には、かつて合肥では絶対に見ることのできなかった昼空の月が浮かんでいた。

助手席に乗った僕がタクシーのドアを閉めると、iPhoneは一週間溜まっていたメッセージの通知を鳴り響かせた。

＊

上海浦東国際空港で二十時間待たされた僕は猛暑のクアラルンプールに戻り、〈コインソーシアム〉の時に泊まったホテルに宿を取った。

ホーチミンに直接帰っても良かったのだが、アニーには顚末を話しておかなければならない気がしていたのだ。いきなり便をキャンセルしたことも詫びておきたかった。そして、注文したのに食べなかったナシゴレンも食べておきたかった。

部屋でアニーにメールを出して夕食に誘った僕は、ビジネスセンターに寄ってからフードコートに足を向けた。

夕闇が迫る空はオレンジ色に染まり、まだ昼間の光を浴びている大きな入道雲がもくもくと湧き上がっている。一足早く陽の当たらなくなったフードコートは、建物の青い影の中で賑《にぎ》わっていた。

噴水を回り込んだところで、僕は見覚えのある人影を見つけて足を止めた。落ち着かなそうなサイズの合わないスーツを着て、サングラスで顔を隠した子豪だ。落ち着かなそうに噴水脇のベンチに腰を下ろしてあたりを見渡していた彼に、僕は声をかけた。

「子豪さん」

びくりと肩を震わせた子豪は、外したサングラスで一週間前に着いた席を指して言った。

「お話しできませんか」

僕はｉＰｈｏｎｅに目を落とした。電波遮断は行われていない。

「構いませんよ。いつ着いたんですか」

「ついさっきです。昨夜、合肥を出ました」

そう言ったきり口をつぐんだ子豪を連れてレストランのテラス席に向かった僕は、一週間前と同じベンチ型の座席に腰を下ろした。向かいに座った子豪は落ち着かなそうに噴水の向こう側を確かめていた。

昨日の朝別れたばかりだというのに、子豪の顔と、合肥で過ごした一週間がすでに懐かしく思えていた。

「追われてるんですか?」

子豪はうなずきかけてから、首を小さく横に振った。

「まだ、正式に捜査がはじまったわけではありませんけど……」

口ごもった子豪は、再びフードコートを行き交う人の群れに顔を向ける。自分のことで精一杯のようだ。

「ナシゴレンを頼みますけど、同じものでいいですか?」

返答が返ってこなかったので、僕はメニューのQRコードを〈アリペイ〉のアプリで読み取って二つ注文した。

「頼んでおきましたよ。ねえ、子豪さん。そうやっていると、マレーシアの現地警察だって怪しく思いますよ。こっち向いてください」

僕にちらりと目を向けた子豪は、もう不要になったメニューに視線を落として、ぼそりと言った。

「黄《ホアン》さんが逮捕されました」

「え? 誰ですって? ホアンさん?」

「あ、ああ。呉さんの本名です。文椎さんが合肥を出たその日に逮捕されました。まず、それを知らせようと思って……」

他にも用件はあるわけだ、と思ったが、僕はまず疑問をぶつけた。

「容疑は？」

「財政部の呉司長だと身分詐称したことと、文椎さんを誘拐して合肥国際外商酒店に軟禁したことの二つです」

「誘拐？　呉さんが身分を偽っていたことなんてわかってましたよ。そもそも被害届なんか出してません。ホテルの誰かが通報したんですか？」

メニューの端を指で弾いていた子豪はしばらく黙っていたが、ようやく顔を僕に向けた。

「美雨です」

「なんで！　取り消そうよ」

「無理です。もう、裁判は終わりました。そう、美雨から連絡がありました」

ようやく、子豪は落ち着いた声で話し始めた。

美雨が通報したのは昨日の正午だったという。すぐに駆けつけた公安のスタッフは証拠となる名刺を押収して呉を連行した。僕の軟禁は、ホテルのスタッフの証言が証拠になった。

上司である呉紅東の名前を偽った黄鳳山《フォンシャン》の第一審は、今日の午前中に行われたのだという。検察の提出した証拠を検める法廷調査は午前中だけで終わり、陳述は呉が罪状を認める形で終わった。宣告が出たのは午後三時だった。懲役五十年。減刑されなければ終身刑になる。再び会うことはないだろうと思っていたが、こんな形で決定づけられるとは思っていなかった。

子豪の説明を聞きながら、僕はいつの間にか椅子の背にもたれていた。東に開けた道路の向こうから、先ほど見かけた入道雲がすぐ近くまで迫ってきていた。

「五十年ですか……誰も死んでいないのに、重いですね」

僕の違和感に気づいたかのように、子豪が口を開いた。

「いつから気づいていたんですか」

「何をですか」

「黄さんが、呉と名乗っていたことです——あの、変装がまずかったのでしょうか？　中国政府には、あの髪型をする人が多いのですが」

僕は吹き出してしまった。

「合肥についた頃から疑っていましたよ。だって、呉さんが僕に突きつけてきた情報は、どれも公開情報ばかりでしたからね」

子豪はぽかんと口を開けた。まさか、僕がずっと騙《だま》されていたと思っていたのだろうか。

「子豪さん、あなたが採掘農場を作っていたのは本当のことでしょう。多数派攻撃という目的は知らされていなかったのかな？　美雨さんの書いた国債のプログラムも、きっと本物なんですよね。どちらも財政部の計画だったんでしょう？」

子豪は口を開けたまま小さくうなずいた。

「ただ、その二つは別々の部局で動いていた」

「え……ええ。そうです」

「呉さんは、多数派攻撃を仕掛けながら、〈ビットコイン〉の存在を認めるかのように国債を公募してしまえば、中国は誰からも信用されなくなると危惧して計画を有機的に結びつけることにしたわけですね」

「そうです。国債については、どこからか侵入してきた文椎さんが署名を盗んで実行したことにする計画でした。面子《メンツ》もありますから政府も取り消しはしないだろうと……」

「ひどいね。そんなことをされたら、僕は一生中国政府から逃げ回らなければならなくなるところだった」

「署名してくださったときに伝えるつもりでした。一生暮らせるだけの〈ビットコイン〉をお渡しして。でも……」

「なんですか」

「合肥に行った時、黄さんのお考えは変わっていました。ご存知の通りです。文椎さんと黄さんが共同署名するのが最善だという風に。驚きました」

「何度も言うけど、僕の名前にそんな力はないよ」

子豪は唇を噛んで、メニューを見つめる。

僕はベンチに座りなおした。どうして呉が考えを変えたのかは聞きたかったが、彼が牢に繋がれてしまった今となっては、子豪の口から何を聞かされても納得できそうもない。

「〈两〉は動いてます」

「え？」

子豪がiPhoneを操作すると、僕の手元に《ファイルを受け取りますか？》という通知が現れた。URLだ。受信ボタンをタップすると、ネットワーク的に遠い国にアクセスするときのわずかな遅れの後で、ブラウザーがウェブサイトを開いた。ドメインはmof.gov.cn。呉の名刺に記されていた、中華人民共和国財政部のものだ。《全《チュアン》球《チウ》无《ウー》条《ティアオ》件《チエン》基本收入《チーペンショオルー》（全世界対応の、無条件ユニバーサル・インカム）》というタイトルを見た瞬間、アマゾンがアリババに、グーグルが百度《バイドゥ》に転送されてしまう中国で一週間を過ごした感覚が、ウェブサイトをダミーだと感じさせた。だが、ここはマレーシアだ。

「これは？」

「言ったでしょう。〈两〉ですよ。加入ボタンをクリックすると、一万两入ったウォレットの秘密鍵と公開鍵がダウンロードできます。〈两〉は中国政府の政策として実行することが決まりました。来週には〈アリペイ〉にもチャージできるようになります」

「僕の書いた〈两〉？」

「ええ、そのままです。公開してまだ一日も経っていないのに、二十万ウォレットの利用が始まっていました。発行された二十億两は、すでに半分がなんらかの支払いに使われています」

「ちょっと――」と口を挟もうとした僕を無視して、子豪は続けた。

「八万の人民が、公民身分番号を紐付けました。午前九時の時点で五百万两ほどの納税報告が中国各省の財政部に届いているとのことです――」

ｉＰｈｏｎｅに視線を落とした子豪は、肩を落としながら息をついた。

「ああ……もう二千万两を超えています。今日中に、納税額は一億两を超えるでしょう」

子豪の声が遠くなっていく。僕が〈两〉のコードを書き上げて呉に渡したのは昨日の早朝だ。政府が内容を確かめる時間なんてなかったはずだ。呉が独断で実行したのだろう。国債の発行と一緒に。それを財政部は追認してしまった。

遠くなった子豪の声が再び頭の中で意味をなす。

「――認めたんですよ」

「え？」

「財政部が認めたんですよ。〈两〉でも納税できるようになったんです。政府は一銭も支払うことなく、わずか一日のうちに一億両もの税金を手に入れた。文椎さん、これで満足なんですか！」

店をさっと見渡した子豪がバックパックから何か取り出して、テーブルクロスの下に差し込んだ。気づくと鈍く輝く銃口が僕の胸を狙っていた。

深呼吸した子豪は声をひそめる。

「〈两〉のコード署名に使った秘密鍵を僕にください。黄さんの秘密鍵と一緒に使えば、納税に関する部分を削除できます」

「……それ、モデルガンでしょ」

「試したいですか」

僕はジーンズの後ろポケットに突っ込んでいる財布を意識した。合肥ではただ折りたたんだA４用紙だった秘密鍵は、ホテルのビジネスセンターで縮小コピーしてラミネート加工を施してある。原本はシュレッターに投げこんだ。まさか〈两〉が動くとは思っていなかった。アニーに見せて笑い話にするつもりで用意したものだ。いつか、財布を買い換えるときになくなる程度の思い出――そのつもりだった。

膨らんだテーブルクロスの下で子豪が手を動かすと、金属が噛み合う音がした。

僕はゆっくりと財布をポケットから抜き出して、ＱＲコードをテーブルにおいた。

これで僕が〈两〉に託した夢は終わる。それほど悪くない未来が〈两〉で生まれるはずだった。物が買える地域なら貧しさで命を落とすことはなくなる。究極のセーフティーネットにもなる。

だけど僕は、その未来を自分の命と引き換えにするつもりはない。

〈两〉を目にしたエンジニアが、どこかで似たようなものを始めてくれるはずだ。それがインターネットの時代を生きる僕の常識であり、希望だ。

いま命をかけているのは子豪の方だ。

中国政府の施策になった〈两〉を修正してしまえば、彼は国家反逆罪に問われてしまう。僕はカードに手を伸ばした子豪に確かめた。

「本当にいいんですか？」

「文椎さんがいけないいんですよ」

ぴくりと片方の眉を上げた子豪は囁いた。

「僕は〈オクスペッカー〉を作ったあなたを、心の底から尊敬していたんです。サンフランシスコで採掘してる時、もしも〈オクスペッカー〉があれば、僕は中国の開発者たちと連携できた。白人たちに、あそこまでバカにされることはなかったんです」

「それは――」

「いいんです。西海岸に残れなかったのは僕の力が足りなかったからです。でも、世界に通用するプロダクトをアジアで作った文椎さんは、僕のヒーローだったんです。その文椎さんが昨日の朝、ソースコードの束を持ってロビーに降りてきたとき、僕は大声をあげたくなりました。やった、すごいぞって。なのに……」

子豪が目を逸らす。僕は彼がもう一度顔を上げた時に目が合うよう、子豪を見つめて言った。

「税金か」

「そうですよ。どうしてあんな機能を入れてしまったんですか」

すがるような目で、子豪は僕を見つめていた。

「子豪さん、あなたは世界が悪くなっていると思う？」

「ええ」

間髪を入れず子豪が頷く。それが普通の感覚だ。

「僕はそれほど悪くないと思ってるんだ。中国だってそうだよ。行くたびに良くなる。特に今回は驚いた」

「それは、文椎さんが外から見ているからですよ。金儲けが上手くなっただけです」

「豊かになったのは嘘？　多数派攻撃を恥ずかしいと思う心や、ロシアやアメリカが参入できるような国債を作るつもりになったのは、今すぐ死なないっていう余裕だよ。豊かさがあなたや美雨を変えたんだ。呉さんもね」

「税金と何の関係があるんですか」

「ちょっと待って。もう少しいいかな。僕はずっと日本の会社でアプリを作ったり、ドローンを売ったりしてた。だけど、仕事をやればやるほど、普通の人たちを見なくなっていった。クレームをつけてくる何千人にひとりのお客さんとだけ話をしたり、数十個だけ余計に売るために足を棒のようにして歩き回ったりね。そうやって、普通のことがわからなくなっていく。〈オクスペッカー〉だって同じだよ。問題がある国ばかりに目がいってしまう。例えば検閲されてる中国とかね。少しずつ良くなっていく普通の人たちが見えなくなる」

　そこで息をついて、じっと僕の目を見つめている子豪の様子を窺った。目的の署名を手に入れて落ち着いたのだろうか、ナプキンの下で揺れていた銃口はもう動いていない。

　僕は、呉に聞かれてからずっと考えていたことを口にした。

「恵まれた人たちだけが使う仮想通貨なら、納税なんて入れなかったかもしれない。でも、一万両に惹かれてくる人たちは違うでしょう。税金だって普通に支払ってるはずだよ。僕は〈両〉を、そんな普通のものにしたかったんだ――あ」

「どうしたんですか」

盲点だった。何も税金でなくたってよかったのかもしれない。

「赤十字とかユニセフとか、自分の選ぶＮＰＯとかに寄付するのはどうだろう」

瞬きした子豪がぷっと吹き出した。

「文椎さん、それはただの自己満足ですよ」

その時、すっと気温が下がった。

空を雲が覆い尽くしていた。ついさっき見えた入道雲が走ってきたのだ。もうすぐスコールが降るだろう。ふわりと降ってきた寄付というアイディアが急速に馬鹿げたものに思えてきた。

「そうか、それもそうだね。自己満足だ」

僕は空に向かって笑い声をあげた。

ラミネート加工されたカードを左手でもてあそんでいた子豪は、ゆっくりと口を開いた。

「黄さんは、〈両〉に大きな感銘を受けていました。これなら胸を張って世界に問うことができる。そう言って電子署名を作り、ホテルから国債と〈両〉をアップロードしました。プログラムが全世界の〈律鎖〉サーバーに浸透するのを待って、文椎さんに二億両を送金して……。そして、美雨に通報するよう頼んだんです」

そして納得できなかった子豪は合肥を飛び出した。

やはり独断だったのだ。僕は念のために聞いてみた。

「財政部と中国政府は納得したの？」

「ええ。美雨の説明を聞いて、政策にすることを決めました。今後は美雨が、国債と〈両〉を扱う仮想通貨部局の司長になります。僕は……」

納税するシステムを消すために呉の署名を盗んで逃げてきた、というわけか。

子豪はカードをテーブルに載せた。

「やっぱりお返しします。僕は〈両〉に何もしていない」

「できますよ」

僕はカードのラミネートを破いて中の紙切れを取り出し、取り分け用の皿に載せた。映画ならライターを使うところだ。

生暖かい風が吹いて、パラソルを回り込んできたスコールの一粒が皿に落ちる。雨粒はQRコードのインクに落ちた。

はっと目を見開いた子豪は、ぶかぶかのスーツの内ポケットから、四つ折りの紙を取り出した。呉の電子署名コードが書かれたその紙を破りながら、僕の紙切れの横に置く。二粒、三粒と落ちてきた雨が二つのQRコードを滲ませる。

正方形のコードから浮き上がったインクが皿を薄墨《うすずみ》色に染めていく。

これで、世界中のサーバーにコピーされた〈両〉を修正することはできなくなる。

雨音を聞きながら皿を見つめていた僕の耳に、子豪の声が届いた。

「さようなら」

スーツの左肩を雨に濡らした子豪が立ち上がっていた。その顔からは先程までの悩みが消えていた。顔の向こうではわずかに開いた雲の隙間から、まだ陽光を受けている入道雲がオレンジ色に輝いていた。

「どうするんですか？」

「国外で〈両〉を宣伝して回ります。中国政府がこの政策を実施している間は、署名を捨てたことをお目こぼししてもらえるでしょう」

彼は人生をかけてしまった。僕よりもずっと強い意志で、僕の思いつきを実行していくことになる。

「また会えるかな」

首を横に振った子豪は、噴水の脇を通り抜けてフードコートの青黒い影の中に姿を消した。雨は上がっていた。

僕は皿にコップの水をかけてわずかにＱＲコードの痕跡を残している紙を揉み、バラバラにちぎっていく。作業に没頭していると、目の前にスーツ姿の女性が立っていた。

誰だろうと視線を上げていった僕は、彼女が抱えているトートバッグに〈コインソーシアム2〉と書かれているのに気づいた。アニーだ。

僕が挨拶する前に彼女は口を開いた。

「ヤスヒロさん、どうして雨の降りこむ席に座ってるんですか。テーブル濡れてますよ」

僕は皿の中の紙切れを、噴水のプールに流しながら答えた。

「友人と会ってまして。ちょっとした頼まれごとです」

「本当にすぐに会えましたね。いきなり中国に行くなんて言うから、どうしたのかと思っていました」

どこから話せばいいだろう。

「そうそう、ヤスヒロさん。リャンってご存知ですか？　始皇帝が統一した通貨単位と同じ名前の仮想通貨」

「そうだったんだ」

僕は目を見開いた。〈両〉という名前は千両箱から小判をばらまく義賊の姿から思いついたのだが、中国にそのルーツがあるとは思いもしなかった。考えてみれば当然のことだ。

ピントのずれた答えにアニーは笑顔を浮かべていた。中国に行ってる間に、英語が鈍ったと思ったのだろう。僕の手を取って立たせたアニーは、空いた席のどれに座ろうかと選びながら、ゆっくりとした英語で話しはじめた。

「今日、中国政府が発表した仮想通貨なんですけど、すごいシステムなんですよ。ユニバーサルインカムが組み込まれていて、〈アリペイ〉でも使えるようになるんですって。リー・メイユーっていう女性ディレクターの会見も見たけど、何よりすごいのが源泉徴収ね。マレーシア政府でも緊急タスクフォースを組むことになったのよ。もう百五十ドルぐらいの納税申告があってね――」

「よかった。本当に」

僕の言葉に何かを感じ取ったのか、アニーは振り返った。

「どうしたの？」

どれだけでも話すことがある。

まずは僕のウォレットに振り込まれた二億両を〈コインソーシアム〉に寄付するのだ。でもその前に、言わなければならないことがある。

小さなアニーの体を軽く抱きしめた。

「ただいま」

僕はこの世界に、人と繋がっていられる場所に戻ってきた。

解説

高橋征義（達人出版会）

本書『ハロー・ワールド』はすごい。が、そのすごさは案外伝えにくい。

まず「IT技術に詳しい人も詳しくない人も自然に楽しめる」ところがすごい。これはつまり、作品を読んでも「すごくない」ように読めるということでもある。すごくなさがすごい、というのが分かりにくい。

IT技術者にとって自然に読める文章というのは、一般のエンターテインメント読者にとっては意味不明なものになりがちである。とりわけ現代のIT技術は、本書にも書かれているようにネットがその核にある。技術者はネットを駆使しているというより「ネットに住んでいる」という言い方もされるほどだ。独特な術語も多い。海外でも「ジャーゴンファイル」なるスラング辞典は八〇年代から編まれていた。

用語はなんとかなるにせよ、技術的な内容はさらに難関である。分かりやすく説明するのも難しいし、力を入れすぎて小説が技術解説書になってしまっては意味がない。そのため、素人にもそれっぽく見えやすい、派手なお話になりがちだ。

本書はそうではない。過剰な演出もなく、ネット企業などで見かけそうな普通の技術者の姿が描かれている。読んでいて違和感がない。それでいて、しっかり一般向けのエンターテインメントになっている。このさじ加減が素晴らしい。

　こんな芸当ができるのも、著者自身が作中の文椎《ふづい》と同じく「専門を持たない何でも屋」だからなのだろう。

■

　本書の著者である藤井太洋氏は二〇一二年七月、電子書籍「Gene Mapper」でデビューしている。この二〇一二年七月という時期がポイントで、キンドルが日本で発売開始されたのが同年十一月、つまりキンドル以前である。当時は個人の自作小説を大手電子書籍書店サイトで販売することは困難だった。そこで藤井氏が選んだ方針は「自分で専用の電子書籍販売サイトを作り、独力で売る」だった。

「Gene Mapper」サイトは、単独の小説用サイトとしては当時の大手出版社にも負けないほどの立派なサイトだった。そもそも詳細な紹介や各種キャンペーン企画の告知に加えて、著者によるブログも付属していた販促サイトがめずらしかった。しかも、書籍そのものがその場で購入できる。その電子書籍のフォーマットもＰＤＦのみならず、EPUB縦書き版・横書き版や青空文庫形式ファイル（！）に加えて、後日キンドル用専用ファイルやコボ用専用ファイルまで追加された。さらに著者サイトのブログは電子出版技術も発信しており、小説は読まないような技術者にも注目されていた。当時、電子書籍に注目していたのは技術好きが多かったこともあり、それは販促戦略でもあった。

要するに、日本の電子書籍市場が本格化する前に、EPUBなどの電子出版技術、ウェブサイトデザインや決済機能の実装、ソーシャルメディアも含めたマーケティング技術、そしてもちろん読者を惹《ひ》きつける小説技術を一人でこなしていたのが藤井氏だった。絵に描いたような「何でも屋」である。その結果、「Gene Mapper」は同年のキンドル年間ランキングで小説・文芸部門のトップを獲得した。他ジャンルでは商業出版社の作品が並ぶ中での快挙である。

そんな藤井氏が「私小説」と呼ぶ本書の主人公が、何でも屋として活躍するのは不思議ではない。

■

以下、各短編についてそれぞれ触れてみる。（※以下は作品の詳細について触れま

す。未読の方はご注意ください）

「ハロー・ワールド」

表題作であり、本書全体を代表する作品になっている。ＩＴ技術のそれっぽい描き方は本当にうまい。たまたま見つかったセキュリティホールと、それを使うべきかどうかの倫理観に悩む機会はそう多くはない。とりわけ大規模プラットフォームではなかなか遭遇しなそうだ。一方で個々のサービスの脆弱性を見つけてしまい、その対処について逡巡することは誰にでもありうる。その意味では決して誇張された作品ではなく、身近な問題を扱っているとも言える。機能上起きるはずのない現象がなぜか起きてしまい、ぞっとする場面もリアルだ。

「行き先は特異点」

本書では一番シンプルな作品かもしれない。作中でもジンジュが間違えたように、「シンギュラリティ・ポイント＝特異点」という洒落のようなアイデア作品ではあるが、理論的な予想（あるいは願望）であるシンギュラリティ・ポイントを、何の変哲もない場所になぜか様々なものが集まるという物理的な現象として見せる演出が冴《さ》えている。

ちなみにGPSの「特異点」ことロールオーバーは、架空の設定ではなく実在する。現実の二〇一九年四月七日は騒ぎにならなかったが、実際に古いカーナビの中には正常に動作しなくなったものもあったようだ。

「五色革命」

タイの反政府デモは、本解説執筆時点の二〇二〇年にも実際に起きており、政治的混乱は長期化している。示威行動を行う学生の動画を見ながら「これは『五色革命』で予習したやつだ！」と思ったことは一度や二度ではない。

また、二〇二〇年はオンラインイベントも多くなり、ユーチューブなどで実際に配信してみると大きな遅延があることに驚く。本書を読むと、これも技術的な制約によるものではないのかも？　と思ってしまう。

「巨象の肩に乗って」

現実のプロダクトの取り上げ方としては、本作が一番深く掘り下げて扱っていると言えよう。

マストドンは現在でも活発に開発が続けられている。二〇一七年頃の流行はすでに沈静化しているとはいえ、根強い人気がある。

作中、文椎はマストドンからフォーク（分岐）して「オクスペッカー」を新たに立ち上げている。メッセージ暗号化するためだ。

メッセージ暗号化は、マストドン本家でも課題とされていた。マストドン開発の課題管理には作中にも出てくるＧｉｔＨｕｂが使われており、全ての課題や修正依頼には通し番号が振られている。暗号化は一〇九三番の課題として二〇一七年四月から議論されていたが、この機能が実現するための一三八二〇番の修正、「Add end-to-end encryption API」が採用されたのはずっと遅れて二〇二〇年六月であり、しかも同年十二月現在、まだ標準で利用できるようにはなっていない。執筆時点からここに注目していた藤井氏に先見の明があった、とも言えるが、実装が進まない理由もある。信頼できないサーバーを経由していても安全にメッセージを送受信できるようにしつつ、異なるインスタンス・アプリ間での互換性も必要なためだ。文椎はオクスペッカーに裏口を仕掛けることを拒んだが、現実のマストドン関係者もみんな拒みきれるとは限らない。それでも安全性を担保できる仕組みを作るため、マストドンは年単位の時間をかけているのだ。

「めぐみの雨が降る」

前作に直接続く設定であること、中盤からほぼ海外で軟禁されたままという非日常的な設定など、本書中では異色作となっている。

残念ながら、ブロックチェーンと仮想通貨(暗号資産)についてはあまり詳しくないので、本作の「両《リャン》」の優位性や実現可能性については判断できない。中国は「デジタル人民元」の実現を進めているようだが、両のような汎用的かつスマートコントラクトによる自動執行型の仮想通貨を導入するかどうかは疑問もある。

それはさておき、両の設計意図を説明する場面では、藤井作品特有の倫理観を感じる。いたずらに現在の社会を否定するでもなく、さりとて未来を悲観するでもなく、社会は漸進的に改良できるしそうするべき、という信念は技術者には心強い。

文椎が最後、アニーにかける声は、「ハロー・ワールド」という言葉と対になるようでうれしい。

■

藤井氏の小説にはある種の懐かしさを感じることがある。それは主に科学や技術に対するストレートな信頼と肯定する力から来るものだろう。それに加えて本書では「行き先は特異点」で明確な日付が記されていることもあり、「ありえたはずだった二〇二〇年」という一種の郷愁にも似た感覚を覚えた。

新型コロナウイルス感染症がなかった世界。国をまたいだ移動が自由にできた未来……。

作品世界のリアリティが高い分、現実の二〇二〇年にこの世界が失ってしまったものの大きさを改めて痛感してしまう。

しかし、嘆き悲しむことはない。私たちにも私たち自身の明るい未来を描けるし、世界とのつながり方もあるはずだ。いつの時代も技術者はそう信じて技術を育み、培《つちか》ってきた。私たちも新しい技術を使いこなすべく、ハロー・ワールドを書き写すことから始めてみよう。本書はそんな前向きな気持ちになれる作品だ。

ロストバゲージ

「待たせてるね。ごめん」

同伴者にかけた声は、モーターの唸る手荷物受取場《バゲッジクレイム》に吸い込まれるほど小さくはなかったはずだけど、東方航空のロゴが入った動物輸送用ケージから、ジローの返事は返ってこなかった。

二十分前にスタッフに連れてきてもらったときは、四時間ぶりの対面に大騒ぎしていた黒猫のジローだが、僕が機内に持ち込んでいたおやつのチュールを一本食べてから、ケージの中のペットシーツを取り替えたことで、落ち着いてしまったらしい。

膝をついて様子を伺うと、真っ黒な顔の中に輝く金色の瞳が、面倒臭そうに僕の顔を見返してきた。早く遊べるところに出してくださいよ、とでも言いたいのだろう。それとも晩ごはんだろうか。

気持ちはわかる。

今日の午前六時、ホーチミンのコンドミニアムを出発した僕とジローは上海浦東《プードン》国際空港を経由して、ここ中国東北部の長春《チャンチュン》にやってきた。実に十四時間が経とうとしている長い旅のなかで、ジローがケージの外に出ていられたのは、上海浦東空港で外に出たときのほんの二十分ほどだけだ。普段はつけないハーネスとリードをつけて、ベンチの周りをふんふんと嗅いでまわった程度なので、ストレスの解消にはなっていないだろう。

会社を辞めた時、自宅で仕事ができるように模様替えしただけでキャビネットに引きこもっていた彼だ。慣れない場所でくつろげるはずもない。そして申し訳ないことに、これからの二ヵ月、ジローと僕は三つ目の家に住むことになる。

僕はケージの蓋を薄く開けてジローの頭を掻いた。チュールをもう一本もらえると勘違いしたのか、ジローが指を舐めてくる。

「ごめんね。もう持ってない」

僕は喉の絡まった毛の塊に指を差し込んで、喉を鳴らすジローを慰めた。まだ二本残っているのは内緒だ。

しばらくジローの顔を眺めていた僕は、金属を打ち合わせる音にふと顔をあげた。空港のスタッフが放置されたカートをまとめている音だった。ニッケルメッキされたガイドレールがぶつかる音が、長い余韻を残して消えた時、僕は異変に気付いていた。

ベルトコンベアーの周りにいた乗客がいなくなっているのだ。到着便を示す電光掲示板には雲南《ユインナン》と、重慶《チヨンチン》からの到着便だけが表示されていた。僕の乗ってきた東方航空の便名はない。ベルトコンベアの上にあるのは、荷物の取り違いに注意してくださいという意味の注意書きが貼り付けられた小型のスーツケースだけだった。

カートをまとめているスタッフに僕は声をかけた。

「対不起《トゥイブチイー》（ごめんなさい）！ 我上海《ウォシャンハイ》、東方《トンファン》エアライン、バゲッジ这里《チャーリー》（ここ）、可以《クウイ》吗《マ》（OK）？」

文法も何もあったものではない上に、英語を混ぜためちゃくちゃな中国語だが、一番伝えたかった情報はなんとか伝わったらしい。

「上海便？」

首を傾げたスタッフは電光掲示板を振り返ってから、全く聞き取れない早口の中国語を口にした。「了《ラ》」と繰り返していることだけがわかる。僕の戸惑いに気づいた彼は、出口近くにあるオフィスを指差した。

扉のついていない戸口の向こうで、制服姿の女性がパソコンに向かい合っていた。カートを集めていたスタッフに礼を言った僕がオフィスに歩いて行くと、女性は手を止めて外に出てきてくれた。

「私の荷物はどこにありますか」と、英語で問いかけて搭乗券に貼り付けた荷物の引換証を彼女に手渡すと、中国語で「ちょっと待ってください」と言ったスタッフは、首を伸ばして僕が荷物を待っていたベルトコンベアを見つめてから席に戻って、引換証にレーザースキャナーを向ける。赤い十文字の光がバーコードの上に輝いて、彼女は顔を曇らせた。

「你的行李的ＩＤ《ニーダシインリィーダ》（あなたの荷物の番号が）……」

自分でも戸惑っているようだった。

彼女はジローの入っているケージに視線を落としてから顔をあげて、きっぱりと言った。

「没有《メイヨウ》（ありません）」

それから早口になって何かを口にしたが「行李」「上海」「机場《チーチャン》（空港）」などの言葉が使われていることしかわからなかった。だが、言いながら彼女がやってみせた手振り――銃を持つような手つきで僕の荷物票を狙い、それから首を横に振ってから「没有《メイヨウ》」と繰り返したことで、僕にははっきりとわかった。

息を吸い込んだ僕の喉元にせり上がってきた言葉は「shit（クソ）」だった。だが、味方のいないこの場所で怒りをあらわにしてはならない。特に目の前の彼女には、誰よりも僕の味方になってもらわなければならない。

名札には「雲」と書いてある。助かった、これなら呼びかけられる。

た。

僕は「雲《ユイン》女士《ニューシー》（雲さん）」と呼びかけた。

「つまり、東方航空はこのIDを記録していないということ？」

ゆっくり区切った英語で聞くと、雲は首を横に振り、手を交差させるように振った。

「対《トゥイ》対《トゥイ》、没有（そうです。ありません）。対不起（ごめんなさい）」

「うわあ」と漏れた声に、自分で驚いて口をつぐむ。

ロストバゲージだ。

もちろん初めての経験ではない。確か三度目のはずだ。パリ出張から戻るときに荷物が遅れて到着したことがある。二度目はバンコクから東京に帰るときに、なぜかスーツケースの片方だけがニュージーランドに運ばれていた。どちらのケースでも引換証のIDを伝えれば、荷物がどこにあるのかはすぐにわかった。

だけど今回は最悪だ。上海浦東空港のどこかに放置されているなら、業務を終えるときや再開するときに見つかるかもしれないが、何かの手違いで別の空港に運ばれていたら探しようもない。

いつの間にか、カウンターにはもう一人のスタッフがやってきていた。こちらも女性だ。事情を聞き終えた彼女は部屋の奥を指差して、何やら雲に命令した。すぐに動いた雲だが、キャビネットから書類を取り出して帰ってくる彼女の足取りが重いのがわかった。

中国語だけで書かれた書類は、手荷物の損傷を保険会社に伝えるための報告書だった。被害総額の欄もある。なるほど、これで追い払おうというわけか。

僕はなんとか笑顔を作って、ゆっくりと英語で言った。

「これを書いたら、あなたたちは探すのをやめるでしょう」

雲と、後からやってきた、上司らしい女性スタッフは戸惑いがちに頷いた。

「それでは困るんです」

僕は腕時計を指差した。

「スーツケースを預けてから、まだ、五時間も経っていません。上海に問い合わせてください。きっとあるはずです」

顔を見合わせた二人だが、上司の方は肩をすくめてその場を去った。あっけにとられていると、雲は報告書をひっくり返して、袖のポケットからボールペンを添えて差し出してきた。

「対不起《トゥイプチィー》（申し訳ありません）。请写下行李的特点《チンシエシアシインリイーダトウテイエン》（荷物の特徴を書いてください）」

「謝謝《シエシエ》（ありがとうございます）」

最悪の状況だが、少なくとも味方は一人捕まえた。

もう一つのお願いだ。

僕はジローの入ったケージを指差した。

「荷物の行方がわかるまで、このケージを貸してください。スーツケースに、彼を連れて運ぶためのキャリーバッグが入っているんです」

「猫《マオ》？」

腰をかがめた雲はケージの中を透かし見てから、ゆっくりと英語で言った。

「探します。電話をかけます。ロビーで待っていてください」

礼を言った僕は、引き返し禁止と書かれたドアを通り抜けて、人もまばらなロビーに足を踏み出した。

＊

そもそも僕が中国東北部の都市、長春にやってきたのは、吉林《きつりん》省が開催する暗号通貨開発会議に招かれたためだ。声をかけてきたのは、中国政府が運営する仮想通貨〈两《リャン》〉の責任者、美雨《メイユー》だった。

誘われたとき、まず僕は罠だと思った。

中国政府との因縁は浅くない。暗号化通信プラットフォームの〈オクスペッカー〉では国家安全保障を脅かしているし、暗号通貨の〈两〉を作った時は、勝手に大盤振る舞いのユニバーサル・インカムを配布する機能を作り込んでいたりもする。スパイ映画の登場人物なら、拐《さら》われて拷問される対象だし、もしも同じことを中国人がやっていれば、逮捕されるのは間違いない。

だけど僕は話に乗ることにした。

人に会いたくなったからだ。

ホーチミンに借りているコンドミニアムの一室で仕事をしていると、人と会う機会がどんどん減っていく。毎日のように世界各地のエンジニアやNPOのスタッフたちとビデオ会議はしているけれど、変わらない顔ぶれに、僕は満足できなくなっていた。

美雨は「警戒するのはわかるけれど」と前置きしてから会議の内容を説明してくれた。

長春《ちょうしゅん》工業大学に仮想通貨の研究センターを作ることにした吉林省の、こけら落としに相当する会議だという。二ヵ月間続く会議の期間、五つの大ホールでは世界各国から招いた百五十名のゲストが代わる代わる登壇して、仮想通貨について語り尽くすのだという。

ゲストの顔ぶれは、中国の国力を表すかのようにバラエティ豊かだった。よく名前を聞くアメリカやEU各国の開発者はもちろんのこと、西側ではあまり顔を出さないロシアとサウジアラビア、アラブ首長国連邦、そしてアフリカの国々から総勢百五十名が集まるのだという。北朝鮮のエンジニアまで参加すると聞いた僕は驚いたが、中国という現象は、世界を呑み込もうとしているのだと納得した。

予想はしていたが、日本からの参加者はいなかった。名前で日本人だろうと見当をつけられたのは、僕のほかにシンガポールからやってきている一人だけだ。

美雨は〈两〉に関する発表と、大学に新築された滞在型ゲストハウスへの長期滞在、そして結構な額のギャランティを提示してきたが、僕の気持ちを動かしたのは、猫を連れてきていいという言葉と、合宿に参加するエンジニアの人数だった。二ヵ月間ぶっ通しで滞在するエンジニアが五十名にものぼるというのだ。

それだけいれば、新たなコネクションが生まれる。ベトナムの次に行く国を探すこともできるだろう。ベトナムから地続きで移動できる国に、条件のいい国は多くない。マレーシアは検討してみたが、他の開発者との出会いが増えそうな気がしなかった。

長春と聞いた僕はシベリア鉄道を使って陸路でヨーロッパ入りすることを考えていた。なんといっても、航空機のストレスを気にすることなく、ジローと一緒に動いていけるのは魅力的だった。

僕は、ホーチミンのコンドミニアムを引き払うつもりで荷造りをした。東京から引っ越して一年ほど住んでいたのだが、驚いたことに私物はほとんど増えていなかった。開発に使っているｉＭａｃ《アイマック》のデータを全部クラウドにアップロードすると、僕はｉＭａｃの中身を空っぽにしておいた。

どうしても捨てられないものは、驚いたことに大ぶりなスーツケースに入ってしまった。

それがなくなったのだ。

＊

結局、僕は空港で一夜を明かすことになった。ホテルをとってもよかったのだが、上海空港の業務終了を待っていたら、午前二時になってしまったのだ。

寝床はロビーに置いてあったマッサージチェアだ。どこからちょろまかしてきたのか、雲がビジネスクラスのアメニティを一揃い持ってきてくれたので、肌触りのいい毛布とスリッパに履き替えた僕は、背もたれを思いっきり倒して体を休めることができた。

美雨とも連絡がついた。

空港で過ごしていると聞いて驚いた美雨は、朝になったらゲストハウスのスタッフに迎えに行かせると約束してくれた。滞在に必要なものなら、購入するためのお金も用意してくれる、とも申し出てくれた。

誰よりも災難だったのはジローのはずだが、怒らず、パニックになることもなく、ケージの中で眠っていてくれた。

深夜、人目がなくなった時にケージから出して、散歩に連れていったのもよかったのかもしれない。駐車場脇の植え込みにしゃがみ込んで用を済ませたジローは「帰りましょうよう」とでもいうかのように僕の足にすり寄ってきた。

僕はリードがしっかりと首輪につながっていることを確かめて、毛布の下に抱え込んで眠った。

猫をケージから出していることに空港のスタッフが気づかないわけもないが、どうやら大目に見てくれたようだ。

何度目かに目が覚めた時、ロビーの天井がオレンジ色に染まってることに気づいた。

朝だ、と思った僕の目の前でオレンジ色の輝きは赤みを減らしながら、壁を伝って降りてきて、マッサージチェアを包み込んだ。

体温がぐっと跳ね上がる。

朝の光で見た長春龍嘉国際空港《チャンチユンロンシアン》は、世界のどこにでもある地方空港だった。

ジローはケージに戻っていた。

うずくまっているジローの身体の下に指を差し込んで喉を探りあてる。撫でながら「緊張してるよね」と声をかけると、心地よい振動が返ってきた。

「しばらくは迷惑をかけるよ。しばらくだよ。たぶんね」

その声に応えるように、ジローは体をもぞりと動かした。

美雨が手配した迎えが来たら、まずはスーパーマーケットに行こう。ジローが食べられるものも置いてあるはずだ。

荷物をなくした恐れは去っていた。

服は買い直せばいい。データはクラウドにある。手元のカバンに入っているＭａｃＢｏｏｋさえあれば、なんとでもなる。

何よりジローがいる。

マッサージチェアのリクライニングを戻している僕の目は、手荷物受取場のドアが開くのを捉えた。ガラス戸をこちらに押している人影は、雲だ。

僕はメモ帳を開いて、昨夜調べて置いた単語をひとつ選んだ。通じろ。

「你的行李《ニーダシインリィー》（僕の荷物）？」

「対《トゥイ》（そう）！」

叫びかえしてきた雲の顔には、ここからでもはっきりとわかる笑顔が浮かんでいた。

この作品は二〇一八年十月に小社より単行本として刊行されました。

|著者|藤井太洋　1971年奄美大島生まれ。2012年、ソフトウェア会社に勤務する傍ら執筆した長編『Gene Mapper』を電子書籍で個人出版し、同年のKindle本「小説・文芸部門」で最多販売数を得て大きな話題となる。大幅な加筆修正をした増補完全版『Gene Mapper-full build-』が2013年に出版された。2015年に『オービタル・クラウド』で第35回日本SF大賞、第46回星雲賞（日本長編部門）、2019年に本作で第40回吉川英治文学新人賞を受賞。他の著書として『アンダーグラウンド・マーケット』『ビッグデータ・コネクト』『公正的戦闘規範』『東京の子』『ワン・モア・ヌーク』『距離の嘘』などがある。

ハロー・ワールド

藤井太洋《ふじいたいよう》

2021年3月12日第1刷発行
2024年11月12日第2刷発行

発行者――篠木和久
発行所――株式会社　講談社
東京都文京区音羽2-12-21　〒112-8001
電話　出版（03）5395-3510
　　　販売（03）5395-5817
　　　業務（03）5395-3615

Printed in Japan

KODANSHA

デザイン―菊地信義
本文データ制作―講談社デジタル製作
印刷―――株式会社KPSプロダクツ
製本―――株式会社KPSプロダクツ

ISBN978-4-06-522822-7

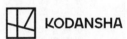

講談社文庫刊行の辞

二十一世紀の到来を目睫に望みながら、われわれはいま、人類史上かつて例を見ない巨大な転換期をむかえようとしている。

世界も、日本も、激動の予兆に対する期待とおののきを内に蔵して、未知の時代に歩み入ろうとしている。このときにあたり、創業の人野間清治の「ナショナル・エデュケイター」への志を現代に甦らせようと意図して、われわれはここに古今の文芸作品はいうまでもなく、ひろく人文・社会・自然の諸科学から東西の名著を網羅する、新しい綜合文庫の発刊を決意した。

激動の転換期はまた断絶の時代である。われわれは戦後二十五年間の出版文化のありかたへの深い反省をこめて、この断絶の時代にあえて人間的な持続を求めようとする。いたずらに浮薄な商業主義のあだ花を追い求めることなく、長期にわたって良書に生命をあたえようとつとめるところにしか、今後の出版文化の真の繁栄はあり得ないと信じるからである。

同時にわれわれはこの綜合文庫の刊行を通じて、人文・社会・自然の諸科学が、結局人間の学にほかならないことを立証しようと願っている。かつて知識とは、「汝自身を知る」ことにつきていた。現代社会の瑣末な情報の氾濫のなかから、力強い知識の源泉を掘り起し、技術文明のただなかに、生きた人間の姿を復活させること。それこそわれわれの切なる希求である。

われわれは権威に盲従せず、俗流に媚びることなく、渾然一体となって日本の「草の根」をかたちづくる若く新しい世代の人々に、心をこめてこの新しい綜合文庫をおくり届けたい。それは知識の泉であるとともに感受性のふるさとであり、もっとも有機的に組織され、社会に開かれた万人のための大学をめざしている。大方の支援と協力を衷心より切望してやまない。

一九七一年七月

野間省一

講談社文庫　目録

本城雅人 シューメーカーの足音
本城雅人 ミッドナイト・ジャーナル
本城雅人 紙の城
本城雅人 監督の問題
本城雅人 去り際のアーチ〈もう一打席!〉
本城雅人 時代
本城雅人 オールドタイムズ
堀川惠子 裁かれた命〈死刑囚から届いた手紙〉
堀川惠子 死刑の基準〈「永山裁判」が遺したもの〉
堀川惠子 永山則夫〈封印された鑑定記録〉
堀川惠子 教誨師
堀川惠子 戦禍に生きた演劇人たち〈演出家・八田元夫と「桜隊」の悲劇〉
堀川惠子 暁の宇品〈陸軍船舶司令官たちのヒロシマ〉
堀川惠子 小笠原信之 チンチン電車と女学生〈1945年8月6日・ヒロシマ〉
誉田哲也 Qros《キュロス》の女
松本清張 草の陰刻
松本清張 黄色い風土
松本清張 黒い樹海
松本清張 殺人行おくのほそ道(上)(下)
松本清張 邪馬台国 清張通史①
松本清張 空白の世紀 清張通史②
松本清張 カミと青銅の迷路 清張通史③
松本清張 天皇と豪族 清張通史④
松本清張 壬申の乱 清張通史⑤
松本清張 古代の終焉 清張通史⑥
松本清張 新装版 増上寺刃傷
松本清張他 日本史七つの謎
松本清張 ガラスの城〈新装版〉
松谷みよ子 ちいさいモモちゃん
松谷みよ子 モモちゃんとアカネちゃん
松谷みよ子 アカネちゃんの涙の海
眉村卓 ねらわれた学園
眉村卓 なぞの転校生
麻耶雄嵩 翼ある闇〈メルカトル鮎最後の事件〉
麻耶雄嵩 痾《あ》
麻耶雄嵩 メルカトルかく語りき
麻耶雄嵩 夏と冬の奏鳴曲《ソナタ》〈新装改訂版〉
麻耶雄嵩 メルカトル悪人狩り
麻耶雄嵩 神様ゲーム
町田康 耳そぎ饅頭
町田康 権現の踊り子
町田康 浄土
町田康 猫にかまけて
町田康 猫のあしあと
町田康 猫とあほんだら
町田康 猫のよびごえ
町田康 真実真正日記
町田康 宿屋めぐり
町田康 人間小唄
町田康 スピンク日記
町田康 スピンク合財帖
町田康 スピンクの壺
町田康 スピンクの笑顔
町田康 ホサナ
町田康 猫のエルは
町田康 記憶の盆をどり
舞城王太郎 煙か土か食い物〈Smoke, Soil or Sacrifices〉

舞城王太郎　好き好き大好き超愛してる。
舞城王太郎　私はあなたの瞳の林檎
舞城王太郎　されど私の可愛い檸檬
舞城王太郎　畏《おそ》れ入谷《いりや》の彼女の柘榴《ざくろ》
舞城王太郎　短篇七芒星
真山　仁　虚像の砦
真山　仁　新装版 ハゲタカ(上)(下)
真山　仁　新装版 ハゲタカII(上)(下)
真山　仁　レッドゾーン(上)(下)
真山　仁　グリード〈ハゲタカIV〉(上)(下)
真山　仁　ハーディ〈ハゲタカ2・5〉(上)(下)
真山　仁　スパイラル〈ハゲタカ4・5〉
真山　仁　シンドローム〈ハゲタカ5〉(上)(下)
真山　仁　そして、星の輝く夜がくる
真梨幸子　孤《こ》虫《ちゅう》症《しょう》
真梨幸子　深く深く、砂に埋めて
真梨幸子　女ともだち
真梨幸子　えんじ色心中
真梨幸子　カンタベリー・テイルズ
真梨幸子　イヤミス短篇集
真梨幸子　人生相談。
真梨幸子　私が失敗した理由は
真梨幸子　三匹の子豚
真梨幸子　まりも日記
松本裕士　兄弟〈追憶のhide〉
円居　挽 原作 福本伸行　カイジ ファイナルゲーム 小説版
松岡圭祐　探偵の探偵
松岡圭祐　探偵の探偵II
松岡圭祐　探偵の探偵III
松岡圭祐　探偵の探偵IV
松岡圭祐　水鏡推理
松岡圭祐　水鏡推理II〈インパクトファクター〉
松岡圭祐　水鏡推理III〈パレイドリア・フェイス〉
松岡圭祐　水鏡推理IV〈アノマリー〉
松岡圭祐　水鏡推理V〈ニュークリアフュージョン〉
松岡圭祐　水鏡推理VI〈クロノスタシス〉
松岡圭祐　探偵の鑑定I
松岡圭祐　探偵の鑑定II
松岡圭祐　万能鑑定士Qの最終巻〈ムンクの〈叫び〉〉
松岡圭祐　黄砂の籠城(上)(下)
松岡圭祐　シャーロック・ホームズ対伊藤博文
松岡圭祐　八月十五日に吹く風
松岡圭祐　生きている理由
松岡圭祐　黄砂の進撃
松岡圭祐　瑕《か》疵《し》借り
松原　始　カラスの教科書
益田ミリ　五年前の忘れ物
益田ミリ　お茶の時間
マキタスポーツ　一億総ツッコミ時代〈決定版〉
丸山ゴンザレス　ダークツーリスト〈世界の混沌《カオス》を歩く〉
松田賢弥　したたか 総理大臣・菅義偉の野望と人生
真下みこと　#柚《ゆ》莉《り》愛《あ》とかくれんぼ
真下みこと　あさひは失敗しない
松野大介　インフォデミック〈コロナ情報氾濫〉
松居大悟　またね家族
前川　裕　逸脱刑事
前川　裕　感情麻痺学院

講談社文庫　目録

柾木政宗　NO推理、NO探偵?〈謎、解いてます!〉
三島由紀夫／TBSヴィンテージクラシックス編　告白　三島由紀夫未公開インタビュー
三浦綾子　ひつじが丘
三浦綾子　岩に立つ
三浦綾子　あのポプラの上が空〈新装版〉
三浦明博　滅びのモノクローム
三浦明博　五郎丸の生涯
宮尾登美子　新装版　天璋院篤姫 (上)(下)
宮尾登美子　新装版　一絃の琴
宮尾登美子　東福門院和子《まさこ》の涙 (上)(下)〈レジェンド歴史時代小説〉
皆川博子　クロコダイル路地
宮本輝　骸骨ビルの庭 (上)(下)
宮本輝　新装版　二十歳《はたち》の火影《ほかげ》
宮本輝　新装版　命の器
宮本輝　新装版　避暑地の猫
宮本輝　新装版　ここに地終わり　海始まる (上)(下)
宮本輝　新装版　花の降る午後 (上)(下)
宮本輝　新装版　オレンジの壺 (上)(下)
宮本輝　にぎやかな天地 (上)(下)

宮本輝　新装版　朝の歓び (上)(下)
宮城谷昌光　夏姫春秋 (上)(下)
宮城谷昌光　花の歳月
宮城谷昌光　重《ちょう》耳《じ》 (全三冊)
宮城谷昌光　介《かい》子《し》推《すい》
宮城谷昌光　孟嘗君　全五冊
宮城谷昌光　子産 (上)(下)
宮城谷昌光　湖底の城〈呉越春秋〉一
宮城谷昌光　湖底の城〈呉越春秋〉二
宮城谷昌光　湖底の城〈呉越春秋〉三
宮城谷昌光　湖底の城〈呉越春秋〉四
宮城谷昌光　湖底の城〈呉越春秋〉五
宮城谷昌光　湖底の城〈呉越春秋〉六
宮城谷昌光　湖底の城〈呉越春秋〉七
宮城谷昌光　湖底の城〈呉越春秋〉八
宮城谷昌光　湖底の城〈呉越春秋〉九
宮城谷昌光　俠骨記〈新装版〉
水木しげる　コミック昭和史1〈関東大震災～満州事変〉
水木しげる　コミック昭和史2〈満州事変～日中全面戦争〉

水木しげる　コミック昭和史3〈日中全面戦争～太平洋戦争開始〉
水木しげる　コミック昭和史4〈太平洋戦争前半〉
水木しげる　コミック昭和史5〈太平洋戦争後半〉
水木しげる　コミック昭和史6〈終戦から朝鮮戦争〉
水木しげる　コミック昭和史7〈講和から復興〉
水木しげる　コミック昭和史8〈高度成長以降〉
水木しげる　敗走記
水木しげる　白い旗
水木しげる　姑《クー》娘《ニャン》
水木しげる　決定版　日本妖怪大全〈妖怪・あの世・神様〉
水木しげる　ほんまにオレはアホやろか
水木しげる　総員玉砕せよ!〈新装完全版〉
宮部みゆき　新装版　震える岩〈霊験お初捕物控〉
宮部みゆき　新装版　天狗風〈霊験お初捕物控〉
宮部みゆき　ICO《イコ》―霧の城― (上)(下)
宮部みゆき　ぼんくら (上)(下)
宮部みゆき　新装版　日暮らし (上)(下)
宮部みゆき　おまえさん (上)(下)
宮部みゆき　小暮写眞館 (上)(下)

宮部みゆき　ステップファザー・ステップ〈新装版〉
宮子あずさ　看護婦が見つめた人間が死ぬということ
宮本昌孝　家康、死す（上）（下）
三津田信三　忌《い》館《かん》〈ホラー作家の棲む家〉
三津田信三　作者不詳〈ミステリ作家の読む本〉（上）（下）
三津田信三　蛇《じゃ》棺《かん》葬《そう》
三津田信三　百《ひゃく》蛇《じゃ》堂《どう》〈怪談作家の語る話〉
三津田信三　厭魅《まじもの》の如き憑くもの
三津田信三　凶鳥《まがとり》の如き忌むもの
三津田信三　首無《くびなし》の如き祟るもの
三津田信三　山魔《やまんま》の如き嗤《わら》うもの
三津田信三　水魑《みづち》の如き沈むもの
三津田信三　密室《ひめむろ》の如き籠《こも》るもの
三津田信三　生霊《いきだま》の如き重《だぶ》るもの
三津田信三　幽女《ゆうじょ》の如き怨むもの
三津田信三　碆霊《はえだま》の如き祀るもの
三津田信三　魔偶《まぐう》の如き齎《もたら》すもの
三津田信三　忌名《いな》の如き贄《にえ》るもの
三津田信三　シェルター　終末の殺人
三津田信三　ついてくるもの
三津田信三　誰かの家
三津田信三　忌《い》物《よっ》堂《どう》鬼《き》談《だん》
道尾秀介　カラスの親指〈by rule of CROW's thumb〉
道尾秀介　カエルの小指〈a murder of crows〉
道尾秀介　水の柩
深《み》木《き》章《あき》子《こ》　鬼畜の家
湊かなえ　リバース
宮内悠介　彼女がエスパーだったころ
宮内悠介　偶然の聖地
宮《みや》乃《の》崎《さき》桜《さくら》子《こ》　綺《き》羅《ら》の皇《ひめ》女《みこ》(1)
宮乃崎桜子　綺羅の皇女(2)
三國青葉　損料屋見鬼《けんき》控え　1
三國青葉　損料屋見鬼控え　2
三國青葉　損料屋見鬼控え　3
三國青葉　福猫屋〈お佐和のねこだすけ〉
三國青葉　福猫屋〈お佐和のねこかし〉
三國青葉　福猫屋〈お佐和のねこわずらい〉
三國青葉　母上は別《べっ》式《しき》女《め》
宮西真冬　誰かが見ている
宮西真冬　首の鎖
宮西真冬　友達未遂
宮西真冬　毎日世界が生きづらい
南杏子　希望のステージ
嶺里俊介　だいたい本当の奇妙な話
嶺里俊介　ちょっと奇妙な怖い話
溝口敦　喰うか喰われるか〈私の山口組体験〉
三谷幸喜
松野大介　三谷幸喜　創作を語る
村上龍　愛と幻想のファシズム（上）（下）
村上龍　村上龍料理小説集
村上龍　新装版　限りなく透明に近いブルー
村上龍　新装版　コインロッカー・ベイビーズ
村上龍　歌うクジラ（上）（下）
向田邦子　新装版　眠る盃
向田邦子　新装版　夜中の薔薇
村上春樹　風の歌を聴け
村上春樹　1973年のピンボール
村上春樹　羊をめぐる冒険（上）（下）

村上春樹 カンガルー日和
村上春樹 回転木馬のデッド・ヒート
村上春樹 ノルウェイの森(上)(下)
村上春樹 ダンス・ダンス・ダンス(上)(下)
村上春樹 遠い太鼓
村上春樹 国境の南、太陽の西
村上春樹 やがて哀しき外国語
村上春樹 アンダーグラウンド
村上春樹 スプートニクの恋人
村上春樹 アフターダーク
村上春樹 佐々木マキ絵 羊男のクリスマス
村上春樹 佐々木マキ絵 ふしぎな図書館
村上春樹 糸井重里 夢で会いましょう
村上春樹・文 安西水丸・絵 ふわふわ
U・K・ル＝グウィン 村上春樹訳 空飛び猫
U・K・ル＝グウィン 村上春樹訳 帰ってきた空飛び猫
U・K・ル＝グウィン 村上春樹訳 素晴らしいアレキサンダーと、空飛び猫たち
U・K・ル＝グウィン 村上春樹訳 空を駆けるジェーン
T・ファリッシュ著 B・ルート絵 村上春樹訳 ポテト・スープが大好きな猫

村山由佳 天翔る
睦月影郎 密通妻
睦月影郎 快楽アクアリウム
向井万起男 渡る世間は「数字」だらけ
村田沙耶香 授乳
村田沙耶香 マウス
村田沙耶香 星が吸う水
村田沙耶香 殺人出産
村瀬秀信 気がつけばチェーン店ばかりでメシを食べている
村瀬秀信 それでも気がつけばチェーン店ばかりでメシを食べている
村瀬秀信 地方に行っても気がつけばチェーン店ばかりでメシを食べている
虫眼鏡 東海オンエアの動画が6.4倍楽しくなる本〈虫眼鏡の概要欄 クロニクル〉
森村誠一 悪道
森村誠一 悪道 西国謀反
森村誠一 悪道 御三家の刺客
森村誠一 悪道 五右衛門の復讐
森村誠一 悪道 最後の密命
森村誠一 ねこの証明
毛利恒之 月光の夏

森博嗣 すべてがFになる〈THE PERFECT INSIDER〉
森博嗣 冷たい密室と博士たち〈DOCTORS IN ISOLATED ROOM〉
森博嗣 笑わない数学者〈MATHEMATICAL GOODBYE〉
森博嗣 詩的私的ジャック〈JACK THE POETICAL PRIVATE〉
森博嗣 封印再度〈WHO INSIDE〉
森博嗣 幻惑の死と使途〈ILLUSION ACTS LIKE MAGIC〉
森博嗣 夏のレプリカ〈REPLACEABLE SUMMER〉
森博嗣 今はもうない〈SWITCH BACK〉
森博嗣 数奇にして模型〈NUMERICAL MODELS〉
森博嗣 有限と微小のパン〈THE PERFECT OUTSIDER〉
森博嗣 黒猫の三角〈Delta in the Darkness〉
森博嗣 人形式モナリザ〈Shape of Things Human〉
森博嗣 月は幽咽のデバイス〈The Sound Walks When the Moon Talks〉
森博嗣 夢・出逢い・魔性〈You May Die in My Show〉
森博嗣 魔剣天翔〈Cockpit on knife Edge〉
森博嗣 恋恋蓮歩の演習〈A Sea of Deceits〉
森博嗣 六人の超音波科学者〈Six Supersonic Scientists〉
森博嗣 捩れ屋敷の利鈍〈The Riddle in Torsional Nest〉
森博嗣 朽ちる散る落ちる〈Rot off and Drop away〉

森　博嗣　赤　緑　黒　白〈Red Green Black and White〉
森　博嗣　四季　春～冬
森　博嗣　φ《ファイ》は壊れたね〈PATH CONNECTED φ BROKE〉
森　博嗣　θ《シータ》は遊んでくれたよ〈ANOTHER PLAYMATE θ〉
森　博嗣　τ《タウ》になるまで待って〈PLEASE STAY UNTIL τ〉
森　博嗣　ε《イプシロン》に誓って〈SWEARING ON SOLEMN ε〉
森　博嗣　λ《ラムダ》に歯がない〈λ HAS NO TEETH〉
森　博嗣　η《イータ》なのに夢のよう〈DREAMILY IN SPITE OF η〉
森　博嗣　目薬　α《アルファ》で殺菌します〈DISINFECTANT α FOR THE EYES〉
森　博嗣　ジグβ《ベータ》は神ですか〈JIG β KNOWS HEAVEN〉
森　博嗣　キウイγ《ガンマ》は時計仕掛け〈KIWI γ IN CLOCKWORK〉
森　博嗣　χ《カイ》の悲劇〈THE TRAGEDY OF χ〉
森　博嗣　ψ《プサイ》の悲劇〈THE TRAGEDY OF ψ〉
森　博嗣　イナイ×イナイ〈PEEKABOO〉
森　博嗣　キラレ×キラレ〈CUTTHROAT〉
森　博嗣　タカイ×タカイ〈CRUCIFIXION〉
森　博嗣　ムカシ×ムカシ〈REMINISCENCE〉
森　博嗣　サイタ×サイタ〈EXPLOSIVE〉
森　博嗣　ダマシ×ダマシ〈SWINDLER〉

森　博嗣　女王の百年密室〈GOD SAVE THE QUEEN〉
森　博嗣　迷宮百年の睡魔〈LABYRINTH IN ARM OF MORPHEUS〉
森　博嗣　赤目姫の潮解〈LADY SCARLET EYES AND HER DELIQUESCENCE〉
森　博嗣　馬鹿と嘘の弓〈Fool Lie Bow〉
森　博嗣　歌の終わりは海〈Song End Sea〉
森　博嗣　まどろみ消去〈MISSING UNDER THE MISTLETOE〉
森　博嗣　地球儀のスライス〈A SLICE OF TERRESTRIAL GLOBE〉
森　博嗣　レタス・フライ〈Lettuce Fry〉
森　博嗣　僕は秋子に借りがある I'm in Debt to Akiko〈森博嗣自選短編集〉
森　博嗣　どちらかが魔女 Which is the Witch?〈森博嗣シリーズ短編集〉
森　博嗣　喜嶋先生の静かな世界〈The Silent World of Dr.Kishima〉
森　博嗣　そして二人だけになった〈Until Death Do Us Part〉
森　博嗣　つぶやきのクリーム〈The cream of the notes〉
森　博嗣　ツンドラモンスーン〈The cream of the notes 4〉
森　博嗣　つぼみ茸《きのこ》ムース〈The cream of the notes 5〉
森　博嗣　つぶさにミルフィーユ〈The cream of the notes 6〉
森　博嗣　月夜のサラサーテ〈The cream of the notes 7〉
森　博嗣　つんつんブラザーズ〈The cream of the notes 8〉
森　博嗣　ツベルクリンムーチョ〈The cream of the notes 9〉

森　博嗣　追懐のコヨーテ〈The cream of the notes 10〉
森　博嗣　積み木シンドローム〈The cream of the notes 11〉
森　博嗣　妻のオンパレード〈The cream of the notes 12〉
森　博嗣　カクレカラクリ〈An Automaton in Long Sleep〉
森　博嗣　DOG&DOLL
森　博嗣　森には森の風が吹く〈My wind blows in my forest〉
森　博嗣　アンチ整理術〈Anti-Organizing Life〉
森　博嗣 原作　萩尾望都　トーマの心臓〈Lost heart for Thoma〉
諸田玲子　森家の討ち入り
森　達也　すべての戦争は自衛から始まる
本谷有希子　腑抜けども、悲しみの愛を見せろ
本谷有希子　江利子と絶対〈本谷有希子文学大全集〉
本谷有希子　あの子の考えることは変
本谷有希子　嵐のピクニック
本谷有希子　自分を好きになる方法
本谷有希子　異類婚姻譚
本谷有希子　静かに、ねぇ、静かに
茂木健一郎　「赤毛のアン」に学ぶ幸福《しあわせ》になる方法
森林原人　セックス幸福論〈偏差値78のAV男優が考える〉

渡辺淳一 化粧(上)(下)
渡辺淳一 あじさい日記(上)(下)
渡辺淳一 熟年革命
渡辺淳一 幸せ上手
渡辺淳一 新装版 雲の階段(上)(下)
渡辺淳一 麻酔〈渡辺淳一セレクション〉
渡辺淳一 阿寒に果つ〈渡辺淳一セレクション〉
渡辺淳一 何処《いずこ》へ〈渡辺淳一セレクション〉
渡辺淳一 光と影〈渡辺淳一セレクション〉
渡辺淳一 花《はな》埋《うず》み〈渡辺淳一セレクション〉
渡辺淳一 氷紋〈渡辺淳一セレクション〉
渡辺淳一 長崎ロシア遊女館〈渡辺淳一セレクション〉
渡辺淳一 遠き落日(上)(下)〈渡辺淳一セレクション〉
輪《わ》渡《たり》颯介 古道具屋 皆塵堂
輪渡颯介 猫除け 古道具屋 皆塵堂
輪渡颯介 蔵盗み 古道具屋 皆塵堂
輪渡颯介 迎え猫 古道具屋 皆塵堂
輪渡颯介 祟《たた》り婿《むこ》 古道具屋 皆塵堂
輪渡颯介 影憑《つ》き 古道具屋 皆塵堂
輪渡颯介 夢の猫 古道具屋 皆塵堂
輪渡颯介 呪い禍 古道具屋 皆塵堂
輪渡颯介 髪追い 古道具屋 皆塵堂
輪渡颯介 怨返《おんがえ》し 古道具屋 皆塵堂
輪渡颯介 闇試し 古道具屋 皆塵堂
輪渡颯介 捻《ねじ》れ家《が》 古道具屋 皆塵堂
輪渡颯介 溝猫《どぶねこ》長屋 祠之怪《ほこらのかい》
輪渡颯介 優しき悪霊〈溝猫長屋 祠之怪〉
輪渡颯介 欺きの童霊《わらしれい》〈溝猫長屋 祠之怪〉
輪渡颯介 物の怪斬り〈溝猫長屋 祠之怪〉
輪渡颯介 別れの霊祠〈溝猫長屋 祠之怪〉
輪渡颯介 怪談飯屋古狸
輪渡颯介 祟《たた》り神 怪談飯屋古狸
輪渡颯介 攫《さら》い鬼〈怪談飯屋古狸〉
綿矢りさ ウォーク・イン・クローゼット
和久井清水《きよみ》 水際のメメント〈きたまち建築事務所のリフォームカルテ〉
和久井清水 かなりあ堂迷鳥草子《めいちょうぞうし》
和久井清水 かなりあ堂迷鳥草子2 盗蜜《とうみつ》
和久井清水 かなりあ堂迷鳥草子3 夏塒《なつねぐら》
若菜晃子 東京甘味食堂

講談社文庫　目録

古典

中西進校注　万葉集　全訳注原文付　全四冊
中西進編　万葉集事典（万葉集全訳注原文付・別巻）
世阿弥編 川瀬一馬校注　花伝書（風姿花伝）

2024年9月13日現在